大賀晶子著

明代短篇小説と戯曲の研究

汲古書院

序

小松　謙

私が大賀晶子さんと初めて會ったのは、大賀さんが京都府立大學文學部文學科國文學・中國文學専攻（現在は日本・中國文學科に改編）に入學した時のことでした。それから二十年以上が過ぎ、いま大賀さんの最初の著書が刊行されることになりました。本當に、今までよく頑張ってこられたと思います。

この二十年あまりの間、一時他の大學の大學院に籍を置かれたことはありますが、私はほぼ一貫して大賀さんの相談相手をつとめてきました。ですから、これまでさまざまな苦勞を經てこられたこともよく知っています。そうした中でも、大賀さんは決してくじけることなく、明るく前向きな姿勢を維持してこられました。これは、それだけでも十分敬服に値することです。しかも大賀さんは、その間ずっと努力を怠ることなく、着實に力量を向上させてこられました。その成果がこの本なのです。

大賀さんの卒業論文は、『剪燈新話』の「牡丹燈記」、つまり「牡丹燈籠」の原話として日本でもよく知られる文言小説を扱ったものでした。この論文は、卒業論文としては出色の出來で、高い評價を得ました。つまり、大賀さんは出發點からすぐれた能力を發揮していたことになります。特筆すべきは、大賀さんがそこで滿足することなく、研究範圍を着實に擴大していかれたことです。

近年の研究は、狹い專門領域に閉じこもる傾向が強いといわれがちです。實際、文言小説は知識人、白話小説は大衆を對象としたものというステレオタイプな理解をされがちでした。そうした中で大賀さんは、文言小説にとどまることなく、白話小説、戯曲、更には通俗類書にまで順々に目を擴げていかれました。最も重要な眞實の中には、目を擴げなければ見えてこないものがあります。研究領域を擴大していく中で、大賀さんは文言と白話、小説と戯曲といった要素で區分できないある領域が存在することを見出しました。この漠として名付けがたいものを具體的に定義することは困難極まりありません。しかし、識字率の擴大と出版の發達によって生まれた新たな讀者と讀書について考える上で、この領域は避けて通れないものです。この本は、それを明らかにしようとする大賀さんの苦闘の記録です。そしてそこからは、近代讀書の出發點ともいうべき明代における讀書の諸相が鮮やかに浮かび上がってきます。

この本で大賀さんはこれまでの研究をまとめあげられました。そこには間違いなく、これまで知られていなかった中國文學の姿が描き出されています。これを踏まえて、大賀さんが次にどのような段階に進み、どのような事實を明らかにしてくれるのか、讀者の皆様ともども樂しみに待ちたいと思っております。期待を込めて、序とさせていただきます。

平成二十九年十二月一日

明代短篇小說と戯曲の研究　目　次

序　　小　松　　謙……ｉ

序　章……………………………………………………3

第一部　短篇白話小説と文言小説

第一章　短篇白話小説における形式の變遷

——「六十家小説」の韻文的要素を中心に——……………9

一、「六十家小説」「熊龍峯四種小説」と「三言二拍」………10

二、各篇における韻文的要素とその異同の特徴………14

三、短篇白話小説の變容………31

四、小　結………35

韻文的要素對照表　………39

第二章　短篇「白話」小説の内部における「文言」小説……89
一、「六十家小説」「熊龍峯四種小説」における文言文テキスト……91
二、初期短篇「白話」小説の成り立ち……102
三、文體と形式……103
四、小　結……106
第三章　韻文的要素の導入における語り手介入と文言小説の關係……109
一、韻文的要素における人物名……110
二、登場人物による詩詞とその導入――明代……113
三、詩詞とその導入、詩話との關係――唐宋……124
四、韻文という接點……128
五、小　結……129
第二部　短篇白話小説と戲曲
第四章　短篇白話小説「張于湖傳」と雜劇『女眞觀』……137
一、「張于湖傳」のテキスト……138
二、「張于湖傳」について……149
三、雜劇『女眞觀』について……156

四、「張于湖傳」と『女眞觀』……159
五、小　結……162
第五章　南戲『玉簪記』考——張于湖物語の變遷——……165
一、南戲『玉簪記』について……165
二、「張于湖傳」『女眞觀』との關係……167
三、詩詞の共有……174
四、小　結……180
第六章　公案小説・戲曲における韻文としての裁判文書……183
一、「花判」……183
二、雜劇における韻文の裁判文書と「斷」……191
三、明代小説における韻文の裁判文書……194
四、小　結……206
第三部　戲曲と文言小説
第七章　文言小説「龍會蘭池錄」考——もう一つの『拜月亭』——……211
一、「龍會蘭池錄」の構造……212
二、背景にあるもの——詩詞と會話に關して……216

三、背景にあるもの——辯舌、長篇の韻文に關して……224
四、小　結……229
第八章　文言小説「嬌紅記」と雜劇『金童玉女嬌紅記』……231
一、「嬌紅記」とその戲曲化……231
二、詩詞およびト書きと臺詞について……235
三、院本插演……243
四、長い獨白……248
五、小　結……253
第九章　明代における西廂故事の受容
——「鍾情麗集」に見える議論を手がかりに——……257
一、西廂故事の變遷……258
二、西廂故事の後續作……259
三、小說內部での西廂故事への言及・議論……261
四、「鶯鶯傳」と『西廂記』……268
五、『西廂記』批判の意味するもの……270
六、南北音韻問題への意識……274
七、小　結……277

終　章 ………… 281
おわりに ………… 287
初出一覧 ………… 289
索　引 ………… 1

明代短篇小説と戯曲の研究

序章

「讀書の樂しみ」といった日本語の表現がある。學問的とか思索的などの高尙な意味でそう言う場合もあるが、一般にはより單純に、讀んで面白いと思う本を趣味として讀むことを指すであろう。そのような一般的、大衆的な意味において讀書を樂しむと言う時、書物の內容として考えられるのは何かと言えば、まずは「物語」ではないかと思われる。樂しみのために物語を讀む。その他に詩集を讀む、隨筆を讀む、あるいは新知識を求めて實用的な書籍を讀む、など様々な讀書のあり方が考えられるが、いずれにせよ讀書という行爲が一般的・大衆的な樂しみとして廣がり定着するということは、出版という經濟活動が盛んにおこなわれ、それを支える購買層と識字層が存在していることを意味する。本書は、中國近世において大衆向けの出版活動が本格化した時代である明代の讀みもの、その中でも主に物語を持った讀みものの世界に主題を求めるものである。

中國の前近代史における出版文化が、明代後期、具體的には嘉靖・萬曆年間以降に隆盛の時代を迎えたことは、様々に論じられてきたところである。出版文化は宋元から明中期までの間に少しずつ進展していき、經濟の發達、印刷技術の進歩、識字層の擴大など多様な事象が相互に刺激し合う中で、明末に至り爆發的な興隆につながった。出版される書物の數と種類が格段に增加し、白話小說に代表される通俗的な文學作品が大量に刊行され、幅廣い人々の生活に浸透していった。その際に重要な働きをした事柄として、知識人の關與という要素がある。少なくとも建前上は俗なるものとして低く評價されていた通俗文學の分野に、明末の知識人らはしばしば積極的に關わり、作品や作者について盛んに議論し、刊行や制作に自らたずさわる者も少なくなかった。

出版活動全體の隆盛、通俗文學の出版の盛行とそれに對する知識階級の積極的參與、こういった狀況が生まれた明代は、純粹に娯樂のための書物が本格的に登場した時代、娯樂としての讀書行爲が人々の間に定着した最初の時代であったと言われる。では、人々を樂しませた「面白い書物」の中身はどのような要素で構成されており、またそれはどのような變遷をたどって明末から淸代へと受け繼がれていったのであろうか。

物語を語る文學ジャンルの代表的なものとしては、まず小說と戲曲がある。現代の文學觀からは明代文學を代表するものと言ってもよい白話文學という區分においても、小說と戲曲がその筆頭に擧げられよう。一方、小說というジャンル區分から考えてみると、中國の古典小說は長い傳統を持つ文言小說と、明代に至って本格的に文字テキストの形で現れた白話小說とに分類される。文言小說は唐代傳奇をその文學性のピークとし、その後も文人の餘技という位置づけで書き續けられたとはいえ、宋代以降は表現の淸新さを失い、數こそ豐富だが見るべき作品に乏しいというのが一般的な見方であろう。しかし通俗文學全體の中で文言小說を、あるいは文言體のテキストを持った讀みものを見てみると、それらは單に白話文學に本事を提供するだけの存在ではなく、むしろ白話文學と樣々な面において重なり合うものであったことがうかがえる。

また同時に、詩詞韻文を讀むという行爲も娯樂としての讀書において大きな比重を占めている。出版の隆盛とともに大量に刊行されるようになった樣々な詩詞文集や文例集のたぐいから、戲曲・小說に含まれる曲辭や種々の韻文的要素まで、前近代の讀者はおそらく現代の一般讀者よりもかなり多くの韻文を、樂しみのために讀んでいたと思われる。そこには物語と韻文の密接な關わりが見いだされる。古典戲曲はそもそも曲すなわち韻文を中心とするものであり、小說も文言か白話かを問わず、多くの韻文的要素を插入する作品が多い。白話小說における韻文的要素は、本書

第一章でも取りあげるように、時期が下るとともに削減される傾向にあるが、完全に消えてしまうところまではいかない。また諸宮調や詞話などのように、韻文主體の藝能に由來する讀みものもある。物語を讀むことと詩詞韻文を讀むことは、當時の讀者にとっては特に明確な區別のない、同質に近い行爲だったように思われる。

本書においては、短篇白話小說、戲曲、文言小說を取りあげている。小說と戲曲、白話文學と文言小說といったジャンルや形式上の差違を含むいくつかの作品を、大衆的な娯樂のための讀みものという枠組みでとらえ、それぞれの作品の性格や相互の關係がどのようなものであったかを探っていく。一つ一つの作品は小規模な、あるいは文學的價値の低いマイナーなものであっても、それらの內部に含まれている樣々な要素がどのような背景を持っているかを明らかにすることで、讀書を娯樂として享受し始めた時代の人々が書物に何を求めていたか、彼らにとって物語とはどのように語られるべきものだったかが浮かび上がってくるであろう。

本書の構成は以下のとおりである。全三部から成り、第一部では短篇白話小說を中心に、文言小說との關係性について考察する。現存する最も古い短篇白話小說テキストとしては嘉靖年間の「六十家小說」、續いて萬曆年間のものと思われる「熊龍峯四種小說」があり、その後、天啓・崇禎年間に相次いで成立・刊行された「三言二拍」が短篇白話小說を代表する存在となる。まず第一章において、「六十家小說」と「熊龍峯四種小說」のテキストのうち「三言二拍」にも收錄されている作品十二篇を取りあげ、新舊二種のテキストを比較することにより、明末において短篇白話小說の形式や敍述がどのように變化したかを分析する。これは早くから研究對象とされてきたテーマであり、先學の研究成果を確認するとともに、短篇白話小說の文面の特徵をまとめることで、第二章以降の議論の土臺とすることを目的とする。第二章では同じく「六十家小說」「熊龍峯四種小說」の中から、內部に文言小說テキストを含む作品を取りあげ、「白話小說」の成立と、その過程における白話と文言の關係性について考察する。第三章では物語の外部から語りをおこなう語り手の視點に着目し、白話小説特有の語り口と文言小説との關係を考察する。

第二部では短篇白話小説と戲曲の關わりを扱う。主として取りあげるのは、女道士と書生の戀を描いたロマンスとして現在も演じられる『玉簪記』の物語である。第四章・第五章において、同題材による短篇白話小説「張于湖傳」と雜劇『女眞觀』、および南戲『玉簪記』を取りあげ、小說と戲曲二種のそれぞれの特徵と相互の關係について分析する。續いて第六章では、これら三種に共通して見られる裁判の場面に着目し、韻文の裁判文書を特徵とする物語の系譜について考察する。これを通して、白話小説と戲曲のみならず文言小說も含め、ある共通の性格を持った韻文により結びつけられる物語の類型を浮かび上がらせる。

第三部では文言小說を起點に、戲曲との關わりを通して明代通俗文學のたどった變化と發展の過程を探る。取りあげるのは、元明期の文言小說の特徵でもある長篇作品である。第七章では戲曲『拜月亭』のストーリーをもとにした長篇文言小說「龍會蘭池錄」を取りあげ、その白話文學的性格と、背景にある要素について分析する。第八章では元代の文言小説「嬌紅記」を明代初期に戲曲化した『金童玉女嬌紅記』を取りあげる。大量の詩詞を含む長篇文言小説である「嬌紅記」の內容を取り入れた、戲曲としては奇妙な文面を持つこの作品の分析を通して、演劇由來の讀みものが發達していく試行錯誤の過程が見えてくる。第九章では、中國古典文學史上最も有名なラブロマンスである西廂故事の、明代中期における影響と受容の樣相を、西廂故事の影響のもとに生まれた「嬌紅記」のパロディである長篇文言小説「鍾情麗集」から讀み解く。

これらの讀みものの文面に對する分析を通して、ジャンルや文體といった枠組みを超える形で、明代における「讀書の樂しみ」の歷史を、その一角なりとも明らかにすることを試みる。

第一部　短篇白話小説と文言小説

第一章　短篇白話小說における形式の變遷
――「六十家小說」の韻文的要素を中心に――

よく知られているように、中國語の「小說」という語は非常に複雑な經緯をたどって、各時代ごとに少しずつ異なる意味合いを帶びて使われてきた。白話文學との關連で言えば、「小說」とは宋元以來、瓦子あるいは瓦舍などと呼ばれる都市の盛り場で語られていた讀み切り講談のたぐいを指していたようである。羅燁『醉翁談錄』などからある程度樣子をうかがうことのできるそういった口頭の藝能に淵源を持ち、講釋師の語りを摸して書かれた一話完結型の讀みものが、いわゆる「三言二拍」に代表されるような明淸の短篇白話小說ということになる。

とはいえ、瓦舍で語られていた「小說」の世界という源流から、いつ頃どのような經緯を經て文字テキストが形成され、刊行物としての短篇白話小說が出現するにいたったのかは現在も解明されていない。現存する最古層のテキストであっても、それらはかつて考えられていたように藝能としての「小說」の筆錄本といったようなものではなく、既に長篇小說や戲曲などで白話讀みものに親しむようになった明代後期の讀者を對象に制作・供給されていた書物であった。そうして文字テキストとその讀者という關係性の中で生產、消費されるものとして確立した短篇小說は、その文體と形式のさらなる發達へ向かって、素朴なものからより洗練されたものへ、再編されまた新たに創作される中で不斷に變容していく。その變容の過程は、白話讀みものを制作する技術の發展と、讀みものに對する意識の變化の過程であるとも言えよう。

本章では嘉靖期の「六十家小説」と天啓期の「三言」を主たる檢討對象とし、雙方に含まれている作品を取り出して比較することにより、短篇白話小説テキストの變容の方向性を確認する。このテーマについては過去に多くの先達の蓄積があり、全てを擧げることはできないが、先行研究の成果をふまえ檢討していきたい。

一、「六十家小説」「熊龍峯四種小説」と「三言二拍」

よく知られているとおり「六十家小説」は、嘉靖年間に杭州で出版活動をおこなっていた洪楩により、六集六十卷からなるシリーズとして刊行されたもので、現在確認しうる中では最も古い短篇白話小説總集の刊本である。特徴的な形式や用語、素朴かつ生氣あふれる白話の表現を有し、集名の判明している『雨窗集』『欹枕集』と、集名の分からない通稱「清平山堂話本」とで計二十七篇が現存する（この他に二篇が同じく清平山堂から出された小説と推定されている）。天啓年間に蘇州の馮夢龍により出版された「三言」（『古今小説』『警世通言』『醒世恆言』）は、古い來歷を持つと思われる作品から新しく創作された作品まで含めて各四十卷、この中で「六十家小説」と重複するものは次に擧げる十篇である。なお、短篇白話小説には冒頭に語られる短い物語と、その後に語られるメインの物語とから構成されるものがあり、後發のテキストほどその割合が高い。これらの構成要素それぞれをどのように呼ぶかはやや複雑な問題であるが、本書では冒頭の短い物語をマクラ（詩詞の列擧や語り手によるおしゃべりに類するもののみの場合は含めない）、メインの長い話を正話と假に呼ぶことにする。

「六十家小説」

「戒指兒記」（『雨窗集』）……………………『古今小說』巻四「閒雲菴阮三償冤債」
「羊角哀死戰荊軻」（『欹枕集』）……………同　巻七「羊角哀捨命全交」
「死生交范張雞黍」（『欹枕集』）……………同　巻十六「范巨卿雞黍死生交」
「陳巡檢梅嶺失妻記」（「清平山堂話本」）……同　巻二十「陳從善梅嶺失渾家」
「五戒禪師私紅蓮記」（「清平山堂話本」）……同　巻三十「明悟禪師趕五戒」正話
「李元吳江救朱蛇」（『欹枕集』）……………同　巻三十四「李公子救蛇獲稱心」
「簡貼和尚」（「清平山堂話本」）……………同　巻三十五「簡帖僧巧騙皇甫妻」
「風月瑞仙亭」（「清平山堂話本」）…………『警世通言』巻六「俞仲舉題詩遇上皇」マクラ
「錯認屍」（『雨窗集』）………………………同　巻三十三「喬彥傑一妾破家」
「刎頸鴛鴦會」（「清平山堂話本」）…………同　巻三十八「蔣淑眞刎頸鴛鴦會」

さらに崇禎年間に凌濛初により刊行された「二拍」（『拍案驚奇』『二刻拍案驚奇』）のうち「六十家小說」と重複する一篇、および萬曆年間に刊行されたとされる「熊龍峯四種小說」のうち「三言」と重複する一篇も同時に檢討對象とする。「熊龍峯四種小說」は現存する短篇白話小說テキストとして「六十家小說」に次いで古く、また形式に共通の特徴を有する。該當する作品は次のとおりである。

「熊龍峯四種小說」
「張生彩鸞燈傳」……………………『古今小說』巻二十三「張舜美燈宵得麗女」

「六十家小說」
「陰騭積善」（「清平山堂話本」）………………『拍案驚奇』巻二十一「袁尙寶相術動名卿　鄭舍人陰功叨世爵」マクラ

これら二種ずつのテキストを比較・校勘し、その異同について檢討することにより、嘉靖・萬曆から天啓・崇禎年間という明末の大衆的出版の盛期において、江南地域を中心に短篇白話小說の文面がどのような變容の過程をたどったかを、先行研究の確認を含めて考察しようとするわけであるが、議論の前提として考えておくべきなのは、これら二種ずつのテキストどうしが直接的繼承關係でつながっているという根據はないという點である。ただ、いずれも廣範圍にわたり字句のレベルまで一致していることから見て、非常に近い關係にあるとみなしてよく、右に擧げた「三言二拍」の各篇は、少なくとも現存する「六十家小說」に相當に近いテキストをもとに作成されたものであるとの前提に立って比較をおこなうこととする。なお、右の十二篇の他にも「清平山堂話本」に含まれる「柳耆卿詩酒翫江樓記」が、『古今小說』巻十二「衆名姫春風吊柳七」と關連を有するが、內容の乖離が甚だしいため檢討對象から外した。また當然ながら、これら二種の比較から分かるのは、「三言二拍」という特定の小說集における編集方針であって、これをもって白話小說全體にわたる變化の樣相が直接知れるということにはならない。とはいえ、とりわけ「三言」の影響の大きさを考えれば、この作業によってある程度、全體的傾向をうかがうことができるであろう。

右の一覽から明らかなように、「六十家小說」「熊龍峯四種小說」と重複する篇は『古今小說』に突出して多く、『警世通言』がこれに次ぎ、あとはわずかに『拍案驚奇』の中の一篇それもマクラ部分のみにすぎない。これは「三言」の各書の間、また「三言」と「二拍」の間で、後になるほど新たに創作された作品、いわゆる「擬話本」の割合が高くなる傾向と一致している。

二種のテキストの比較にあたって考慮されるべきポイントとしては、形式（特に冒頭と末尾、またマクラと正話のつなぎめ）、用語（特に藝能由來と思われる常套表現やテクニカルターム）、表記や語法の特徵、韻文的要素の插入などが擧げられよう。(1) 本章では、白話小說全般において重要な特徵である韻文的要素を主要な檢討對象として扱い、右の十二篇について韻文的要素の插入箇所を對照した一覽を作成し（別表、三九頁以下に收錄）、插入される韻文的要素とその前後の表現に、二種のテキスト間でどのような異同があるか、または異同がないかが看て取れるようにした。ただしテキストが全く一致しない部分については、必要に應じて擧げるにとどめた。(2)

韻文的要素とここで呼ぶものには、原則として以下のものを含むこととする。

○詩……絕句ないし律詩の形を取るものが多いが、六句あるいは十句以上のものもある。詩と對句や詩二つなどの組み合わせともとれ、押韻も必ずしも嚴密でないため判斷の下しにくい例も多い。

○詞

○曲

○美文……騈語あるいは四六文などとも呼ばれるもの。情景や容姿の描寫、書簡や祭文の引用などを含む。

○對句……留文あるいは齊言句などとも呼ばれるもの。詩でいうところの對句とは限らず、同字數の二句からなる格言や比喩のようなものが多い。

○藝能系フレーズ……說話人が用いた表現を摸したと思われる、特殊な決まり文句あるいはテクニカルターム。全體の末尾あるいはマクラと正話のつなぎめに插入されることが多い。

表では、テキスト間で內容の增減がある部分に傍線を附し、異同箇所を太字で示す。ただし異同が誤字の修正や異體字・通用字のレベルにとどまると見られる場合は含めない。同じ句や文が別の箇所に移動して再利用されている場合は該當部分に波線を附す。版心に印字されている葉數により、1a（＝一葉表）のように附記する。また、見やすいよう句讀點を附したため實際の版面とはずれが生じているが、改行・空格については可能な限り版本に忠實に記した。

何をもって韻文的要素の插入とみなすかという點については、改行の有無や文中に空格を置く形式を一つの目安とした。たとえば、「簡貼和尚」に見える書簡のように美文調で書かれ、改行し行頭に空格をおく處置によってまわりの地の文とは別の性格を持つ部分としての標識を與えられているものは含むが、美文調で書かれていても地の文の一部になっている場合は原則として含めないこととする。

二、各篇における韻文的要素とその異同の特徵

「六十家小說」から「二拍」に至る短篇白話小說の全體的傾向を形式の面から確認しておくと、いずれもわずかの例外はあれ、「六十家小說」と「熊龍峯四種小說」では題目のすぐ後に「入話」の語を單獨で置くのが定式であるのに對して、「三言」以降のテキストではこの形式が完全に排除されていること、冒頭には詩か詞を置くことが一貫して共通の定式となっており、特に詩が多くを占めること、末尾も同樣に詩を置く形式が共有されていくが、その定着は冒頭の場合に比べて遲く、「六十家小說」「熊龍峯四種小說」では詩の他にも多樣なパターンが見られることが擧げられる。

以下、後の表に卽して各篇の異同の特徵についてまとめていく。

○「戒指兒記」……『古今小說』巻四「閒雲菴阮三償冤債」（以下、略稱を「閒雲菴」とする）
マクラとなる短い物語はなく、正話のみからなる。全體をとおして異同が非常に多く、その異同の內容は、韻文的要素に關わる變化、文章の敍述に關わる變化、そしてストーリーそのものの變化に分けることができる。

この篇については山口建治氏に專論があり[3]、『古今小說』巻四に見られる改變を、1削除、2別の表現への置きかえ、3補足の三點に分類されている。そのうち主に韻文的要素に關わる部分を取りあげれば、韻文的要素は全體的に減少しており、中でも「端緒の提示」[4]およびそれに準じるタイプの語り口とセットで韻文的要素が插入されている箇所については、その多くがまとめて削除されるという點が指摘されている。この篇に限らず、全體として韻文的要素が減少の方向へ向かう點については荒木猛氏[5]、小松建男氏[6]、勝山稔氏[7]などの論考でも共通して指摘されている。長篇小說においても同様の傾向があることは言うまでもない。

ストーリーの變化とは、入矢義高氏[8]・山口氏[9]が指摘する、現在は缺けてしまっている「戒指兒記」の結末が、『古今小說』巻四の結末とは異なっていたのではないかという推定である。この點については、異同箇所の確認とあわせて後述する。

そこでまず表の①および②を見ると、『古今小說』巻四では詩詞が大幅に削減されると同時に、詩詞と組み合わせた敍述の順序が整理されていることが分かる。「戒指兒記」では最初に七律（あるいは七絕二つか）が置かれ、すぐ物語に入り、續けて②でヒロインの容姿を描寫する詞があり、地の文で息子や娘を獨身で置いておくと醜聞のもとであるという一種のお說教が詞の解說として述べられた後、物語が再開する、という構成なのに對して、『古今小說』巻四では「戒指兒記」から半減した冒頭の詩の後、この詩の解說として「戒指兒記」と同じフレーズ（表の波線部）を含むお說教が續き、物語が始まる。『古今小說』巻四のほうが整った順序になっており、詩の內容もそれに應じて改變されている。

小說・戲曲を問わず白話文學全般に廣く見られる、合理化を意圖した改變の一つと言える。このように、韻文的要素を挾んで行ったり來たりしながら進められていく敍述は、後發テキストでは整理を施されていることが多い。

②に見えるように詞はしばしば描寫のために使われ、また「三言」以降新たに創作されたと見られる作品では減少するという點は、小松氏・勝山氏がともに指摘されているが[10]、同一作品のテキスト間でも同樣の變化が見られることが確認できる（ただし後發テキストで詞が加えられている例もあり單純ではない）。『古今小說』卷四のお說敎部分が「戒指兒記」のそれより長いのは、山口氏の指摘する「講論」の附加であるが、これについて中里見敬氏は、「戒指兒記」では②と③それぞれの後で講論がなされており、『古今小說』卷四はこれらを冒頭にまとめたのであって、新たな附加というよりは「「戒指兒記」に內在していた要素を一括」したものだと指摘されている[11]（「戒指兒記」の②の後に見えるのと同じ「講論」の語りだしが、『古今小說』卷四では①の後に用いられる）。先行テキストで分散していた要素を一括して述べる形に作り直すという作業も合理化の一種であり、同じフレーズを巧みに再利用するなど細かい操作がなされていることも含め、白話の散文と韻文的要素によって物語を順序よく敍述していく技術が高度化していく樣子が分かる。

「戒指兒記」の③では、②と同じパターンの導入によって描寫の詞が插入され、これに詩が續く。『古今小說』卷四では②の詞が削除されたことで同一パターンの連續が避けられている。同時に③からは詩が削除され、韻文的要素の連用という型が排除されている。韻文的要素の連用は嘉靖・萬曆期のテキストでは典型的パターンの一つだが、「三言」ではこれを排除する動きが全體に共通して見られ[12]、以後この型が復活することはない。「戒指兒記」では他に⑰と⑲でこの連用のパターンが用いられており、『古今小說』卷四では⑰は片方、⑲はまるごとの削除により解消されている。

篇全體の傾向から言うと、「戒指兒記」には十六箇所にのぼる韻文的要素の插入があるが、『古今小說』卷四ではこのうち八箇所がまるごと削除され、さらに四箇所で分量の縮小が見られる。しかし一方で「戒指兒記」にはない韻文的要素の插入も『古今小說』卷四では四箇所にのぼる。ただそれらは全て對句であり、全體として韻文的要素が減少する中で、割合としては對句のそれがより高くなる結果となっている。これは、「三言」段階で創作された作品では古い作品よりも詞が少なく對句の割合が高い(13)こととも照應する。

山口氏により指摘された「端緒の提示」と「物語を更に展開していく際の語り口」の削除という特徵を、それらのフレーズに接續する韻文的要素との關係で見てみると、「戒指兒記」では「端緒」的フレーズと韻文的要素の組み合わせが⑦⑨⑪⑬⑭⑯⑲の七箇所にのぼる。この形式が多用されるのは「六十家小說」の中でも一部の白話的表現の鮮明な作品に偏り、藝能の口調を取り込もうとする性質の強さによると思われるが、『古今小說』卷四ではこのうち⑯の對句を除いて全て排除されている。

これらのフレーズは、前者は「……したばかりに……というはめになります」といった豫告、後者は「さていかが相成りますか」というような問いかけにあたる。このうち豫告の言葉が削除される點については『古今小說』卷四の場合、先にも述べた結末の變更にともなう必然的な削除(14)が含まれる。つまり『古今小說』卷四では、ヒロインが他家の息子と密會した上に相手の急死で窮地に陷るものの結局は美談で決着がつくのに對し、「戒指兒記」の現存しない結末部分では、それまでに散見される豫告の內容から見てヒロインの破滅という悲劇に終わっていたのではないかと推定されているのである(15)。したがって⑭「只因說出這話來、害了那女人前程萬里（これを言い出したばかりに、かの女人の人生をぶち壞すことになります）」のような豫告はストーリー上、削除される必要があったと認められるが、⑦「必竟未知進來與小姐相見也不相見（さて入って孃樣に會いますかどうですか）」とか、⑬「只因這顆寶石、惹動閨人情意（この寶石のおかげで、深窗の麗人の戀心を動かすこととなります）」とかいった豫告は結末の違いとは關わりがない。やはりあまりにも類型的な豫告や問いかけと類型的な對句や詩との組み合わせが多用されていることが、後發テキストの編者にとって好ましくなかったのであろう。

このように『古今小說』巻四では豫告・問いかけと韻文的要素という、いかにも藝能由來らしき形式が大幅に排除されているのだが、豫告という手法そのものが必ずしも忌避されているわけではない。③では先述のように韻文的要素の連用が忌避されて詩がなくなり、元宵節の樣子を描寫した詞だけが殘されるとともに、その直後の地の文が「只爲這元宵佳節、處處觀燈、家家取樂、引出一段風流的事來（この元宵節はそちこちで燈籠見物また家々での樂しみ、そのためにひとくさりの風流韻事が引き起こされることとなります）」という、「戒指兒記」にはない豫告の一文にさしかえられている。また⑯では、「戒指兒記」にある「怎見得相見的歡娛死去的模樣（逢瀨の喜びのあまり死に至る樣子やいかにといえば）」という豫告が『古今小說』巻四ではなくなっているが、「猪羊迭屠戶之家、一脚ヒ來尋死路（豚や羊は屠殺人のもとへやられ、一足ごとに死出の路）」という、これ自體が今後の展開の豫告となっている對句のほうはそのままである。ただ、これらの改變をとおして、同じパターンをくり返すという「戒指兒記」の特徵が弱められるという效果が見いだせる。類型性を忌避するのも同じ方向と言え、たとえば男女の逢瀨を描寫する⑰の詞の內容は、「戒指兒記」ではこのような場面なら常に使用可能な類型的なものなのに對し、『古今小說』巻四では「一箇想着吹簫風韵、一箇想着戒指恩情……（一方は簫の音の情趣を想い、一方は指輪にこめた情を想う……）」と、ストーリーに密着した、他の物語には適用できない表現に差しかえられている。

この篇についての異同の要點を整理すると、次のようになる。

○合理化の方向で敍述が整理される。
○韻文的要素は減少し、連用の形式は排除される。對句が新たに插入されてもいることから、篇全體における韻文的要素のバランスが考慮されていると思われる。

○豫告・問いかけと韻文的要素の組み合わせの形式はほぼ排除される。豫告という手法自體は一定程度維持される。

○類型的表現や同一形式のくり返しがある程度排除される。ストーリーに合うよう詩詞が改變される。

さらに、「戒指兒記」では韻文的要素を導入する用語に「有……詩（詞）、……單道着」「怎見得」「正是」が多用され、特に前二者を合わせて使用する例が三箇所にのぼるが、『古今小說』卷四では様々な改變の結果、最も特徴のない「正是」がやはり多用される他は、導入の語の偏りも薄められている。

このように、「戒指兒記」と『古今小說』卷四「閒雲菴」との異同には、先行研究で指摘された點を含め、成立時期による短篇小說テキストの傾向差の多くが典型的に現れている。以下、ここで見いだされた點を念頭に置き、他の十一篇について檢討していく。

○「羊角哀死戰荊軻」……『古今小說』卷七「羊角哀捨命全交」（略稱を「羊角哀」とする）

この作品について、「六十家小說」テキストの篇名を、平妖堂影印『雨窗欹枕集』の目次では「羊角哀死戰荊軻」とするが、テキスト自體は前半部分と末尾を缺いた三葉ぶんしか現存せず、正確には何という篇名が記されていたのか分からない。晁瑮『寶文堂書目』には「羊角哀鬼戰荊軻」と著錄されており、また『古今小說』卷七では題目の下に「一本作羊角哀一死戰荊軻」との注記がある。『古今小說』卷七にはマクラがあるが、正話とのつなぎめに韻文的要素は插入されていない。

この篇は「戒指兒記」と違い文體がかなり文言的である。『古今小說』巻七でも全體として文體が大きく變わるような異同はなく、篇幅も九葉と短い。數箇所でややまとまった分量の增補がされているのは、「羊角哀死戰荊軻」の文章があまりに簡潔で說明不足と考えられたところを補ったものであろう。

「羊角哀死戰荊軻」の現存する三葉（第四〜第六葉）には、韻文的要素の插入がない。一方、『古今小說』巻七では冒頭・末尾を含めて計五箇所に插入されており、「羊角哀死戰荊軻」と重複する範圍に見える①はその四つめの箇所にあたる。すなわち、「三言」全體の傾向とは逆に、ここでは『古今小說』で詩が增えているのであり、一定量の韻文的要素は必要だとする意識があったことがうかがえる。

この篇の內容は、楚王の賢者募集に應じようと旅をする羊角哀と左伯桃が大雪にあい、伯桃が衣食を角哀に與えて旅を續けさせ自らは凍死する前半と、楚王に取り立てられた角哀が伯桃を改葬するも、荊軻の死靈に脅かされているという伯桃の靈魂を救うため自殺して冥界に赴く後半とから成るが、『古今小說』巻七の①はちょうどその前半が終わる位置にあたる。五言十句からなる詩句が插入され、物語の前半を總括して伯桃の自己犧牲をたたえる內容になっている。この①に見える「後人有詩……云」という導入は、「三言」では珍しくないのに對し「六十家小說」では用いられていない。ただ、「古人曾有詩云」や「前人曾有詩云」の句は見える。ストーリーが一區切りついたところで「後人」による詩を插入しそこまでの內容を總括する、というパターンが、「六十家小說」から「三言」までの過程で選擇され定着したということかもしれない。なお、『古今小說』巻七で①より前の、「羊角哀死戰荊軻」で缺けている部分に見える二箇所はいずれも情景描寫で、導入の語は「有……詞、單道……」と「怎見得」という、「戒指兒記」にも多用されるタイプである。また末尾には「有古詩云」の導入で七絕が置かれており、「有詩爲證」や「正是」「但見」などがない。

○「死生交范張雞黍」……『古今小說』卷十六「范巨卿雞黍死生交」（略稱を「范巨卿」とする）
『雨月物語』「菊花の契」のもととなったことでも知られる物語である。この篇も「六十家小說」では前半が缺けているが、最終葉に「死生交范張雞黍卷終」とあることから篇名が分かる。『古今小說』卷十六ではマクラはない。「死生交范張雞黍」には缺字や空格・墨丁が多い。特に③では張元伯が范巨卿の靈魂をまつる祭文の引用が六行にわたってまるごと拔けており、第六葉裏に墨丁二行、第七葉表に空格四行となっている。『古今小說』卷十六ではここに百五十三字からなる祭文が書かれているが、これが『古今小說』編集の段階で新たに作られたのか、そもそも現存する「死生交范張雞黍」とは異なるテキストにもとづいたためなのか判斷しがたい。とはいえ韻文的要素以外の本文異同は少なく、テキストどうしが近い關係にあることは間違いないと思われる。

この篇も「羊角哀死戰荊軻」と同樣に文言的な文體で書かれ、篇幅も『古今小說』卷十六で全九葉と短い。一方、韻文的要素のありかたは「死生交范張雞黍」と『古今小說』卷十六との間で大きく異なり、末尾④が「死生交范張雞黍」では五絕二首なのに對し、『古今小說』卷十六では詞になっている。內容はいずれも物語に沿ったものである。さらに、「死生交范張雞黍」には現存する範圍にこれ以外の韻文的要素はないのに對して、『古今小說』卷十六では①②の七絕が插入されている點が大きく異なる。『古今小說』卷七「羊角哀」の場合と同樣、後發テキストのほうが韻文的要素が增えている例である。①②とも導入には「有詩爲證」が用いられている。

さらに『古今小說』卷十六には、「死生交范張雞黍」の缺けている前半部にあたる第三葉表にも「有詩爲證」による七絕の插入がある。結局、冒頭・末尾と祭文を除く韻文的要素の插入箇所全てが「有詩爲證」プラス七絕という形式で統一されており、卷四「閒雲菴」に特徵的に見られるような對句の插入は一箇所もない。

○「陳巡檢梅嶺失妻記」……『古今小說』卷二十「陳從善梅嶺失渾家」（略稱を「陳從善」とする）

唐代傳奇「補江總白猿傳」とのつながりが指摘される、猿の妖怪が美女をさらうという古典的な型の一つに屬する話である。マクラはなく正話のみからなる。文體面では白話の度合いが高い。

地の文の異同は全體として少ないが、『古今小說』卷二十ではやはり敍述の整理・合理化がおこなわれている。たとえば「陳巡檢梅嶺失妻記」の⑨では七言六句の韻文の前後で「陳巡檢并一行過了梅嶺」「這巡檢過了梅嶺」と同じ表現がくり返されているが、『古今小說』卷二十ではこの表現は詩の後の一箇所にまとめられ、また「山中大象」という非現實的な語句が「磨牙猛虎」に改められている。描寫のための韻文はストーリーの流れをいったん中斷し停止させる働きがあるから、ストーリーを再開する時に前と同じ表現のくり返しから始めるのは、藝能における口頭の語りであればむしろ自然であろう。「陳巡檢梅嶺失妻記」の文が持つ口頭言語の再現的な性格が『古今小說』卷二十では薄められ、眼で字を追う際のくどさを嫌う、より文章語として洗練された方向へ改造されている例と言える。

「陳巡檢梅嶺失妻記」における韻文的要素の插入は冒頭・末尾を含めて十八箇所にのぼるが、『古今小說』卷二十にはこれらの要素がまるごと削除されている例が一つもなく、十三箇所で、つまりほぼ滿遍なく分量の削減がなされている點が特徴的である。たとえば「陳巡檢梅嶺失妻記」の②では、「正是」という導入の語に續けて「靑龍與白虎同行、吉凶事全然未保（吉神と凶神同行し、吉凶少しも定かならず）」という類型的な對句が書かれている。「正是」の後に一字ぶんの空格があることから、改行と同じ意味合いであると分かる。さらに改行して五絕が置かれるが、この詩は『古今小說』卷二十では削除されており、「戒指兒記」と『古今小說』卷四「閒雲菴」の場合と同じく韻文的要素の連用形式が排除された例である。⑦も同樣に對句と五絕の組み合わせから詩が削除されたパターンであり、さらに④⑥⑨⑫⑬⑮⑯も小松建男氏の言うように、押韻から見て對句プラス七絕の連用と考えられ[16]、全て『古今小說』卷二十では片方が削除されている。またこれら九箇所のうち『古今小說』巻二十に對句が殘る例が五、詩が殘る例が四と、バランスが配慮されていることもうかがえる。①と⑤もやはり押韻からみて、それぞれ七絶二首、對句二つのうち片方が削除されたものであろう。また「陳巡檢梅嶺失妻記」では、「戒指兒記」と同じ傾向として、④に豫告、⑥に豫告と問いかけ、⑮に問いかけのフレーズがあり、それぞれ韻文的要素と組み合わせられているが、『古今小說』巻四「閒雲菴」の場合と違い、巻二十ではこれらのフレーズが維持されている。

韻文的要素の導入の語は、「正是」が「陳巡檢梅嶺失妻記」では十一、『古今小說』巻二十でも十と多數を占め、「怎見得」や「單道」がない。また先行研究でもしばしば注目されるのが「陳巡檢梅嶺失妻記」の末尾に見える、

雖爲翰府名談　　編作今時佳話　　文壇の話題ではありますが、近時の佳話に仕立ててあります
話本說徹　　權作散場　　おはなしはこれまで、まずはお開きといたします

という表現で、これは「三言」以前の古い短篇白話小說に特有の、藝能に由來すると思われる決まり文句であるが、『古今小說』巻二十ではストーリーに合致する七絶に差しかえられている。このタイプの決まり文句の插入は、冒頭の「入話」と同樣、「三言」以降完全に排除される。本章で取りあげる篇の中では、「五戒禪師私紅蓮記」「簡貼和尚」「張生彩鸞燈傳」の末尾に同樣の例を見ることができる。

○「五戒禪師私紅蓮記」……『古今小說』巻三十「明悟禪師趕五戒」正話（略稱を「明悟禪師」正話とする）

典型的な白話の文體で書かれている。「五戒禪師私紅蓮記」にはマクラがなく正話のみからなるが、『古今小說』巻三十には類似テーマを持つマクラがある。また『古今小說』巻三十の後半にはストーリーの大幅な變更と增補が見られる。表で言えば⑥以降に變更・增補があり、⑦の後で完全に「五戒禪師私紅蓮記」の本文（詩の插入一箇所を含む）か

ら離れ、韻文的要素の三箇所にわたる插入を含む大幅增補が結末まで續く。そして「五戒禪師私紅蓮記」の末尾には「雖爲翰府名談、編入太平廣記」の決まり文句が改行なしで書かれているのに對して、『古今小說』卷三十の末尾には七絕が置かれている。これは「五戒禪師私紅蓮記」では冒頭にあった詩を移したものである。しかしテキストの一致する範圍ではむしろ異同は少なく、韻文的要素の增減もない。

韻文的要素は詩、對句、美文で、詞は含まれない。またストーリーの關係上、兩テキストが一致する範圍にある七箇所の韻文的要素のうち④～⑦を登場人物が作る詩が占める。また詩の後を「詩罷」など「罷」字を用いて續けているが、『古今小說』卷三十のマクラでは、詩の後を「偈畢」など「畢」字で受けるパターンをくり返しており、元來別個に存在した二つのテキストをつないでマクラと正話に仕立てたものと思われる。

○「李元吳江救朱蛇」……『古今小說』卷三十四「李公子救蛇獲稱心」

この篇は全體に韻文的要素が少ない。「李元吳江救朱蛇」は結末部分を缺くが、現存する八葉のうちでも冒頭から第三葉までの三箇所のみ、また『古今小說』卷三十四の結末部分でも末尾を含む二箇所の七絕のみで、全體で計五箇所にとどまり、その全てが詩である。

插入される韻文的要素は全て登場人物が作るものであり、語り手から發せられるタイプのものがない。合理化のためと見られる改變はあるものの全體に異同は少なく、韻文的要素の增減、詩句の異同もほぼない。文體はやや文言的な白話文である。

○「簡貼和尚」……『古今小說』卷三十五「簡帖僧巧騙皇甫妻」（略稱を「簡帖僧」とする）

書簡に關わるテーマを共有するマクラと正話の組み合わせからなる。全體として異同は少ない。「簡貼和尚」には形式の面で特徴があり、まず題目の下に「亦名胡姑ヒ　又名錯下書」と別名が記され、二行目に「公案傳奇」とジャンル名が記されている。現存する「六十家小說」の中でこの篇だけに見られる形式である。また冒頭の韻文的要素は詞であるが、それに「鷓鴣天」と詞牌名が附記されているのも例外的である。これらは『古今小說』巻三十五では全て削除されている。

　韻文的要素は、マクラでは全て詩と詞で、夫婦間の應酬である。一方、正話では詩詞の他に對句、美文、書簡など多様であり、導入の語には「正是」「生得」などがあるが、「怎見得」や「但見」などは用いられていない。詞は冒頭①、およびマクラと正話のつなぎめ⑧を除くと全て登場人物が作る。⑧は對句に詞が續く連用の形式であるが、『古今小說』巻三十五では對句と詞の間に「有鷓鴣詞一首、單道着佳人」という地の文が加えられ、原則として全ての詞に詞牌名を明記する形式で統一されている。「單道」による導入は「簡貼和尚」には一つもないものである。

　⑧と⑧-2に見られる異同は、韻文的要素の連用の排除にもなっている。「簡貼和尚」では⑰にも連用の形式が見られるが、『古今小說』巻三十五ではこれを改行せず一續きの美文として書くことによって、連用の形が解除されている。普通は連用を排除する際、そのうちの片方が削除されるが、『古今小說』巻三十五では「簡貼和尚」に對し、末尾の藝能系フレーズの削除を除いて韻文的要素の増減が見られない。この作品では連用形式は間に地の文を挾む、改行せず一續きにまとめるという方法で排除されており、必ずしも韻文的要素の分量の問題とは限らないようである。

○「張生彩鸞燈傳」……『古今小說』巻二十三「張舜美燈宵得麗女」（略稱を「張舜美」とする）

　マクラ・正話ともに男女が多くの詩詞を詠むタイプの戀愛物語であるが、登場人物が詠むものはマクラでは詩、正話では詞に統一されている。これらを含め韻文的要素の插入は計十九箇所にのぼるが、分量的變化があるのは④⑨⑩の三箇所と末尾の藝能系の決まり文句のみで、④では七律の第三～第六句が削除され、⑨では美文がまるごと削除されている。⑩では、四百二十五字にのぼる長い美文が、『古今小說』卷二十三で三分の一以下の量に短縮かつ改變され（「張生彩鸞燈傳」の⑨⑩から取った句が利用される）、さらにその後の對句が削除されている。この他の韻文的要素については增減が見られず、ほぼ字句の異同にとどまる。

先述のように「張生彩鸞燈傳」では末尾に「簡貼和尙」などと同型の藝能系フレーズがあり、『古今小說』卷二十三では削除されているが、もう一つ⑤⑥にあたるマクラと正話のつなぎめに、「且聽下回分解」という章回小說の決まり文句が用いられている。こちらは『古今小說』卷二十三でもそのままになっており、他にも『古今小說』卷二十八、また『警世通言』卷八にも同樣の表現が見えることからして、說話人の口吻を摸した語り口の一つとして忌避されずに殘ったことが分かる。ただしこれは改行や空格の處置をともなわず、地の文の一部に含まれるものである。

○「風月瑞仙亭」……『警世通言』卷六「俞仲舉題詩遇上皇」マクラ（略稱を「俞仲舉」マクラとする）

有名な司馬相如と卓文君の驅け落ちの話だが、「六十家小說」では獨立した小說なのに對し、『警世通言』卷六では マクラとして使われている。「風月瑞仙亭」の結末部分は缺葉のためどのようになっていたか分からないが、冒頭①の七絕が『警世通言』卷六ではマクラの末尾、つまり正話とのつなぎめに移動して使われ、「五戒禪師私紅蓮記」と『古今小說』卷三十「明悟禪師」の場合に類似する手法でテキストの再編成がなされている。「風月瑞仙亭」は戀愛沙汰が中心なのに對し、『警世通言』卷六は文藝の才能で出世するという主題でマクラと正話が結びつけられているので、冒頭の韻文を物語に合わせるための操作であろう。

本文の異同は比較的多く、『警世通言』巻六では全體にわたり削除、增補、改變が見られる。韻文的要素（「風月瑞仙亭」には連用されている箇所はない）については、七箇所のうち三箇所でまるごとの削除があり、また文君の容姿を描寫した④の美文が、句を部分的に削除することで短縮されている。マクラとするため全體の分量を短縮する必要があったのであろう。⑧も恐らく「風月瑞仙亭」では「正是」の後（缺葉）に對句か詩があったであろうから、これも『警世通言』巻六で削除されたものと思われる。一方『警世通言』巻六の⑤では改行し行頭をあける形式に變わることで、見た目の上では插入箇所が增えている。

なお『警世通言』巻六では、「風月瑞仙亭」に比べ韻文的要素や冗長な會話部分が減らされる一方、驅け落ちした二人が酒場を開いた話を聞いて卓王孫が恥じるくだりが增補されたり、「風月瑞仙亭」では未婚の娘とされている文君が寡婦になっているなど、史實に合わせるための改變がなされている。

○「錯認屍」……『警世通言』巻三十三「喬彥傑一妾破家」（略稱を「喬彥傑」とする）

男女のもつれが商人一家の破滅につながる、日本語で言うところの世話物の傑作である。なお、「錯認屍」は第四葉の版心に「又三」とあってその後も四、五……と一つずつ葉數表示がずれこんでいるため、別表では版心の表記の後に（4b）等として實際の葉數を示した。

この篇は短篇白話小説の典型例とも言えるが、韻文的要素は詩と對句のみで詞や美文がない。『警世通言』巻三十三では全體にわたってそれらの削減がされているが、まるごと削除されている例は⑪の一箇所のみで、他は連用の排除を含めていずれも部分的な削減である。また『警世通言』巻三十三には、一家全滅の直接的きっかけを作ったごろつきの王青が祟りを受けて死ぬという、「錯認屍」にない後日談が增補されており、これに合わせて改變された末尾の七絕に、「錯認屍」の⑫から削除された詩句が再利用されている。

「錯認屍」の語り口で特徴的なのは、韻文的要素に二種類しかないことも含め、パターンがかなり固定化されている點である。後の展開を豫告するフレーズと韻文的要素の組み合わせが②③④⑤⑧⑩⑪の七箇所、つまり插入箇所全體の半分を占め、またその後を「當時」「當日」「此時」など「その時……」という表現で受ける形式が統一的に使われている。「戒指兒記」と異なり、「さてどうなりますことか」といった問いかけフレーズとの組み合わせは見られない。「錯認屍」は非常に生き生きとした白話文と、庶民の生活に密着した內容を持つのと同時に、韻文的要素との關連では限定されたパターンのみで書かれていることが分かる。

また「戒指兒記」と『古今小說』卷四「閒雲菴」の場合と違い、「錯認屍」の豫告的フレーズは『警世通言』卷三十三では一箇所も削除されておらず、「三言」テキストの編集態度にも篇ごとの差が見いだされる。

○「刎頸鴛鴦會」……『警世通言』卷三十八「蔣淑眞刎頸鴛鴦會」（略稱を「鴛鴦會」とする）

「刎頸鴛鴦會」には題目の下に、「一名三送命、一名冤報冤」という別名が記されている。この點「簡貼和尙」と共通するが、ジャンル名などは記されていない。鼓子詞の形式で、散文による語りの間に商調醋葫蘆を十回挾む。この醋葫蘆十篇については、二種のテキスト間でいずれもわずかな字句の異同しかない。

篇全體としても異同は少ない。中で最も大きな異同は、「刎頸鴛鴦會」で末尾⑲-2にある對句が、『警世通言』卷三十八では⑱に移されている點であろう。また「刎頸鴛鴦會」では最後の醋葫蘆⑲に續けてすぐ詞と對句があり、韻文的要素を三つたたみかけるように竝べている。說唱藝能の上演であれば、拍子やメロディーの異なる韻文を續けざまに唱い、だめ押しに對句を朗詠するという終わりかたはクライマックスの盛り上がりを強調し、効果的なものだったのではないかと想像される。とすると、「刎頸鴛鴦會」のこの語り口は、上演の模様を直接に反映しているかはともかく、一種の再現的構成なのかもしれない。あるいは、いわゆる種本といったような、簡單な梗概と韻文的要素の羅列からなるテキストを、讀みものとして充實させるため地の文を肉付けした結果がこのテキストであるとも考えられる。いずれにせよ『警世通言』巻三十八では、ここから對句を削除（移動）した上、「刎頸鴛鴦會」では⑲の前にまとめて述べられている詞牌名を紹介する地の文を、⑲と⑲-2の間に「又調南鄉子一闋」と割りこませることによって、韻文的要素の連用を排除している。敍述の整理と形式の統一による定式化、あるいは安定化は、「三言二拍」の全體的傾向と言える。

この他、「刎頸鴛鴦會」の冒頭①では詩と詞が連用されているのが、『警世通言』巻三十八では通例どおり詩のみとなっている。またマクラの結末部分にあたる④では、「雨散雲消　花殘月缺」の二句を「刎頸鴛鴦會」では對句の插入として扱っているのに對し、『警世通言』巻三十八では地の文の一部に吸收してしまっている。一方、ヒロインが偶然耳にした歌聲が記される⑪では、「刎頸鴛鴦會」では後二句だけを抜き出したという體裁で地の文の一部として記されるのに對して、『警世通言』巻三十八では「刎頸鴛鴦會」にない前半二句が追加され、改行して記されている。韻文插入による本文の中斷を減らすことよりも、形式を統一することが優先されたのであろう。⑰も、『警世通言』巻三十八では改行・空格によって對句が地の文から區別されており、形式の統一という點で共通する。

「刎頸鴛鴦會」の⑤すなわちマクラと正話のつなぎめにあたる箇所には、「權做个笑要(耍)頭回」というフレーズが、改行し空格をあけて置かれている。頭回とはマクラを指し、「陳巡檢梅嶺失妻記」や「簡貼和尚」の末尾のフレーズと同じく藝能に由來する決まり文句と考えられているが、これも『警世通言』巻三十八にはなく、「三言」以降排除された形式に屬する。

いま一つ興味深い表現として、「刎頸鴛鴦會」の末尾で地の文に見られる「在座看官、要備細請看敍大略、漫聽秋山一本刎頸鴛鴦會」というフレーズがある。言葉としては「お客様がた、詳しくは大略をご覧になり、秋山（？）刎頸鴛鴦會一本をお聞き下さい」という意味になるであろう。「看」と「聽」は區別して用いられているわけで、あるいは寄席で番付のようなものが販賣ないし配布されていたということであろうか。假にそうだとすれば、ここにも藝能由來の語り口が顏を出していることになり、全體としてこの作品は上演されるものとしての藝能の形態との關わりが強いと考えられる。『警世通言』巻三十八では「要備細請看敍大略」の部分が削除されており、ここでも藝能的語り口の一つが排除された可能性があろう。

○「陰騭積善」……『拍案驚奇』巻二十一「袁尚寶相術動名卿　鄭舍人陰功叨世爵」マクラ（略稱を「袁尚寶」マクラとする）

現存する嘉靖・萬曆期の短篇白話小説テキストのうち、唯一「二拍」所收の小説と重複する。『拍案驚奇』巻二十一では冒頭①の詩の上に「詩曰」の語があるが、これは「二拍」の通例に沿った形式である。韻文的要素に削減は見られるが、まるごとの削除はない。

「陰騭積善」の特徴として、韻文的要素の約半分にあたる四箇所を「但見」の導入による情景描寫の美文が占めるという點がある。そのうち③と④の二箇所では、「天色晩」「天色曉」という表現がそれぞれ美文の前後で一度ずつ記され、詩詞美文によっていったん止められたストーリーの流れを、同じ表現をくり返すことによって再開する形式で對をなしている。しかも夜と朝で二度同じ型をくりかえす。『拍案驚奇』巻二十一ではこの語り口に改變が加えられ、美文の前後で表現が重複しないように變化がつけられている。⑥でも同樣に、詩の前後で「及第」をくり返す敍述が、

『拍案驚奇』巻二十一では解消されている。これは「陳巡檢梅嶺失妻記」の⑨の場合と同様、藝能における口頭の語りを再現するような語り口が、文章として稚拙とみなされ、より洗練された表現に置き換えられたものと思われる。讀みものとして洗練された表現への指向は③の美文にも向けられる。これは情景描寫を十から一までの數え歌に仕立てたものだが、『拍案驚奇』巻二十一ではその內容が改變され、數字の位置が全て句頭になるよう整理されている。

この他、⑤と⑦で韻文的要素の削減が見られる。⑦は押韻から見て連用の排除の例にあたると思われる。

三、短篇白話小說の變容

以上の內容をもとに、「六十家小說」「熊龍峯四種小說」から「三言二拍」へのテキストの變化について、韻文的要素に關わる點を中心に特徵をまとめてみると、次のようになる。

もともと「六十家小說」などの先行テキストは篇によって少しずつ異なる語り口の特徵や傾向を有している。「三言」などの後發テキストはそれらの特徵を引き繼ぎながら、ある程度統一された形式に向かって收斂していく。

韻文的要素は、先行研究で指摘されるとおり全體として減少する。後發テキストの編者は韻文的要素の過剰な插入を忌避したわけだが、先行テキストにある韻文的要素が「三言二拍」テキストではまるごとなくなっているという例は、重複する十二篇の中では『古今小說』巻四「閒雲菴」、同巻二十三「張舜美」、『警世通言』巻六「兪仲擧」マクラ、同巻三十三「喬彥傑」の四篇にのみ見られ、しかも『古今小說』巻二十三と『警世通言』巻三十三では一例にとどまり、このパターンは必ずしも多くないことが分かる。一方、韻文的要素の部分的な削減・短縮が見られる篇は『古今小說』巻四、同巻二十「陳從善」、巻二十三、巻三十五「簡帖僧」（藝能系フレーズの削除のみ）、『警世通言』巻六、同巻

三十三、巻三十八「鴛鴦會」、『拍案驚奇』巻二十一「袁尙寶」マクラの八篇にのぼる。

これに關連して、小松建男氏の指摘(17)にもあるとおり、韻文的要素の連用という形式が徹底して排除される。排除の方法は、連用されているうちの一方を削除するのがほとんどで、部分的削減の例に含まれる。詩の一部が削除されたように見える箇所も、押韻などからして恐らく、二つ以上の詩や對句が連用されていた箇所から片方を削除したと思われる場合が多い。ただ、連用の排除に關しては、地の文を增補して割りこませたり、改行をしないことによって一續きの美文にするなど、韻文的要素を減らさない例も見られ、「三言二拍」において定型とみなされた形式への統一が重視されていることがうかがえる。

一方で韻文的要素の增補が『古今小說』巻四、同巻七「羊角哀」、巻十六「范巨卿」、『警世通言』巻三十八の四篇に見られる。『古今小說』巻四には四箇所の增補があって全て對句、同巻七と巻十六ではそれぞれ一箇所と二箇所に詩が增補されている。『警世通言』巻三十八には詩句を追加し改行することにより、地の文から詩を獨立させている例が一箇所ある。このように韻文的要素の增補は、現存するテキストの範圍內では一部の篇に偏った形で見られる。總じて「三言二拍」では、篇によっては大幅に削減されるとはいえある程度の韻文的要素は必要と考えられていたこと、また篇によって改變の度合いや傾向に差があることが分かる。

展開の豫告または問いかけに韻文的要素が續く形式も、全體としては減少するが、『古今小說』巻四にはこの形式の排除が顯著なのに對し、『警世通言』巻三十三では逆に排除されていないなど、やはり篇ごとに偏りが見られる。

藝能に由來すると思われる特殊な表現に關しては、末尾あるいはマクラと正話のつなぎ目に現れるきまり文句が「三言二拍」では削除される。中でも典型的な例は、「陳巡檢梅領失妻記」の末尾に「正是」の導入で見える、

雖爲翰府名談　　編作今時佳話

であろう。この前半の六字二句に類する例は「五戒禪師私紅蓮記」の末尾にも見える（「雖爲翰府名談、編入太平廣記」）が、こちらは改行と行頭の空格がなく、地の文の續きとして書かれている。後半四字二句の類例は、「六十家小說」では「簡貼和尙」の他「合同文字記」、「熊龍峯四種小說」では「張生彩鸞燈傳」の末尾にある。「刎頸鴛鴦會」でマクラと正話のつなぎ目にある「權做个耍笑耍頭回」も含め、「三言」の重複する篇ではこれらは全て排除されている。また冒頭に置かれる「入話」の語も「三言二拍」では全て排除される。

一方で、詩詞の導入に「有詩(詞)爲證」を用いる例は「三言」テキストで逆に增加している。これは旣に言われているように、「六十家小說」の時期から「三言」の時期までの間に、元來は唱いものの用語だったこの表現を白話小說の定型の一つとみなす考え方が廣まっていたことによると思われる。(18) これらを始め、全體にわたって藝能系フレーズの取捨選擇が進んでいる。

また、全體にわたり敍述の合理化がはかられる。語る順序を整理する、韻文的要素の前後で同じ表現をくり返すことを避ける、ストーリー上の整合性がとれるように內容を增補するなどの改變が見られ、細部にわたる書きかえや詩句の再利用など、かなり細密な改變がなされている。また、「六十家小說」テキストで明らかにされていない人名が「三言」テキストでは具體的に記される(19)など、固有名詞を充實させるのも同じ方向性の變化と言えよう。これらの合理化や情報量の充實は、白話文の運用能力や文章構成能力の向上にともなうものであり、そこに短篇白話小說の語り口の變容過程が現れている。典型的な短篇白話小說は、見たところいかにも口頭の語りを再現したような文面に特徵を有する。その中で「三言二拍」はより再現性の高い文體を求めて發展するが、新舊のテキスト間において、再現的とはどのような文面のことかという認識に變化が起きていることがうかがえる。

このように、韻文的要素の調節、敍述の整理と合理化、藝能系フレーズの取捨選擇といった操作がおこなわれたことが、二種テキストの比較から見いだされる。ただ、豫告的フレーズについて言えることと同樣、排除されていく藝能系フレーズについても、それらに類する表現自體が必ずしも「三言二拍」に見られないかといえばそうではない。數としては少ないが、次のような例が見られるからである。

後希白官至尚書、惜軍愛民、百姓讃仰、一夕無病而終、這是後話。正是、
一首新詞弔麗容　貞魂含笑夢相逢
雖爲翰苑名賢事　編入稗官小史中
（『警世通言』巻十「錢舍人題詩燕子樓」末尾）

一齊動手、剮了孫神通、好場熱鬧。原係京師老郎傳流、至今編入野史。正是、
但存夫子三分禮　不犯蕭何六尺條
自古奸淫應横死　神通縱有不相饒
（『醒世恆言』巻十三「勘皮靴單證二郎神」末尾）

後來不知所終、想必成仙了道去了。看官不信、只看南華眞經有此一段因果。話本說徹、權作散場。
總因一片婆心　日向癡人說夢
此中打破關頭　棒喝何須拈弄
（『二刻拍案驚奇』巻十九「田舍翁時時經理　牧童兒夜夜尊榮」末尾）

ただしこれらは全て地の文ないし詩句の一部として使われている。「六十家小說」「熊龍峯四種小說」において、こ

の種のフレーズが改行の上、行頭にあける空格の幅も他の詩詞とは變えて書かれている（「五戒禪師私紅蓮記」を除く）のとは、認識が異なっていると思われる。右に擧げた『警世通言』巻十に見える二句は、「六十家小説」の類例では六言だが、ここでは七絶の形式に合わせるため七言に改められている。つまり、これらの表現自體を排除することよりも、これらを地の文から區別して特殊な置き方をするという形式を排除することが、「三言二拍」においては意識されていると考えられる。

四、小　結

白話文學全般において、新しいものほど文面が整理され、讀み物としての成熟度を増していくプロセスが、元代から清代にかけ展開していった。讀者層の下への擴大と同時に、知識階級の人々が積極的に編纂や制作に關與するようになり、既存のテキストに改變が加えられ、新たに創作される作品も增加していく。そして、より上級クラスの知識人が參加するようになったことにともない、彼らの教養や價値觀を反映して白話文學作品の文面も變化する。

「六十家小説」や「熊龍峯四種小説」のテキストは、既にかなり整理された文面を持っているが、これらが「三言」、さらに「二拍」へと受け繼がれる中で、讀みものとしてのさらなる整理や增補ないし削減がおこなわれ、より洗練された文面へと變容する。作品によって改變の傾向や度合いに差があるということは、「三言二拍」におけるテキスト編集の態度が必ずしも一定のものではないことを示している。そもそも新舊テキスト間の繼承關係自體、確證があるわけではなく、特定の出版者による刊行物のみから分かることにも限界はあるが、十二篇の小説における二種のテキスト間の異同からは、明末に短篇白話小説のありように起きた變化の過程について、ある程度うかがい知ることができると言ってよいであろう。韻文的要素の量が減少しバランスが取られること、文章が整理されること、藝能由來の特殊な表現が排除される一方で、一部の用語についてはむしろ多用されるようになること、いずれも知識人にとり受け入れやすい文體と形式への變化であり、藝能の世界に近い性格からの脱却という方向性を意味している。

本章では短篇白話小說の代表格とみなされるシリーズものの中から比較可能なテキスト二種を選び、その變容の様相を、韻文的要素に關わる部分を中心に整理した。次章では、短篇白話小說のカテゴリーに入れられている作品に見られる文體面の斷層を手がかりに、短篇白話小說のジャンル性における白話と文言の關係やその變化について考察する。

注

（1）このうち文字表記については、佐藤晴彦氏に「《清平山堂話本》《熊龍峯四種小說》と『三言』——馮夢龍の言語的特徴を探る——」（『神戸外大論叢』第三十七卷第四號、一九八六）、「元明期の文字表記——〈個〉の出現をめぐって——」（『神戸外大論叢』第五十一卷第六號、二〇〇〇）をはじめ、宋元から明清にかけての文字表記の變遷に關する多くの論考がある。

（2）使用テキストは次のとおり。

○「六十家小說」

『雨窗集』『欹枕集』……『雨窗欹枕集』（據天一閣舊藏本影印、馬廉平妖堂、一九三四）。

「清平山堂話本」……國立公文書館內閣文庫藏本（國立公文書館デジタルアーカイブ）。

○「熊龍峯四種小說」……內閣文庫藏本（同右）。

○「三言二拍」

『古今小說』……『白話小說三言二拍』（據內閣文庫藏天許齋本影印、ゆまに書房、一九八五）。

『警世通言』……同右（據名古屋市蓬左文庫藏兼善堂本）。
『拍案驚奇』……同右（據內閣文庫藏葉敬池本）。
（3）山口建治「「戒指兒記」と「閒雲菴阮三償冤債」──話本の戀愛物語研究ノート──」（『集刊東洋學』第二十九號、一九七三）。以下、この篇に關わる記述には同論文の指摘と重なる點が多い。
（4）入矢義高「話本の性格について」（『東方學報』第十二册第三分册、一九四一）において、短篇白話小說の最も特徵的な手法として指摘されている。
（5）荒木猛「短篇白話小說における韻文の機能とその展開」（『信大史學』第四號、一九七九）。
（6）小松建男「「擬話本」中の韻文について」（『中國文化：研究と教育：漢文學會會報』第三十九號、一九八一）。
（7）勝山稔「中國短編白話小說の插入句について──詩・詞・齊言句の插入傾向と插入意圖の變化を中心として──」（『論究』第二十七號、一九九五）。
（8）入矢義高・中國古典文學大系『宋元明通俗小說選』（平凡社、一九七〇）解說。
（9）注（3）前揭山口氏論文。
（10）注（6）および注（7）前揭小松氏・勝山氏論文。
（11）中里見敬『中國小說の物語論的研究』第二章「話本小說における物語行爲」（汲古書院、一九九六）。
（12）注（6）前揭小松氏論文。
（13）注（7）前揭勝山氏論文。
（14）注（11）前揭中里見氏論文。
（15）注（3）および注（8）前揭山口氏・入矢氏論文。
（16）注（6）前揭小松氏論文。
（17）注（6）前揭小松氏論文。
（18）小松謙『中國歷史小說研究』第八章「「有詩爲證」の轉變──白話小說における語りの變遷──」（汲古書院、二〇〇一）。

（19）　たとえば『古今小説』巻四「閒雲菴」では、「戒指兒記」にはない侍女の名を「名曰碧雲」と補充する。また『警世通言』巻三十八「鴛鴦會」では、「刎頸鴛鴦會」で「某二郎」とされているヒロインの夫を「李二郎」と改めている。

〈韻文的要素對照表〉

・內容に增減がある部分に傍線、別の箇所で用いられている部分に波線を附す。
・異同箇所を太字で示す（誤字、異體字、通用字と見られるものを除く）。
・版心に印字された數字にもとづき、1a（＝一葉表）のように附記する。〝」〟は葉の最終行を示す。
・空格について、見やすくするため適宜□で示した。

「六十家小説」

【戒指兒記】（結末部分を缺く）

①（冒頭）

入話

好姻緣是惡姻緣　**不**怨**干戈不**怨天
兩世玉簫難再合　**何時金鏡得重圓**
彩鸞舞後腸空斷　青雀飛來信不傳
安得神虛如倩女　芳𠖥容易到君違

自家今日說个……

②（1a-1b）

『古今小説』

【卷四・閒雲菴阮三償冤債】

①（冒頭）

好姻緣是惡姻緣　**莫**怨**他人莫**怨天
但願向平婚嫁早　**安然無事度餘年**
這四句、奉勸做人家的早些畢了兒女之債。常言道、男大須婚、女大須嫁、不婚不嫁、弄出醜吒。多少有女兒的人家只管要……（中略）……

則今日說箇……

②（1b）

琴棋書畫、無所不曉。怎見得。有隻詞、名滿庭芳、单道着女」1a
人嬌態。其詞曰、
香鬟雕盤、寒生氷筋、畫堂別是風光。主人情重、開宴出
紅粧。膩玉圓搓素頸、藕絲嫩、新織仙裳。雙歌罷、虚欄轉
目、餘韻尚悠揚。人間何處有。司空見慣、應謂尋堂。坐中
有、狂客惱亂愁腸。報道金釵墜也、十指露、春笋長。親曾
見、金勝宋玉、想像賦高堂。
勸了後來人、男大須婚、女大須嫁。不婚不嫁、弄出醜吒。那
陳太常……

③（2a-2b）

……怎見得。有隻詞兒、名瑞鶴仙、单
道着上元佳景、」2a
瑞烟浮禁苑、正絳闕春回、新正方寸。氷輪桂華滿、溢花
衢歌市、芙蓉開遍。龍樓兩觀、見銀燭、星毬燦爛。捲珠簾、
盡日笙歌、盛集寶釵金釧。堪羡綺羅叢裡、蘭麝香中、正
宜遊翫。風柔夜暖、花影亂、笑聲喧。鬧蛾兒滿地、成團打
塊、簇着冠兒鬥轉。喜皇都、舊日風光、太平再見。
志淺家豪因有福　才高不富爲無緣
男兒未遂平生意　知命須當莫怨天
這四句詩、奉勸間賢愚智勇的人、皆听於命、妄想非爲、致

……琴棋書畫、無所不
曉。那陳太常……

③（2a-2b）

……怎見得。
有隻詞兒、名瑞鶴仙、單道着上元佳景、
瑞煙浮禁苑、正絳闕春回、新正方半。氷輪桂華滿、
溢花衢歌市、芙蓉開遍。龍樓兩觀、見銀燭、星毬燦
爛。捲珠簾、盡日笙歌、盛集寶釵金釧。堪羨、綺羅叢」2a
裏、蘭麝香中、正宜遊玩。風柔夜煖、花影亂、笑聲喧。
鬧蛾兒滿地、成團打塊、簇着冠兒鬬轉。喜皇都、舊
日風光、太平再見。
只爲這元宵佳節、處處觀燈、家家取樂、引出一段風
流的事來。……

有敗忘之禍。……

④（3a）

……**孤眠獨宿。**怎見得。正是、

隔墻須有耳　窓外豈無人

那阮三家正與陳**丞相**對衙……

⑤（3b-4a）

……且說小姐回房、**身雖** ⌊3b
卸却衣襟睡上床、開眼直到天明、欲見此人、無由得覩。且
說……

⑥（4a）

……見士女佳人
燒香成隊、遊春公子去駐留還、穿街過短巷、見幾處可意
閨人、看幾个半老婦女。那阮郎心情蕩漾、佳節堪跨。有首
詩詞、单道着新春佳景。詩曰、

喜勝春幡裊鳳釵　新春不換舊情懷

---

④（3a）

……**又吹唱起來。**正是、

隔墻須有耳　牕外豈無人

那阮三家正與陳**太尉**對衙……

⑤（3b-4a）

……小姐
回轉香房、**一夜不曾合眼、心心念念、只想着阮三、我
若嫁得恁般風流子弟、也不枉一生夫婦、怎生得會
他一面也好。**正是、

鄰女乍萌窺玉意　文君早亂聽琴心 ⌊3b

且說……

⑥（4a）

見燒香的士女佳人來往不絕、自覺心性蕩漾、到晚
回家……

草根隱綠氷痕滿　柳眼藏嬌雪影埋
那阮三郎到晚回家……

⑦（4b）
……不好進來、上覆小姐。必竟未知進來與小姐相見也不相見。正是、
雪隱鷺鷥飛始見　柳藏鸚鵡語方知
那梅香荒忙走入來、低聲報與小姐說、阮三官防畏內外人耳目、不敢過來。恐來時有人撞着、小姐不認、拿着不好、因此交我上覆你。那小姐想起夜來……

⑧（5b）
……並不肯說。**一日**、有一个豪家子弟……

⑨（6a）
必定是婦**女**的表記。**低ヒ用幾句真言挑出、挑出他真情肺腑**。必竟那阮三說也不說。正是、
人前只說三分話　未可全抛一片心
那張遠道、阮哥……

---

⑦（4b）
……多多上覆小姐、怕出入不便、不好進來。**碧雲轉身回復小姐**。小姐想起夜來……

⑧（5a-5b）
……並不肯說。正是、
口含黃栢味　有苦自家知
却說有一箇與阮三一般的豪家子弟……
└5a

⑨（6a）
……必定是婦人的表記。**料得這病根從此而起。也不講脉理、便道**、阿哥……

⑩（6b）

……**昔日人有一首、单道着小菴兒的**幽雅。**詩曰、**

短〻横墻小〻亭　半簷踈玉响伶〻
塵飛不到人長靜　一篆炉烟兩卷經

小菴內有个尼姑……

⑪（7a-7b）

……二人進一小軒內、竹搨前。說「7a
甚麼話、計較甚麼事出來。正是、

數句撥開君子路　片言提起夢中人

那張遠道……

⑫（8b）

……直至閨室。那尼姑坐在觸桶上……

⑬（9a）

……小姐道、**那戒指曾帶來麽**。尼姑又道、這顆寶石在我

---

⑩（7a）

……**其實幽雅。怎見得。有詩爲證、**

短短横墻小小亭　半簷踈玉响玲玲
塵飛不到人長靜　一篆爐煙兩卷經

菴內尼姑……

⑪（8a）

……二人進一箇小軒內、竹搨前坐下。張遠道……

⑫（10a）

……直至閨室。正是、

背地商量無好話　私房計較有奸情

尼姑坐在觸桶上……

⑬（10b）

小姐道、**奴家有箇戒指、與他到是一對。說罷、**連忙開

這裡、金子挖去與彫佛人了。小姐討這顆寶石、仔細看了半晌、見鞍思馬、覩佛思人。只因這顆寶石、惹動閨人情意。正是、

拆戟沉沙鐵半消　自將磨洗認前朝
東風不與周郎便　銅雀春深鎖二喬

那小姐認得此物、微ヒ冷笑道、師父、我要見那官人一見、ヒ得麼。尼姑見說道、小姐、那官人也要見小姐一面。那小姐連忙開了箱兒……

⑭（9a-9b）……尼姑道、⌊9a 他有心、你有意、只虧了中間的人、既是如此、我有句話與你說。只因說出這話來、害了那女人前程萬里。正是、

鹿迷鄭相應難便　蝶夢莊周未可知

那尼姑附耳低言……

⑮（9b）……尼姑深ヒ作謝道、來日仰望。却說、那尼姑出了丞相府門……

了粧盒……

⑭（11a）……小姐道、便是爹媽容奴去時、母親在前、怎得方便。尼姑附耳低言……

⑮（11b）……尼姑深深作謝而去。正是、

慣使牢籠計　安排年少人

再說、尼姑出了太尉衙門……

⑯（10a）

……阮三安頓了。怎見得相見的歡娛死去的模樣。正是、

猪羊送屠戶之家　一脚ヒ來尋死路

那尼姑睡到五更時分……

⑰（11a）

……好似渴龍見水。有隻詞、名南鄕子、单道着日間雲雨。怎見得。詞曰、

情興兩和諧、摟定香肩臉貼腮。手摸酥脑奶綿軟、實奇哉。褪了褲兒脫繡鞋。玉体着郎懷、舌送丁香口便開。倒鳳顚鸞雲雨罷、囑多才。芳魂不覺還陽臺。

天有不測風雲　人有暫時禍福

那阮三是个病久的人……

⑱（11b）

……魂靈兒必歸陰府。正所謂、

誰知今日無常　化作南柯一夢

---

⑯（12b）

阮三安頓了。分明正是、

猪羊送屠戶之家　一脚脚來尋死路

尼姑睡到五更時分……

⑰（13b）

……好似渴龍見水。這場雲雨、其實暢快。有西江月爲證、

一箇想着吹簫風韵、一箇想着戒指恩情。相思半載欠安寧、此際相逢僥倖。一箇難辭病體、一箇敢惜童身。枕邊吁喘不停聲、還嫌道歡娛俄頃。

原來阮三是箇病久的人……

⑱（14a）

……頃刻魂歸陰府。正所謂、

天有不測風雲　人有旦夕禍福

小姐見阮三伏在身上……

那小姐見阮三伏在身上……

⑲（12b–13a）　……道、我將這錠銀子去也。

棺木少不得也要買。走出庵門。未知家內如何。正是、

青龍與白虎同行　吉凶事全然未保
夜久喧暫息　池塘唯月明
無因駐清境　日出事還生」12b

那阮二與張遠出了庵門……

⑳（13b）

等阮員外大哥歸來定奪。正是、

燈花有焰鵲聲喧　忽報佳音馬着鞍
驛路迢ヒ烟樹遠　長江渺ヒ雪潮顚
雲程萬賺何年盡　皓月一輪千里圓
日暮鄉関将咫尺　不勞鴻鴈寄瑶箋

秋風颯ヒ、動行人塞北之悲。夜月澄ヒ、興遊子江南之夢。

忽一日、阮員外……

---

⑲（15b）　……阮二道、且去買了棺木來再議。張遠收了銀子、與阮二同出菴門……

⑳（16a）　……等阮員外大哥回來定奪。正是、

酒到散筵歡趣少　人逢失意歎聲多

忽一日、阮員外……

※（末尾19b）

……至今河南府傳作佳話。有詩爲證、詩曰、

兔演巷中擔病害　閒雲菴裏償冤債
周全末路仗貞娘　一牀錦被相遮蓋

【羊角哀死戰荊軻】（前半と結末部分を缺く）

①（4a）
……伯桃死於桑中。角哀捱自寒冷……

【巻七・羊角哀捨命全交】

①（5a-5b）
……伯桃死於桑中。後人有詩賛云、

寒來雪三尺　人去途□里
長途苦雪寒　何況囊無米
并糧一人生　同行兩人死
兩死誠何益　一生尚有恃
賢哉左伯桃　隕命成人美

角哀捱着寒冷……

└5a

【死生交范張雞黍】（前半および6b～7aに跨る六行分を缺く）

①（4b）
……不知巨卿所在、如梦如醉、哭声驚動母親并弟……

【巻十六・范巨卿雞黍死生交】

①（5b）
……不知巨卿所在。有詩爲證、

風吹落月夜三更　千里幽魂叙舊盟
只恨世人多負約　故將一死見平生

張劭如夢如醉、放聲大哭。那哭聲驚動母親并弟……

②（6a）

……背一个小書嚢、來早便行。沿路
上……

③（6b-7a）

……取出祭文、酹酒再拜、號泣而讀。文曰、
（二行墨丁）」6b
（四行空白）
元伯發棺視之、……

④（末尾7b）

巨卿子范純綬及第進士、官□□□□卿。至山陽古跡尤
存、題詠及多、聊陳二詩曰、

義重張元伯　恩深范巨卿
不辭迢遞路　千里赴鷄羮

---

②（7a-7b）

背一箇小書嚢、來蚤便行。有詩爲證、
辭親別弟到山陽　十里迢迢客夢長
豈爲友朋輕骨肉　只因信義迫中腸」7a
沿路上……

③（8b-9a）

……取出祭文、酹酒再拜、
號泣而讀。文曰、
維某年月日、契弟張劭、謹以炙雞絮酒、致祭於仁
兄巨卿。范君之靈曰……（中略）……
……嗚呼哀哉、尙」8b
饗。
元伯發棺視之、……（祭文は一五三字）

④（末尾9a-9b）

……巨卿子范純綬及第進」9a
士、官鴻臚寺卿。至今山陽古跡猶存、題詠極多、惟有
無名氏踏莎行一詞最好。詞云、
千里途遙、隔年期遠、片言相許心無變。寧將信義

既報身傾沒　辭親即告行
山問■■■　萬古仰高情

托遊魂、堂中雞黍空勞勸。○月暗燈昏、淚痕如線、死生雖隔情何限。靈輀若候故人來、黃泉一笑重相見。

【陳巡檢梅嶺失妻記】

①（冒頭）

入話

獨坐書齋閱史篇　三真九烈古來傳
歷觀天下嶮嶇嶠　大庾梅嶺不堪言
君騎白馬連雲棧　汝駕孤舟亂石灘
楊鞭舉棹休相笑　烟波名利大家難

話說大宋徽宗宣和三年上春間……

②（2a）

……陳辛見妻如此說、
心下稍寬。正是、□青龍與白虎同行、吉凶事全然未保

天高寂沒聲　蒼ヒ無處尋
萬般皆是命　半點不由人

當日陳巡檢……

【卷二十・陳從善梅嶺失渾家】

①（冒頭）

君騎白馬連雲棧　我駕孤舟亂石灘
揚鞭舉棹休相笑　煙波名利大家難

話說大宋徽宗宣和三年上春間……

②（2a）

……陳辛見妻如此說、心下稍寬。正是、
青龍與白虎同行　吉凶事全然未保

當日陳巡檢……

③（3a）

……迤邐**在路道、**

村前茅舍、庄後竹籬。村醪香透磁缸、濁酒滿盛瓦瓮。架上麻衣、昨日芒郎留下當。酒市大字、鄉中學究醉時書。**李白聞言休駐馬、劉伶知味且停舟。**小橋曲澗野梅芳、茅舍竹籬村犬吠。

陳巡檢騎着馬……

④（3b）

……有分交如春爭些个做了失鄉之鬼。正是、

鹿迷鄭相應難辨　蝶夢周公未可知
神明不肯說明言　凡夫不識大羅仙
早知留却羅童在　免交洞內苦三年

當日打發羅童回去……

⑤（4b-5a）

……只見就中 ⌞4b 起一陣風。正是、

風穿珠戶透簾櫳　滅燭能交蔣氏雄
吹折地獄門前樹　刮起風都頂上塵

---

③（3a）

……迤邐**而進。一路上但見、**

村前茅舍、庄後竹籬。村醪香透磁缸、濁酒滿盛瓦瓮。架上麻衣、昨日芒郎留下當。酒帘大字、鄉中學究醉時書。**沽酒客暫解擔囊、趲路人不停車馬。**

陳巡檢著馬……

④（4a）

……有分教如春爭些個做了失鄉之鬼。正是、

鹿迷鄭相應難辨　蝶夢周公未可知

當日打發羅童回去……

⑤（5a）

……只見就中起一陣風。正是、

吹折地獄門前樹　刮起酆都頂上塵

那陣風過處……

那陣風過處……

⑥（5a–5b）　……只因此夜、直交

陳巡檢三年不見孺人之面。未知久後如何。正是、

千ヒ丈琉璃井里　番爲失脚夜行人

雨里烟村霧里都　不分南北路程途

多疑看罷僧繇畫　收起丹青一軸啚

5a

陳巡檢與王吉……

⑦（7a–7b）

……不免含淚而挑水。正是、

寧可洞中挑水苦　不作貪淫下賤人

世路山河嶮　石門烟霧深

年ヒ上高處　未肯不傷心

不說張氏如春在洞中受苦……

7a

⑧（7b–8a）　……只見楊展幹請仙至、降筆判断四句。詩

曰、

千日逢灾厄　佳人意自堅

7b

---

⑥（5b–6a）

……只因此夜、直敎陳巡檢三年不見孺人之面。

未知久後如何。正是、

雨裡煙村霧裡都　不分南北路程途

多疑看罷僧繇畫　收起丹青一軸圖

5b

陳巡檢與王吉……

⑦（8a）　……不免含淚而挑水。正是、

寧爲困苦全貞婦　不作貪淫下賤人

不說張氏如春在洞中受苦……

⑧（8b）　……只見楊殿幹請

仙至、降筆判斷四句。詩曰、

千日逢災厄　佳人意自堅

　紫陽來到日　　鏡破再團圓
楊展幹斷曰……
⑨（8a-8b）
……陳巡撿看那嶺時、真嶮峻。
陳巡檢并一行過了梅嶺。直交陳巡檢、
　施呈三畧六韜法　威鎮南雄沙角營
　欲問世間烟瘴路　大庾梅嶺苦心酸
　山中大象成羣走　吐氣巴蛇滿地攢
這巡檢過了梅嶺……　」8a
⑩⑪（8b）
……光陰似箭、正
是、
　窓外日光彈指過　席前花影坐間移
倏忽在任、不覺一載有餘。差人打听孺人消息、並無踪跡。
端的、
　好似石沈東海底　猶如線斷岙風箏
陳巡檢爲因孺人無有消息……
⑫（9b）

　紫陽來到日　　鏡破再團圓
楊殿幹斷曰……
⑨（9a）
陳巡檢看那嶺時、眞個嶮峻。
　欲問世間烟瘴路　大庾梅嶺苦心酸
　磨牙猛虎成羣走　吐氣巴蛇滿地攢
陳巡檢并一行人過了梅嶺……
⑩⑪（9b）
……光陰似箭、正是、
　窻外日光彈指過　席前花影坐間移
倏忽在任、不覺一載有餘。差人打聽孺人消息、竝無踪跡。端的、
　好似石沈東海底　猶如線斷紙風箏
陳巡檢爲因孺人無有消息……
⑫（10a-10b）

……只因斬了鎮山虎、真个是、

威名大振南雄府　武藝高強衆所欽

亭ヒ孤月照行舟　寂ヒ長江萬里流

鄉國不知何處好　雲山漫ヒ遣人愁

這陳巡檢在任……

⑬（10a-10b）……且在寺

中歇下。正是、

端的眼觀旌節旗　分明耳听好消息

五里亭ヒ一小峰　上分南北與西東　└10a

世間多少迷路客　一指還歸大道中

陳巡檢在紅蓮寺中……

⑭（10b-11a）……陳巡檢在屏風後听得說、　└10b

正是、

心頭一把無明起　怒氣咬碎口中牙

陳巡檢大怒……

⑮（11a-11b）

……只因斬了鎮山虎、眞個是、

威名大振南雄府　武藝高強衆所欽　└10a

這陳巡檢在任……

⑬（11a）……且在寺中歇下。正是、

五里亭亭一小峯　上分南北與西東

世間多少迷路客　一指還歸大道中

陳巡檢在紅蓮寺中……

⑭（11b-12a）……陳巡檢在屏風後聽得說、　└11b

正是、

提起心頭火　咬碎口中牙

陳巡檢大怒……

⑮（12b）

……只説陳辛去尋妻、未知└11a尋得見尋不見。正是、

風定始知蟬在樹　灯殘方見月臨窓
夫妻會合是前縁　堪恨妖魔逆上天
悲歡離合千般苦　烈女真心萬古傳

當日陳巡檢帶了王吉……

⑯（12b）……真君救難、正是、

從空伸出拿雲手　救出天羅地網人
法籙持身不等閑　立身起業有多般
千年鉄樹開花易　一日酆都出世難

陳巡檢在寺中等了一日……

⑰（13a）……只見就方丈裡起一陣風、

但見、

無形無影透人懷　二月桃花被綽開
就地撮將黃葉去　入山推出白雲來

那風過處……

……只説陳辛去尋妻、未知尋得見尋不見。正是、

風定始知蟬在樹　燈殘方見月臨窻

當日陳巡檢帶了王吉……

⑯（13b-14a）……眞君救難、正└13b是、

法籙持身不等閒　立身起業有多般
千年鐵樹開花易　一日酆都出世難

陳巡檢在寺中等了一日……

⑰（14a-14b）……只見就方丈裏起一陣風、但見、└14a

無形無影透人懷　二月桃花被綽開
就地撮將黃葉去　入山推出白雲來

那風過處……

⑱（末尾13b）

……夫妻團圓盡老、百年而終。正是、

雖爲翰府名談　編作今時佳話
話本說徹　權作散場

【五戒禪師私紅蓮記】

※（冒頭）

入話

禪宗法敎豈非凡　佛祖流傳在世間
鐵樹開花千載易　墜落阿鼻要出難

話說……

①（2a－2b）

……道、善哉ヒヒ。正所謂、

日ヒ行方便　時ヒ發道心
但行平等事　不用問前程」2a

當時清一見……

②（3b）

……乞了一驚、却是、

⑱（末尾15a）

……夫妻團圓盡老、百年而終。有詩爲證、

三年辛苦在申陽　恩愛夫妻痛斷腸
終是妖邪難勝正　貞名落得至今揚

【卷三十・明悟禪師趕五戒】正話

※（冒頭）

昔爲東土寰中客　今作菩提會上人
手把楊枝臨淨土　尋思往事是前身

話說……

①（6b）

道、善哉善哉。正所謂、

日日行方便　時時發道心
但行平等事　不用問前程

當時清一見……

②（8a）

……喫了一驚、却似、

分開八塊頂陽骨　傾下半桶氷雪來

長老一見紅蓮……

③（4b）　……抱上

床去。却便似、

戯水鴛鴦、穿花鸞鳳、喜孜ヒ**連理並生**。美甘ヒ**同心帶**
綰。恰ヒ鶯声、不離耳畔。津ヒ甜唾、笑吐舌尖。楊柳腰、脉
脉春濃。櫻桃口、微ヒ氣喘。星眼朦朧、細ヒ汗流。香玉体、
酥胷蕩漾、涓ヒ露滴牡丹心。一个乍遇男兒、由如餓虎
呑羊。一个初侵女色、好似渴龍得水。可惜菩提甘露水、
傾入紅蓮兩辦中。

當日長老與紅蓮……

④（5b）　……**長老**捻起

筆來、便寫四句詩道、

一枝**萏菡**瓣兒張　相伴**蜀葵**花正芳
紅榴似火復如錦　不如翠蓋芰荷香

長老詩罷……

分開八塊頂陽骨　傾下半桶水雪來

長老一見紅蓮……

③（9b）　……抱上

牀去。却便似、

戯水鴛鴦、穿花鸞鳳、喜孜孜**枝生連理**。美甘甘**帶**
綰同心。恰恰鶯聲、不離耳畔。津津甜唾、笑吐舌尖。
楊柳腰、脉脉春濃。櫻桃口、微微氣喘。星眼朦朧、細
細汗流。香玉體、酥胸蕩漾、涓涓露滴牡丹心。一箇
初侵女色、猶如餓虎呑羊。一箇乍遇男兒、好似渴
龍得水。可惜菩提甘露水、傾入紅蓮兩瓣中。

當日長老與紅蓮……

④（10b-11a）　……**五戒**捻起

筆來、便寫四句詩道、

一枝**菡萏**瓣初張　相伴**葵榴**花正芳　⌊10b
似火石榴雖可愛　**爭**如翠蓋芰荷香

五戒詩罷……

⑤（5b-6a）

……落筆便
寫四句詩曰、
春來桃杏柳舒張　千花萬蘂鬪分芳
夏賞芰荷真可愛　紅蓮爭似白蓮香
明悟長老依韻詩罷……

⑥（6a）

……便
寫八句辭世頌。曰、
吾年四十七　萬法本歸一　只爲念頭差　今朝去
得急　傳與悟和尚　何労苦相逼　幻身如雷電
依舊蒼天碧
寫罷辭世頌……

⑦（8a）

……又寫四句詩道、
四海尙容蛟龍隱　五湖還納百川流
問一答十知今古　詩僧特地謁王侯
學士見此……

└5b

⑤（11a）

……落筆
便寫四句詩曰、
春來桃杏盡舒張　萬蕊千花鬪艶芳
夏賞芰荷眞可愛　紅蓮爭似白蓮香
明悟長老依韻詩罷……

⑥（11a-11b）

……便寫八句辭世頌。曰、
吾年四十七　萬法本歸一
只爲念頭差　今朝去得急
傳與悟和尚　何労苦相逼
幻身如雷電　依舊蒼天碧
寫罷辭世頌……
（⑥と⑦の間、內容增補）

⑦（16b）

……又寫四句詩道、
大海尙容蛟龍隱　高山也許鳳皇遊
笑却小人無度量　詩僧焉敢謁王侯
東坡見此……

└11a

⑧（8b-9a）

……後有詩爲證、

蘇公堤上多佳景　惟有孤山浪里高
西湖十里天連水　一株楊柳一株桃

後元豊五年……

※（末尾）

……二人倶得善道。雖爲翰府名談、編入太平廣記。

（この後、結末まで大幅に內容增補、變更）

※（末尾）

……這兩世相逢、古今罕有、至今流傳做話本。有詩爲證、

禪宗法教豈非凡　佛祖流傳在世間
鐵樹開花千載易　墜落阿鼻要出難

【李元吳江救朱蛇】（結末部分を缺く）

①（冒頭）

入話

勸人休誦經、念甚消災呪。經呪總慈悲、冤業如何救。種麻還得麻、種豆還得豆。報應本無私、作了還自受。

【卷三十四・李公子救蛇獲稱心】

①（冒頭）

勸人休誦經　念甚消災呪
經呪總慈悲　冤業如何救
種麻還得麻　種荳還得荳
報應本無私　作了還自受

這八句言語……

②（2a）

……李元看了江山景物、観之不足、乃
賦詩曰、

西出崑崙東到海　驚濤泊岸浪掀天
月明滿耳風雷吼　一派江声送客船

渡江至潤州……

③（3a）

……李元於老丈處、借筆硯題詩一絶於壁間、以明鴟夷不
可於此受享。詩曰、

地靈人傑誇張陸　共預清祠是可宜
千載難消亡國恨　不應此地着鴟夷

題罷……

【簡貼和尚】

①（冒頭）

公案傳奇
入話　鷓鴣天

這八句言語……

②（2a）

……李元看了
江山景物、觀之不足、乃賦詩曰、

西出崑崙東到海　驚濤拍岸浪掀天
月明滿耳風雷吼　一派江聲送客船

渡江至潤州……

③（3a-3b）

……李元於老人處、借筆硯題詩一絶於壁間、
以明鴟夷子|不可於此受享。詩曰、

地靈人傑誇張陸　共預清祠事可宜
千載難消亡國恨　不應此地着鴟夷

題罷……

└3a

【巻三十五・簡帖僧巧騙皇甫妻】

①（冒頭）

白苧輕衫入嫩涼、春蠶食葉響長廊。禹門已準桃
花浪、月殿先收桂子香。○鵬北海、鳳朝陽、又携書

白苧千袍入嫩涼、春蚕食葉響長廊。禹門已準桃花浪、
月殿先收桂子香。鵬北海、鳳朝陽、又携書劍路茫茫。
明年此日青雲去、却咲人間擧子忙。
大國長安一座縣……

②③（1a-1b）
……做
个詞兒、專說丈夫試不中、名喚做望江南。□詞道是、
公孫恨、端木筆俱收。枉念歌舘經数載、尋思徒記万餘 ∟1a
秋、拓拔淚交流。村僕固、悶獨駕孤舟。不望手勾龍虎
榜、慕容顏老一齊休、甘分守閭丘。
那王氏意不尽、看着丈夫、又做四句詩兒、
良人得ヒ負奇才　何事年ヒ被放回
君面從今羞妾面　此番歸後夜間來
宇文解元從此……

④⑤（1b-2a）
……書中前面
略敘寒暄、後面做隻詞兒、名做南柯子。□詞道是、
鵲喜噪晨樹、灯開半夜花。果然音信到天涯、報道玉郎 ∟1b
登第出京華。舊恨消眉黛、新歡上臉霞。從前都是誤

劍路茫茫。明知此日登雲去、却笑人間擧子忙。
長安京北有一座縣……

②③（1a-1b）
……做一箇詞兒、嘲笑丈夫、名喚做望江
南。詞道是、 ∟1a
公孫恨、端木筆俱收。枉念西門分手處、聞人寄信
約深秋、拓拔淚交流。○宇文棄、悶駕獨孤舟。不望
手勾龍虎榜、慕容顏好一齊休、甘分守閭丘。
那王氏意不盡、看着丈夫、又做四句詩兒、
良人得意負奇才　何事年年被放回
君面從今羞妾面　此番歸後夜間來
宇文解元從此……

④⑤（2a）
……書中前面略敘寒暄、後面做隻詞兒、名喚南
柯子。詞道、
鵲喜噪晨樹、燈開半夜花。果然音信到天涯、報道
玉郎登第出京華。○舊恨消眉黛、新懽上臉霞。從

疑他、将謂經年狂蕩不帰家。
去這詞後面又寫四句詩道、
長安此去无多地　鬱ヒ葱ヒ佳氣浮。
良人得意正年少　今夜醉眠何処楼。
宇文綬接得書……

⑥（2a-2b）
……做了隻曲兒、喚做踏沙行。
足躡雲梯、手攀仙桂、姓名高掛登科記。馬前喝道狀元
來、金鞍玉勒成行綴。宴罷帰來、恣遊花市。此時方顕
平生志。修書速報鳳楼人、這回好个風流婿。」2a
做畢……

⑦（3a）
……就白紙上寫了四句
詩
碧紗窓下啓緘封　一紙從頭徹底空
知尓欲帰情意切　相思尽在不言中
寫畢……

前都是誤疑他、將謂經年狂蕩不歸家。
□這詞後面又寫四句詩道、
長安此去無多地　鬱鬱蔥蔥佳氣浮。
良人得意正年少　今夜醉眠何處樓。
宇文綬接得書……

⑥（2b）
……做了隻曲兒、喚做踏沙行。
足躡雲梯、手攀仙桂、姓名高掛登科記。馬前喝道
狀元來、金鞍玉勒成行綴。○宴罷歸來、恣遊花市。
此時方顯平生志。修書速報鳳樓人、這回好箇風
流壻。
做畢……

⑦（3a-3b）
……於白」3a
紙上寫了四句。
碧紗窻下啓緘封　一紙從頭徹底空
知汝欲歸情意切　相思盡在不言中
寫畢……

⑧（3b）……只因這封簡帖兒、
変出一本蹺蹊作怪底小說來。□□正是、
　塵隨馬足何年尽　事繫人心早晩休
淡㞊眉兒斜插梳、不忺拈弄綉工夫。雲牕霧閣深ヒ処、
静拂雲箋斈草書。多艶麗更清姝、神仙標格世間无。
當時只說梅花似、細看梅花却不如。
東京汴州開封府……

⑨（4a）……那官人生得、
濃眉毛、大眼睛蹶鼻子、略綽口、頭上裹一頂高様大桶
子頭巾。着一領大寬袖斜襟摺子。下面襯貼衣裳、**甜**鞋
淨襪。□□入來茶坊裡坐下……

⑩（5a）……皇甫殿直看着那
廝、震威一喝。□便是、
　當陽橋上張飛勇　一喝曹公百万兵

---

⑧-2（4a）……只因這封簡帖兒、變出一
本蹺蹊作怪的小說來。正是、
　塵隨馬足何年盡　事繫人心早晩休
有鷓鴣詞一首、單道着佳人、
淡畫眉兒斜插梳、不歡拈弄繡工夫。雲窻霧閣深
深處、靜拂雲牋學草書。○多艶麗更清姝、神仙標
格世間無。當時只說梅花似、細看梅花却不如。
東京汴州開封府……

⑨（4b）……那官人生得、
濃眉毛、大眼睛蹙鼻子、略綽口、頭上裹一頂高様
大桶子頭巾。着一領大寬袖斜襟褶子。下面襯貼
衣裳、**乾**鞋淨韈。
入來茶坊裏坐下……

⑩（6a）……皇
甫殿直看着那廝、震威一喝。便是、
　當陽橋上張飛勇　一喝曹公百萬兵

喝那廝一声……

⑪（5b-6a）　……皇甫殿直接得三件物事、拆開簡子看
時　某皇恐再拜、上啓小娘子粧前。即日孟春謹時、恭
惟懿候起居万福。某外日荷蒙持盃之款、深切仰
思、未嘗少替。某偶以薄幹、不及親詣、聊有小詞、名
訴衷情、以代面稟、伏乞懿覧。□詞道是、
知伊夫壻上辺回、懊惱砕情懐。絡索鐶児一対、
簡子与金釵。伊收取、莫疑猜、且開懐。自後別 」5b
後、孤幃冷落、獨守書斎。
皇甫殿直看了簡帖児……

⑫（6b）　……看着迎児、生得、
短肐膊、琵琶腿、髈得柴、打得水、會吃飯、能高屎。
皇甫松去衣架上取下一條縧來……

⑬（8a）

喝那廝一聲……

⑪（6b-7a）　……皇甫殿直接得三件物事、拆
開簡貼看時、
某惶恐再拜、上啓小娘子粧前。即日孟春初時、恭
惟懿處起居萬福。某外日荷蒙持杯之款、深切仰
思、未嘗少替。某偶以薄幹、不及親詣、聊有小詞、名
訴衷情、以代面稟、伏乞懿覽。□詞道是、 」6b
知伊夫壻上邊回、懊惱碎情懷。落索環兒一對、簡
子與金釵。○伊收取、莫疑猜、且開懷。自從別後、孤
幃冷落、獨守書齋。
皇甫殿直看了簡帖兒……

⑫（8a）　……看着迎兒、生得、
短肐膊　琵琶腿　髈得柴　打得水
會喫飯　能窩屎
皇甫松去衣架上取下一條縧來……

⑬（9b-10a）

……看這罪人時、

面長皴輪骨　胲生滲癩腮

有如行病児　到処降人災

小娘子見這罪人……

⑭（9b）

……恰是一

个婆ヒ。生得　眉分两道雪、髩挽一窩絲、眼昏一似秋水

微渾、髮白不若楚山雲淡。

婆ヒ道……

⑮（10a）

……見入來的人、

粗眉毛、大眼精、蹶鼻子、略綽口。**抹眉裹頂高裝大帯頭**

巾、闊上領皂褶児、下面甜鞋淨襪。

小娘子見了……

⑯（11a）

……在家中无好况。

……看這罪人時、

面長皴輪骨　胲生滲癩腮

猶如行病鬼　到處降人災

這罪人原是箇強盜頭兒、綽號靜山大王。小娘子見

這罪人……

└ 9b

⑭（11a-11b）

……恰是一箇婆婆。生得、

眉分兩道雪、髩挽一窩絲、眼昏一似秋水微渾、髮

白不若楚山雲淡。

婆婆道……

└ 11a

⑮（12a）

……見入來的人、

粗眉毛、大眼睛、蹙鼻子、略綽口。**頭上裹一頂高樣**

大桶子頭巾、着一領大寬袖斜襟褶子、下面襯貼

衣裳、甜鞋淨襪。

小娘子見了……

⑯（13a-13b）

……在家中無好况。正是、

└ 13a

正是、□□時間風火性　燒了歳寒心
自思量道……

⑰（12b-13a）　……皇甫殿
直和這行者两个、即時把這漢來捉了、觧到開封府錢大
尹厅下。　∟12b
出則壯士携鞭、入則佳人捧臂。世ヒ靴蹤不断、子孫出
入金門。他是、
　両浙錢王子　呉越國王孫
大尹陞厅、把這件事觧到厅下……

⑱（末尾）
…當日推出這和尚來、一个書會先生看見、就法場上做了
一隻曲兒、喚做南鄉子、　∟13a
怎見一僧人、犯濫鋪模受典刑。案款已成、招狀了遭刑、
棒殺髠囚示万民。沿路衆人听、尤念高王观世音。護
法喜神、斉合掌低声、果謂金刚不壞身。
話本說徹　且作散場

時間風火性　燒了歳寒心
自思量道……

⑰（15b）
……皇甫殿直和這行者兩箇、卽時把這漢來捉了、解
到開封府錢大尹廳下。這錢大尹是誰、
出則壯士携鞭、入則佳人捧臂。世世靴蹤不斷、子
孫出入金門。他是兩浙錢王子、呉越國王孫。
大尹陞廳、把這件事解到廳下……

⑱（末尾）　……當日推出
這和尚來、一箇書會先生看見、就法場上做了一隻
曲兒、喚做南鄉子、
怎見一僧人、犯濫鋪摸受典刑。案款已成、招狀了
遭刑、棒殺髠囚示萬民。○沿路衆人聽、猶念高王
觀世音。護法喜神、齊合掌低聲、果謂金剛不壞身。

「熊龍峯四種小説」

【張生彩鸞燈傳】

①（冒頭）

入話

致和上國逢佳妹　思厚燕山遇故人
五夜華燈應自好　綺羅叢裡竟懷春

話說東京汴梁……

②（1b）

……細看帕上有詩

一首云、

囊裡真香誰見竊　鮫綃滴血染成紅
殷勤遺下軽綃意　好與才郎置袖中

生吟諷数次、詩尾後有細字一行……

③（2a）

…生嘆賞久之、乃和其詩曰、

濃麝因同瓊體織　軽綃料比杏腮紅
雖然未近来春約　已勝襄王魂梦中

自此之後……

『古今小説』

【卷二十三・張舜美燈宵得麗女】

①（冒頭）

太平時節元宵夜　千里燈毬映月輪
多少王孫并士女　綺羅叢裏盡懷春

話說東京汴梁……

②（1a-1b）

……細看帕上有詩

一首云、

囊裏眞香心事封　鮫綃一幅淚流紅
殷勤聊作江妃佩　贈與多情置袖中 1a

詩尾後又有細字一行……

③（1b）

……張生吟諷數次、歎賞久之、乃和其詩曰、

濃麝因知玉手封　輕綃料比杏腮紅
雖然未近來春約　已勝襄王魂夢中

自此之後……

④（2b）　……乃誦詩一律、或先
或後、近車吟詠云、
　何人遺下一紅綃　暗遺吟懷意氣饒
　勒馬住時金轡脫　揑身親用寶燈挑
　輕〻滴〻深〻韻　慢〻尋〻緊〻瞧
　料想佳人初失去　幾回纖手摸裙腰
車中女子……

⑤⑥（5a-5b）　……兩情好合、諧
老百年。正是、
　意似鴛鴦飛比翼　情同鸞鳳舞和鳴　└5a
今日為甚說這段話、却有箇波俏的女娘
子、也因燈夜遊翫、撞着個狂蕩的小秀才、
惹出一塲奇〻怪〻的事來。未知久後成
得夫婦也不。且聽下回分解。正是、
　燈初放夜人初會　梅正開時月正圓
且道那女娘子遇着甚人。那人是越州人
氏、姓張……

---

④（1b-2a）　……乃誦詩一首、　└1b
或先或後、近車吟詠云、
　何人遺下一紅綃　暗遺吟懷意氣饒
　料想佳人初失去　幾回纖手摸裙腰
車中女子……

⑤⑥（3a-4b）　……兩情好合、諧老　└3a
百年。正是、
　意似鴦鴛飛比翼　情同鸞鳳舞和鳴
今日爲甚說這段話。却有箇波俏的女子、也因燈夜
遊玩、撞着箇狂蕩的小秀才、惹出一塲奇奇怪怪的
事來。未知久後成得夫婦也不。且聽下回分解。正是、
　燈初放夜人初會　梅正開時月正圓
且道那女子遇着甚人。那人是越州人氏、姓張……

⑦⑧（6a–7a）

……怎見得杭州好景。柳耆卿有首望海潮詞、単道杭州好處。詞云、

東南形勝、三吴都會。錢唐自古繁華、烟柳画橋、風簾翠幙、参差十萬人家。 └6a
雲樹遶堤沙、怒濤捲霜雪、天塹無涯。市列珠璣、戸盈羅綺、競奢華。○重湖叠巘清佳、有三秋桂子、十里荷花。絃管弄晴、菱歌泛夜、嬉ゝ的釣叟蓮娃。千騎擁高牙、乗時聽簫鼓、吟賞烟霞。異日圖將好景、歸到鳳池賖。 └6b

舜美観看之際、勃然興發、遂占如夢令一詞、以鮮懷云、

明月娟ゝ篩柳、春色溶ゝ如酒。今夕試華燈、約伴六橋閑走。回首ゝゝ、樓上玉人知否。

且誦且行之次……

⑨（7b–8a）

……那女子生得如何、

---

⑦⑧（4a–4b）

……怎見得杭州好景。柳耆卿有首望海潮詞、單道杭州好處。詞云、

東南形勝、三吳都會。錢塘自古繁華、煙柳畫橋、風簾翠幙、參差十萬人家。雲樹遶堤沙、怒濤捲霜雪、天塹無涯。市列珠璣、戶盈羅綺、競奢華。重湖叠巘清佳、有三秋桂子、十里荷花。絃管弄晴、菱歌泛夜、嬉嬉的釣叟蓮娃。千騎擁高牙、乘時聽簫鼓、吟賞煙霞。異日圖將好景、歸到鳳池賖。

舜美觀看之際、勃然興發、遂口占如夢令一詞、以解懷云、 └4a

明月娟娟篩柳、春色溶溶如酒。今夕試華燈、約伴六橋行走。回首回首、樓上玉人知否。

且誦且行之次……

⑨（4b）

……那女子生得、鳳髻

鳳髻鋪雲、蛾眉掃月。一面咲共春光鬪艶、双眸溜與秋水争明。檀口生風、脆〻甜〻聲遠振、金蓮印月、弓〻小〻步來軽。縱使梳裝、宮樣何如、標格天成、媚態多端。如妬如慵、嬌滴〻異香数種。非蘭非蕙、軟盈〻得他一些。半點令人萬死 」7b
千生。假饒心似鉄、相見意如糖。正是、

桃源洞裏登仙女　兜卒宮中稔色人

這舜美一見了那女子……

⑩（8a―10b）

……做子弟的、牢記在心、勿忘了調光 」8a
經。怎見調光経法、

冷笑佯言、粧痴倚醉。屈身下氣、俯就承迎。陪一面之虛情、做許多之假意。先称他容貌無雙、次答應殷勤第一。……（中略） 」9a
……点頭會意、咳嗽知心。訕語時、口要緊、 」9b
刮涎處、臉須皮。……（中略）…… 」10a

……如何他風情慣熟、這舜美是譃浪勒兒。真個是、

情多轉面語　妬極定睛看

鋪雲、蛾眉掃月、生成媚態、出色嬌姿。舜美一見了那女子……

⑩（4b―5a）

……做子弟的、聽我把調光經表白幾句。

雅容賣俏、鮮服誇豪。遠覷近觀、只在雙眸。傳遞揑 」4b
肩擦背、全[憑]健足跟隨。我既有意自當送[情]、他若留心必然[荅]笑。點頭須會、咳嗽便知。緊處不可放遲、閒中偏[宜着]鬧。訕語時、口要緊、刮涎處、臉須皮。冷面撇清、還[察]其中眞假。回頭攬事、定知就裏應承。說不盡百[計]討探、凑成來十分機巧。假饒心似鐵、弄得意如糖。

說那女子被舜美[撩]弄……

說那女娘子被舜美撩弄……
（「冷笑佯言」から「謔浪勒兒」まで四二五字）

⑪（11a-11b）

……你看世間有這
等的痴心漢子、實是好笑。正是、∟11a
半窓花影模糊月　一段春愁着摸人
舜美甫能勾捱到天明……

⑫（11b-12a）

……遂調如梦令一詞消遣云、∟11b
燕賞良宵無寐、笑倚東風殘醉。未審那
人兒、今夜翫遊何地。留意〻〻、幾度欲
歸又滯。
吟畢、又等了多時……

⑬（13a）

……你道花箋上寫的甚麼文字、原
來也是個如梦令詞、云、
邂逅相逢如故、引起春心追慕。高掛彩
鸞燈、正是兒庭戶。那步〻〻、千萬來宵

（「雅容賣俏」から「弄得意如糖」まで一二〇字）
（「　」は底本で判讀困難）

⑪（5b）

……你看世間有這等的癡
心漢子、實是好笑。正是、
半牕花影模糊月　一段春愁着摸人
舜美甫能勾捱到天明……

⑫（6a）

…遂調如夢令一詞消遣云、
燕賞良宵無寐、笑倚東風殘醉。未審那人兒、今夕
玩遊何地。留意留意、幾度欲歸還滯。
吟畢、又等了多時……

⑬（6b）

……你道花箋上寫
的甚麼文字、原來也是箇如夢令詞、云、
邂逅相逢如故、引起春心追慕。高掛彩鸞燈、正是
兒家庭戶。那步那步、千萬來宵垂顧。

垂顧。

詞後復書云……

⑭（13b-14a）……乃成如夢令一詞、来往歌云、

漏滴銅龍声折、風送金猊香別。一見彩鸞灯、頓使狂心煩熱。應說〻〻、昨夜相逢時節。

女子聽得歌聲……

⑮（14b）……有首南鄉子詞、単題着交歓趣向。道是、

粉汗湿羅衫、為雨為雲底事忙。両隻脚児肩上閣、難當、顰蹙春山人酔郷。○忒殺太顛狂、口〻声〻叫我郎。舌送丁香嬌欲滴、初嘗、非蜜非糖滋味長。

両个講歓已罷……

⑯（17b）……病勢沈重將危、正是、

└13b

詞後復書云……

⑭（7a）……乃成如夢令一詞、來往歌云、

漏滴銅壺聲咽、風送金猊香烈。一見彩鸞燈、頓使狂心煩熱。應說應說、昨夜相逢時節。

女子聽得歌聲……

⑮（7a-7b）……有南鄉子詞一首、單題着交歡趣向。道是、

粉汗濕羅衫、爲雨爲雲底事忙。兩隻脚兒肩上閣、難當、顰蹙春山入醉鄉。忒殺太顛狂、口口聲聲叫我郎。舌送丁香嬌欲滴、初嘗、非蜜非糖滋味長。

兩箇講歡已罷……

⑯（9a）……病勢

└7a

相思相見知何日　多病多愁損少年
且不說舜美臥病在牀……

⑰（19a）
……澄江渺茫千里、正是、
一江流水三更月　両岸青山六代都
那女子嗚〻咽〻……

⑱（20b-21a）
……因誦秦學士所作生查子詞、云、
去年元夜時、花市灯如晝。月在柳稍頭、人約黄昏後。〇今年元夜時、月與燈依舊。不見去年人、涙湿春衫袖。
舜美無情無緒……

⑲（末尾）
……久後舜美**得生二子、前程遠大**。**不負了半世鍾情**。**正所謂**、

└20b

沈重將危、正是、
相思相見知何日　多病多愁損少年
且不說舜美臥病在牀……

⑰（9b-9a）
……澄江渺茫千里、正是、
一江流水三更月　兩岸青山六代都
素香嗚嗚咽咽……

└9b

⑱（11a）
……因誦秦少遊學士所作生査子詞、云、
去年元夜時、花市燈如晝。月在柳稍頭、人約黄昏後。今年元夜時、月與燈依舊。不見去年人、涙濕春衫袖。
舜美無情無緒……

⑲（末尾）
……久後舜美**官至天官侍郎**、**子孫貴盛**。**有詩爲證**、

└12b

間別三年死復生　潤州城下念多情
今宵燃燭頻、照　笑眼相看分外明
話本説徹　權作散場

「六十家小説」

【風月瑞仙亭】（結末部分を缺く）

①（冒頭）

入話

夜靜瑤臺月正圓　清風淅瀝滿林巒
朱弦慢促相思調　不是知音不與彈

漢武帝元狩二年……

②（1b-2a）

……至後花
園中瑞仙亭上。相如夅目看那園中景致、但見、
徑鋪瑪瑙、欄刻香檀。聚山塢風光、為園林景物。山疊岷峨恠」1b
石、檻栽西洛名花。梅開庾嶺氷姿、竹染湘江愁淚。春風蕩漾、上
林李白桃紅。秋日凄涼、夾道橙黃橘綠。池沼內、魚躍錦鱗。花木

間別三年死復生　潤州城下念多情
今宵然燭頻頻照　笑眼相看分外明

『警世通言』

【卷六・俞仲舉題詩遇上皇】マクラ

①（冒頭）

日月盈虧、星辰失度、爲人豈無興衰。子房年幼、逃
難在徐邳、伊尹曾耕莘野、子牙嘗釣磻溪。君不見、
韓侯未遇、遭胯下受驅馳、蒙正瓦窰借宿、裴度在
古廟依棲。時來也、皆爲將相、方表是男兒。

漢武帝元狩二年……

②（2a）

……至後花園中瑞仙亭上、動問已
畢……

上、禽飛翡翠。
卓員外動問姓名……

③（3a）
听得所彈琴音曰、
鳳兮鳳兮思故鄕、遨遊四海兮求其凰。時未遇兮無所将、何悟今夕兮升斯堂。有豔淑女在閨房、室邇人遐我傍。何縁交頸為鴛鴦、胡頡頏乎共翱翔。
鳳兮鳳兮從我栖、得托孳尾永為妃。交情通體心和諧、中夜相從知者誰。雙翼俱起翻高飛、無感我思使余悲。
小姐听罷……

④（3b－4a）
……相如細視文君、果然生得、
眉如翠羽、肌如白雪。振綉衣、被袿裳、禯不短、纖不長。毛嬙鄣」3b施袂、不足程式。西施掩面、比之無色。臨溪雙洛浦、對月兩嫦娥。
酒行数巡……

---

③（3a－3b）
…聽得所彈音曰、
鳳兮鳳兮思故鄕、遨遊四海兮求其凰。時未遇兮無所將、何如今夕兮升斯堂。有艷淑女在閨房、室邇人遐在我傍。何縁交頸爲鴛鴦、期頡頏兮共翱翔。
鳳兮鳳兮從我栖、得托孳尾永爲妃。交情通體心和諧、中夜相從知者誰。雙翼俱起翻高飛、無感我思使余悲。」3a
小姐聽罷……

④（3b－4a）
…相如細視文君、果然生得、」3b
眉如翠羽、肌如白雪。振繡衣、披錦裳、濃不短、纖不長。臨溪雙洛浦、對月兩嫦娥。
酒行數巡……

⑤（4a）
……同下瑞仙亭、出後園而走。却似、鰲魚脱却金鈎去、擺尾揺頭更不回。且說、春兒至天明……

⑥（4b）
……從此隱而不出。正所謂、
含羞無語自沈吟　咫尺相思萬里心
抱布貿絲君亦誤　知音盡付七絃琴
却說、相如與文君到家……

⑦（6b）
……卓員外住下、待司馬長卿音信。正是、
眼望旌節旗　耳听好消息
且說司馬長卿……

⑧（6b）
……衣錦还鄉。正是、□
（以下缺葉）

---

⑤（4a）
……同下瑞仙亭、出後園而走。却是、
鰲魚脱却金鈎去　擺尾搖頭更不回。
且說、春兒至天明……

⑥（4b）
……從此隱忍無語、亦不追尋。却說、相如與文君到家……

⑦（6b）
……員外伴着女兒同住、等候女婿佳音。再說司馬相如……

⑧（7a）
……衣錦還鄉。數日之間、已達成都府……
※（マクラ末尾）
……自此遂爲成都富室。有詩爲證、

　夜靜瑤臺月正圓　淸風淅瀝滿林巒
　朱弦慢促相思調　不是知音不與彈
司馬相如本是成都府一個窮儒……

【錯認屍】

①（冒頭）

　入話　　竟

　世事紛ヒ難■陳　知機端不誤終身
　若論破國亡家者　盡是貪花戀色人

話說大宋仁宗皇帝……

②（2a）

　……有分交這喬俊取了這个婦人
爲妾、直使得、
　一家人口因他喪　万貫家資**一旦**休
　兩臉如香餌　雙眉似鉄鈎
　吳王遭一釣　家国一齊休

老夫人當時對稍工道……

③（3a-3b）

【卷三十三・喬彦傑一妾破家】

①（冒頭）

　世事紛紛難**訴**陳　知機端不誤終身
　若論破國亡家者　盡是貪花戀色人

話說大宋仁宗皇帝……

②（2a）

　……有分教這喬俊娶這個婦
人爲妾、直使得、
　一家人口因他喪　萬貫家資**指**日休

當下稍工下船艙、問老夫人道……

③（3b）

……直交
喬俊有家難奔、有国難投。正是、

沒興賒得店中酒　災來撞着有情人
佳人有意郎君俏　紅粉無情浪子村
婦人之語不宜听　**分門割戶壞人倫**
勿信妻言行大道　**男子綱常有幾人**

└3a

當下高氏說與丈夫……

④（又三b（4b））

……有分交周氏再不能與喬俊團圓。

世間好物不堅牢　綵雲易散琉璃脆
賢愚痴蠢出天才　巧厭多能拙厭呆
正是閉門屋裡做　端使禍從天上來

當日雪下得越大……

⑤（五a（6a））

……有分交小二死無葬身之地。正是、

只因酒色財和氣　斷送堂ヒ六尺軀
僮僕人家不可無　豈知撞了不良徒
分明一段蹺蹊事　瞞**却**堂ヒ大丈夫

此時周氏……

……直教喬俊有家難奔、有國難投。正是、

婦人之語不宜聽　**割戶分門**壞**五**倫
勿信妻言行大道　**世間男子幾多人**

當下高氏說與丈夫……

④（5a）

……有分教周氏再不能與喬俊團圓。正是、

閉門屋裏坐　禍從天上來

當日雪下得越大……

⑤（6b）

……有分教小二死無葬身之地。
正是、

僮僕人家不可無　豈知撞了不良徒
分明一段蹺蹊事　瞞**着**堂堂大丈夫

此時周氏……

⑥（五b―六a（6b―7a））

……周氏方起梳粧洗面罷、吃飯。正是、

少女少郎　情色相當

却如夫妻一般……

」5b

⑦（六b（7b））

……同小二回家、正是、

非蛾投火身須喪　蝙蝠投竿命必傾

爲人切莫用欺心　擧頭三尺有神明

若還作惡無報應　天下兇徒人吃人

當時小二與周氏……

⑧（八a（9a））

……這小二只因酒

醉、中了高氏計策。當夜便是、

東嶽新添枉死鬼　陽間不見少年人

當時高氏……

⑨（九b（10b））

---

⑥（7b）

……周氏方起

梳粧洗面罷、喫飯。正是、

少女少郎　情色相當

却如夫妻一般……

⑦（8b）

……同小二回家、正是、

飛蛾撲火身須喪　蝙蝠投竿命必傾

當時小二與周氏……

⑧（10a）

……這小二只因酒醉、中了高氏計策。當夜

便是、

東嶽新添枉死鬼　陽間不見少年人

當時高氏……

⑨（12a）

……終日憂悶過日。正是、

要人知重勤學　怕人知事莫做

却說、武林門外……

⑩（十一a（12a））

……有分交高氏一家死于非命。**直叫**、

高氏俱遭囹圄苦　好色喬郎家業休

閙裡鑽頭熱處歪　遇人猛惜愛錢才

誰知錯認尸和首　**惹**出冤家禍患來

此時王酒ヒ……

⑪（十二a（13a））　……胡乱

與他些錢鈔、也不見得**此事**。

雪隱鷺鷥飛起見　柳藏鸚鵡語方知

一毫之惡勸人莫作　衣食隨緣自然快樂

當時高氏千不合萬不合罵了王酒ヒ……

⑫（十四a（15a））　……男子婦人、挨

……終日憂悶過日。正是、

要人知重勤學　怕人知事莫做

却說、武林門外……

⑩（13b）　……有分教高氏一家死于非命。

正是、

閙裏鑽頭熱處歪　遇人猛惜愛錢財

誰知錯認屍和首　**引**出冤家禍患來

此時王酒酒……

⑪（14b）

……胡亂與他些錢鈔、也不見得弄出**事來**。當時高氏千不合萬不合罵了王酒酒……

⑫（16b-17a）　……男子婦人、挨肩擦背、不「16b

【刎頸鴛鴦會】

肩擦背、不計其数、一齊來看。

險道神脱了衣裳　這場話榜不小□
喬俊貪淫不可論　故交妻女受奸情
只因酒色亡家国　豈見詩書誤好人

却説、縣尉押着一行人……

⑬（十六a（17a））

……喬俊听罷、却似、

分開八片頂陽骨　傾下半桶氷雪來

這喬俊驚得呆了……

⑭（末尾）

……投入水下而死。這喬俊一家人口、深可惜哉。至今風月江湖上、千古漁樵作話傳。尸首不能入棺帰土、這个便是貪淫好色下場頭。

如花妻妾牢中死　似虎喬郎湖內亡
只因做了虧心事　万貫家財屬帝王

【卷三十八・蔣淑眞刎頸鴛鴦會】

計其數、一齊來看。正是、

好事不出門　惡事傳千里

却説、縣尉押着一行人……

⑬（19a）

……喬俊聽罷、却似、

分開八片頂陽骨　傾下半桶氷雪來

這喬俊驚得呆了……

⑭（末尾）

……投入水下而死。這喬俊一家人口、深可惜哉。却説……（以下、後日談）

……亦天理之必然也。後人有詩云、

喬俊貪淫害一門　王青毒害亦亡身
從來好色亡家國　豈見詩書悮了人

①（冒頭）

入話

眼意心期卒未休　暗中終擬約秦樓
光陰負我難相偶　情緒牽人不自由
遥夜定憐香蔽膝　悶時應弄玉搔頭
櫻桃花謝梨花發　腸斷青春兩處愁

丈夫隻手把呉鈎、欲斬萬人頭、如何鉄石打成心性、却爲花柔。君看項籍并劉季、一以使人愁、只因撞着虞姫戚氏、豪傑都休。

右詩詞各一首、単說着情色二字……

②（1b-2a）　……乃取薛濤

牋、題一絶于上。詩曰、　└1b

緑暗紅稀起瞑烟　獨將幽恨小庭前
沈ヒ良夜與誰語　星隔銀河月半天

寫訖……

③（2a）　……乃復酬篇、寫於金鳳牋。詩曰、

晝簷春燕須知宿　蘭浦双鴛肯獨飛

---

①（冒頭）

眼意心期卒未休　暗中終擬約登樓
光陰負我難相偶　情緒牽人不自由
遙夜定憐香蔽膝　悶時應弄玉搔頭
櫻桃花謝梨花發　腸斷青春兩處愁

右詩單說着情色二字……

②（1b-2a）　……乃取薛

濤箋、題一絶於上。詩曰、　└1b

綠暗紅稀起瞑烟　獨將幽恨小庭前
沈沈良夜與誰語　星隔銀河月半天

寫訖……

③（2a）　……乃復酬篇、寫

於金鳳箋。詩曰、

長恨棲源諸女伴　等閑花里送郎歸
封付閨媼……

④（3a）
……象乃變服易名、遠竄於江湖間、稍避其鋒焉。可
憐　雨散雲消　花殘月缺
且如趙象知機識務、事脫虎口……

⑤（3a）
……況這婦人不害了你一條性命了。真个、
蛾眉本是嬋娟刄　殺盡風流世上人
權做个笑要頭回
說話的、你道這婦人住居何處、姓甚名誰……

⑥（3b－4a）
……因
成商調醋葫蘆小合十篇、繫于事後、少迷斯女始末之情。
奉劳歌伴、先听格律、後听蕪詞。
湛秋波、兩剪明。露金蓮、三寸小。弄春風、楊柳細身腰。比
紅兒、態度應更嬌。他生的諸般齊妙、縱司空見慣也魂　」3b

畫簷春燕須知宿　蘭浦雙鴛肯獨飛
長恨桃源諸女伴　等閑花裏送郎歸
封付閨媼……

④（3a）
……象乃變服
易名、遠竄於江湖間、稍避其鋒焉。可憐、雨散雲消、花
殘月缺。且如趙象知機識務、離脫虎口……

⑤（3b）
……況這婦
人不害了你一條性命了。眞個、
蛾眉本是嬋娟刄　殺盡風流世上人
說話的、你道這婦人住居何處、姓甚名誰……

⑥（4a）
……因成商調醋
葫蘆小令十篇、繫於事後、少述斯女始末之情。奉勞
歌伴、先聽格律、後聽蕪詞。
湛秋波、兩剪明。露金蓮、三寸小。弄春風、楊柳細
身腰。比紅兒、態度應更嬌。他生得諸般齊妙、縱

消。

况這蔣家女兒……

（以下、⑦⑧⑩⑫⑬⑮⑯⑰⑳で「奉勞歌伴、再和前聲」の導入により商調醋葫蘆を插入）

⑦（4b）（商調醋葫蘆、略（以下同じ））

⑧（5a-5b）（商調醋葫蘆）

⑨（5b-6a）　……這婦人

不去則罷、這一去、好似、　」5b

猪羊奔屠宰之家　一步ヒ來尋死路

是夜畫燭揺光……

⑩（6a）（商調醋葫蘆）

⑪（6b）　……忽聞

稍人嘲歌聲隱約、**記得後兩句曰**、有朝一日花容退、双手招郎ヒ不來。婦人自此……

司空見慣也覓消。

况這蔣家女兒……

（商調醋葫蘆に異同はほぼなく、字句のわずかな修正にとどまる）

⑦（5a）（商調醋葫蘆）

⑧（5b-6a）（商調醋葫蘆）

⑨（6b）　……這

婦人不去則罷、這一去、好似、

猪羊奔屠宰之家　一步步來尋死路

是夜畫燭搖光……

⑩（6b-7a）（商調醋葫蘆）

⑪（7b）

……忽聞梢人嘲歌聲隱約、**側耳而聽、其歌云**、

二十去了廿一來　不做私情也是呆

有朝一日花容退　雙手招郎郎不來

⑫（6b-7a）（商調醋葫蘆）

⑬（7b）（商調醋葫蘆）

⑭（8b）（商調醋葫蘆）

⑮（9b）（商調醋葫蘆）

⑯（10b）（商調醋葫蘆）

⑰（11a）
……就便荒淫無度。正是、偸鶏猫兒性不改、養漢婆娘死不改。再說、張二……

⑱（11b）
……則見刀過處、一對人頭落地、兩腔鮮血衝天。當初本婦臥病……

婦人自此……

⑫（7b-8a）（商調醋葫蘆）

⑬（8b-9a）（商調醋葫蘆）

⑭（10a）（商調醋葫蘆）

⑮（11a）（商調醋葫蘆）

⑯（12a）（商調醋葫蘆）

⑰（12b）
……就便荒淫無度。正是、
偸雞猫兒性不改　養漢婆娘死不休
再說張二官……

⑱（13b）
……則見刀過處、一對人頭落地、兩腔鮮血衝天。正是、
當時不解恩成怨　今日方知色是空

⑲（商調醋葫蘆）⑲-2（末尾）　……在
座看官、要備細請看敘大畧、漫听秋山一本刎頸鴛鴦會。
又調南鄉子一闋于後。奉劳歌伴、再和前聲。　」11b
見抛磚、意暗猜。入門來、䰗已驚。舉青鋒過處丧多情、到
今朝你心還未省。送了他三條性命、果冤ヒ相報有□
神明　詞曰、
春雲怨啼鵑、玉損香消事可憐。一對風流傷白刃、冤、ヒ。
惆悵劳魂赴九泉。抵死苦遛連、想是前生有業緣。景
色依然人已散、天、ヒ。千古多情月自圓。正所謂、當時
不解恩成怨　今日方知色是空

「清平山堂話本」

【陰騭積善】

①（冒頭）

入話

燕門壯士吳門豪　竹中注鈆魚隱刀

當初本婦臥病……

⑲（商調醋葫蘆）⑲-2（末尾）　……在座看官、漫聽　」14b
這一本鴛鴦刎頸會。奉勞歌伴、再和前聲。
見抛磚意暗猜、入門來䰗已驚。舉青鋒過處喪
多情、到今朝你心還未省。送了他三條性命、果
冤冤相報有神明。
又調南鄉子一闋、詞曰、
春老怨啼鵑、玉損香消事可憐。一對風流傷白
刃、冤、冤。惆悵勞䰗赴九泉。抵死苦留連、想是前
生有業緣。景色依然人已散、天、天。千古多情月
自圓。

『拍案驚奇』

【卷二十一・袁尚寶相術動名卿　鄭舍人陰功叨世爵】マクラ

①（冒頭）

詩曰　燕門壯士吳門豪　筑中注鉛魚隱刀
感君恩重與君死　泰山一擲若鴻毛

感君恩重與君死　太山一擊若鴻毛

唐德宗朝有秀才……

②（1a-1b）

迤逦前進。在路但見、

或過山林、听樵歌於雲嶺。又經別浦、聞漁唱於烟波。或
抵鄉村、却遇市井。才見綠楊垂柳、影迷已處之楼臺。那 1a
堪啼鳥落花、知是誰家之院宇。行處有無窮之景致、柰
何說不盡之驅馳。

飢飡渴飲、夜住曉行……

③（1b）

……天色晚。但見、

十色俄分黑霧、九天雲里星移。八方滴旅、歸店解卸行
裝。北斗七星、隱匕遮歸天外。六海釣叟、繫船在紅蓼灘
頭。五戶山邊、盡總牽牛羊入圈。四邊明月、照耀三清。邊
廷兩塞動寒更、萬里長天如一色。

天色晚、兩个投宿於旅邸……

④（2a）

話說、唐德宗朝有個秀才……

②（1a-2b）

……迤逦前進、在路但見、

或過山林、聽樵歌於雲嶺。又經別浦、聞漁唱於 1a
烟波。或抵鄉村、却遇市井。纔見綠楊垂柳、影迷
幾處之樓臺。那堪啼鳥落花、知是誰家之院宇。
看處有無窮之景致、行時有不盡之驅馳。

饑飡渴飲、夜住曉行……

③（1b-2a）

……天色已晚、但見、

十里俄驚霧暗、九天倏覩星明。八方商旅卸行
裝、七級浮屠燃夜火。六翮飛鳥、爭投棲于樹杪。
五花画舫、盡返棹于洲邊。四野牛羊皆入棧、三
江漁釣悉歸家。兩下招商俱說此間可宿。一聲 1b
画角、應知前路難行。

兩個投宿于旅邸……

④（2a-2b）

……天色曉、但見、

曉霧裝成野外、殘霞染就荒郊。耕夫隴上、朦朧月色**時**
沈。織女機邊、恍蕩金烏欲出。牧牛兒尚睡、養蚕女**由**眠。
樵舍外犬吠、**嶺邊山寺猶未起**。

天色曉、起來洗漱罷……

⑤（3a-3b）

……學對門有个茶坊、但見、

花瓶高**縛**、**吊挂紙**■。壁間名畫、皆則唐朝吳道子丹青。」3a
甌內新茶、盡點山居玉川子佳茗。風流上竈、盞中點出
百般花、結棹佳人、櫃上挑茶千鍾韻。

張客入茶坊……

⑥（4b）

……林善甫後來一
擧及第。怎見得。詩**曰**、

林積還珠古未聞　利心不動道心存
暗施陰德天神助　一擧登科耀**貴**名

上舍名及第、位至三公……

……天色已曉、但見、

曉霧裝成野外、殘霞染就荒郊。耕夫隴上、朦朧
月色**將**沈。織女機邊、幌蕩金烏欲出。牧牛兒尚」2a
睡、養蚕女**未興**。樵舍外已聞犬吠、**招提內尚見**
僧眠。

天色將曉、起來洗漱罷……

⑤（3b）

……學
對門有個茶坊、但見、

木匾高**懸**、**紙屏橫掛**。壁間名画、皆唐朝吳道子
丹青。甌內新茶、盡山居玉川子佳茗。

張客入茶坊……

⑥（5a）

……善甫後來一擧及第。詩**云**、

林積還珠古未聞　利心不動道心存
暗施陰德天神助　一擧登科耀**姓**名

善甫後來位至三公……

⑦（末尾）　……**正是**、積善有

善報、**作**惡有惡報。積善之家、必有餘慶。**積不善**之家、必有

餘殃。正是、

禍福無門人自招　須知樂極有悲來

夜靜玉琴三五弄　金風動處月光寒　」4b

除非是个知音听　不是知音莫與弾

黒白分明造化機　誰人會解劫中危

分明指與常生路　爭奈人心着處迷

---

⑦（5a）　……**古人云**、積善有

善報、**積**惡有惡報。積善之家、必有餘慶。**作惡**之家、必

有餘殃。正是、

黒白分明造化機　誰人會解劫中危

分明指與長生路　爭奈人心着處迷

第二章　短篇「白話」小說の内部における「文言」小說

前章では比較のため、「三言」との間で重複する十二篇のみを取りあげたが、その中からでもうかがえるように、「六十家小說」「熊龍峯四種小說」に含まれる小說テキストにおいては文體や形式、韻文的要素あるいはテクニカルタームの使用頻度などに篇ごとの偏りが見られる。もともと單獨で存在していたテキストを集めてシリーズ化したものだとすれば當然のことではあるが、『古今小說』『警世通言』ではある程度そこに取捨選擇が加えられ、改變、補充がほどこされて、統一されたスタイルへ向かおうとしている。とはいえ、根本的な違いが生じているというほどではなく、この段階ではまだかなり不均一な狀態のままである。

「簡貼和尙」や「錯認屍」のような非常に白話的なものから、「羊角哀死戰荊軻」などのようにほぼ文言で書かれたもの、あるいはその中間的なものと文體の不均質は著しいが、我々にとってこれらはまとめて「白話小說」というカテゴリーで認識されている。長篇小說においても同樣に、白話から文言まで文體の振れ幅は廣く、少なくとも初期のテキストにおいては、白話という文體そのものが「白話小說」の區分を決定づけている主たる要因とは必ずしも言えない。この點に關しては、岡崎由美氏により次のように指摘されている。

……書面上は、散文と韻文の混合、入話や散場句、「話說」「且說」「不在話下」「話休絮煩」といった講釋用語など、メディアの形式がまず優先しており、白話饒舌體が卽この形式と結びついたわけではない。

例えば、『清平山堂話本』の『藍橋記』は、文言小說の節錄に入話の五言詩と散場句を加えただけのものであるし、『風月相思』も開場詩と散場詩のついた文言體といってよい。『熊龍峯四種小說』の『孔淑芳雙魚墜扇傳』も、多少白話の語氣混じりの文言に、入話の詩と「話說」、「且說」を加えただけのものである。このように、作品個々は形式も文體も不均質であるが、メディアの形式は、その使用頻度と白話文體の硬軟度にある程度の親和性を持っている。(1)

白話文體を使いこなすことは技術的に難度が高い以上、前後に詩を置くといった單純な形式のほうが先に定着したことは理解しやすい。同時に、說話人と聽衆のいる語りの場をイメージさせる效果のある特殊な用語やフレーズ（說話人の言葉遣いが忠實に寫し取られたようにかつて思われていたもの）、例えば藝能の場を再現してみせる力の強い「看官」「說話的」というやり取りのパターンについては、岡崎氏や鈴木陽一氏により、「三言二拍」の中で『醒世恆言』以降その出現頻度が飛躍的に增大すること、それは作品の多くを新しく創作された作品が占めるようになり、白話文による語りの饒舌さが增していくことと相まっている――すなわち、讀みものとしての小說の發達にともない、藝能由來の表現が意圖的に取り込まれ、より積極的に活用されていったのであることが示されている。(2)

逆に言うと、初期のテキスト群ほど文言的なテキストを含む割合が高く、白話的饒舌さが弱いテキストも多く、藝能系の用語やフレーズは少ないか、比較的單純な用法で使われている場合が多い、ということになろう。では、初期の短篇「白話」小說において、文體の不均一、および藝能に關係する形式やフレーズは、具體的にはどのように現れているのか。また文言的なテキストの出自についてはどのようなことが考えられるであろうか。本章ではこの點について、引き續き主に「六十家小說」「熊龍峯四種小說」の中から具體例をあげて、文言と白話、文體と形式の關係について考察する。

一、「六十家小説」「熊龍峯四種小説」における文言文テキスト

まず、右に引いた岡崎氏の論考でも言及されている「藍橋記」と「風月相思」を取りあげる。いずれも「六十家小説」のうち、集名の分からない内閣文庫藏「清平山堂話本」に含まれる。「白話小説」とはいいながら白話文で書かれておらず、ほぼ完全に文言文の小説である點、また「三言二拍」に重複する篇を持たない點で共通する。

○「藍橋記」

物語は唐代傳奇「裴航」に由來する。「裴航」は裴鉶『傳奇』中の一篇で、『太平廣記』巻五十・神仙の部に收録されている。「藍橋記」の本文は「裴航」の節錄と言ってよいものだが、もとづいたのは唐代傳奇そのものではない。これについては既に大塚秀高氏による考證があり、元の羅燁『醉翁談錄』辛集巻一・神仙嘉會類「裴航遇雲英于藍橋」、および南宋の皇都風月主人『綠窗新話』巻上「裴航遇藍橋雲英」が、「藍橋記」と同系統のテキストであることが明らかにされている(3)。

『綠窗新話』の本文が非常に簡略なのに對し、『醉翁談錄』の本文は「藍橋記」とほぼ同文に近いので、「藍橋記」は『醉翁談錄』所收テキストにごく近いものを繼承していると思われる。そして「藍橋記」が他テキストに對して持つ最大の違いは、冒頭と末尾に見られる韻文的要素である。「藍橋記」と『醉翁談錄』、および唐代傳奇「裴航」の冒頭・末尾部分を比較してみると次のようになる。

（冒頭）

「藍橋記」

　　入話

　洛陽三月裏　　回首渡襄川

　忽遇神仙侶　　翩翩入洞天

裴航下第、遊于鄂渚、買舟歸襄漢。同舟有樊夫人者、國色也。……

『醉翁談錄』

裴航因下第、遊于鄂渚、買舟子《ママ》襄漢。同舟有樊夫人者、國色也。……（4）

「裴航」

唐長慶中、有裴航秀才。因下第遊于鄂渚、謁故舊友人崔相國、値相國贈錢二十萬、遠挈歸于京。因傭巨舟、載于湘漢。同載有樊夫人、乃國色也。……（5）

（末尾）

「藍橋記」

……餌以絳雪瑤英之丹、逍遙自在、超爲上仙。正是、

　玉室丹書著姓

長生不老人家

『醉翁談錄』

……餌以絳雪瑤英之丹、神仙自在、超爲上仙。

「裴航」

……餌以絳雪瓊英之丹、體性清虛、毛髮紺綠、神化自在、超爲上仙。至太和中、友人盧顥遇之於藍橋驛之西。……（中略）……盧子知不可請、但終宴而去。後世人莫有遇者。

これらを見ただけでも、唐代傳奇「裴航」が簡略化されたものが『醉翁談錄』に收められ、さらにそのテキストの前後に韻文的要素が加えられて「藍橋記」となった形跡がうかがえよう。「裴航」では最後に、仙人となった主人公に知人が遭遇するという、唐代傳奇に多く見られる型の後日談があるが、他のテキストにはその部分がない。そして「藍橋記」の冒頭には「六十家小說」の通例どおり「入話」の語と詩が置かれ、末尾にも對句が置かれている。

『醉翁談錄』と『綠窗新話』はともに講談の種本集として用いられたと推測される書物であることから、大塚氏は「藍橋記」もまた本來は種本であったテキストであり、冒頭と末尾の韻文的要素はこの話が講談として語られていた時期に加えられたものの痕跡であろうと推測されている。(6) 實際、南宋（元）の周密『武林舊事』巻十・官本雜劇段數には「裴航相遇樂」が擧げられており、講談とは異なるとはいえ、この物語が南宋期の杭州で既に藝能化していたことが分かる。

ところで、「藍橋記」の冒頭は地の文の語りだしがあまりに唐突に見える。無論これは主人公である裴航の紹介部分を省いた『醉翁談錄』系のテキストによったためであろうが、そこから看て取れるのは、「藍橋記」が、簡略な文言のテキストをほぼそのまま用い、冒頭と末尾の韻文的要素（物語内容には沿っている）をごく無造作に付け足すだけで、冒頭の地の文に「話說」などの最も簡單な白話語彙を加えることさえなしに制作されたということである。しかしこの單純かつ無造作な操作によって、「藍橋記」は「六十家小說」の一部となったのであり、それによって短篇「白話」小說のうちに數えられている。

○「風月相思」

これには「六十家小說」、「熊龍峯四種小說」、さらに萬曆年間に刋行された通俗類書の一つ『國色天香』（吳敬所編）巻八上層所收の三種類のテキストがあり、題名はそれぞれ「風月相思」、「馮伯玉風月相思小說」、「相思記」と記されている。以下、作品名としては「風月相思」、テキストについては三種をそれぞれ「風月」（六）、「馮伯玉」（熊）、「相思記」（國）と表記する。

三種のテキストを比較してみると、まず「風月」（六）第六葉の表から裏にかけてある減字木蘭花詞に、「一□□□□時」と五字分の空白が見られる。同じ箇所が「馮伯玉」（熊）では「一日偎倚十二時」と七字句になっているのに對し、「相思記」（國）では「一時」となっており詞の句格に合わない。また「風月」（六）では第十葉裏と第十一葉表の間にあるべき詩と文章が脱落して、文意が通じなくなっている。「相思記」（國）ではここを、地の文を短く補ってつなげている。一方「馮伯玉」（熊）では、この間に詩十首と地の文からなるかなり長い内容があり、無理なくつながっている(7)。これらの状況から、「馮伯玉」（熊）のテキストが最もオリジナルに近く、「相思記」（國）は、脱落のある「風月」

（六）系統のものを繼承し最低限の修正を加えたものであることが分かる。

この作品の本文は完全な文言小說と言ってよい。ストーリーは才子佳人の戀愛物語で起伏に乏しく、男女が大量の詩詞や書簡をやりとりするという內容にほぼ終始する。時代設定は明代であり、當時數多く書かれた長めの文言小說の一つに見える。ヒロインである令嬢に附隨して侍女が複數登場する設定も、長篇文言小說に共通するパターンである。一方、岡崎氏の指摘にもあるように、「風月」（六）、「馮伯玉」（熊）テキストの冒頭では「入話」の語に續けて七絕、また末尾には七律が置かれ、これによって文言小說とは「異質なジャンルを形成」していると言える。

三種のテキストには、全體に多少の異同はあるが、前述の脫落部分を除けばおおむね內容に關わるほどの違いはない。その中で、「相思記」（國）のテキストは二つの點で「風月」（六）、「馮伯玉」（熊）と異なる特徵を有する。一つは冒頭と末尾の詩が「相思記」（國）にはない點である。冒頭と末尾の韻文的要素を削除して收錄することは、通俗類書では他にも例があるが(8)、この作品の場合、そのことによってテキストが完全に通常の文言小說に變貌する。いま一つは二箇所で詩が減少していることで、ともに主人公の男女が韻文をやり取りする場面である。滿庭芳詞の後に「復吟一絕」として七絕が續く、というパターンが二度くり返されているのだが、「相思記」（國）ではいずれも後の七絕が削除されている。これは類書という性格上紙數の節約のために一部を削除したというより、第一章で見た韻文的要素の除連用に對する處置に類するものかもしれない。

冒頭の地の文は三種ともに「洪武元年……」で始まる。また末尾の地の文を、「風月」（六）、「馮伯玉」（熊）は「是爲之記（是に之が爲に記す）」と締めくくる。「相思記」（國）では「是爲記之」である。冒頭・末尾の詩と物語を語る文との間につながりがないわけで、この作品が元來文言の小說としてあったテキストの前後に詩を附加して制作されたものであることを思わせる。「藍橋記」と同樣、この單純な處置によって短篇「白話」小說の體裁は成立し、逆に前後の詩を削れば、「相思記」(國)に示されるように文言小說になるのである。

「藍橋記」「風月相思」ともに文言小說の通例として、登場人物によって作られる以外の韻文的要素、すなわち白話小說の典型的特徵である、語り手から發せられるタイプの韻文的要素を冒頭・末尾以外には持たない。作品の內部構造に語り手が介入してくるかどうかは、白話小說と文言小說の大きな相違だが、この點でも兩作品には白話的性格が乏しい。ただ、語り手視點の混入という觀點で、「風月相思」にはやや注目すべき箇所が見られる。第七葉表で男が詠む詩の中に、「最苦凄涼馮伯玉、可憐憔悴趙雲瓊」の二句が見え、馮伯玉と趙雲瓊という、まさに詩をやりとりしている彼ら自身の名が三人稱で詠みこまれているという點である。「馮伯玉」(熊)ではこれに加えて、「風月」(六)で脫落している部分の詩(ヒロイン趙雲瓊が詠むもの)にも「可憐無主趙雲瓊」の句がある。末尾の詩にもともに「雲瓊節義非容易、伯玉姻緣豈偶然」とあるが、こちらは語り手が發する韻文的要素の中で登場人物についてなされるコメントであり、登場人物による詩詞とは異なる。

文言語彙でつづられ、語り手が顯在化する箇所を冒頭・末尾の詩以外に持たない「風月相思」の內部に、登場人物自身の詩句としてこのような第三者的視點の詩句というパターンが入りこんでいるということは、「風月相思」が冒頭・末尾という外枠部分を除いた本文の內部にも、語り手が韻文的要素を唱える白話小說的な性質を含んでいることを意味しているとも考えられる。あるいは、かつて實際に藝能化していた部分があった可能性もあろう。たとえば第三部で取りあげる長篇文言小說「龍會蘭池錄」は、雜劇『拜月亭』がもとになっており、藝能ないし白話文學作品が先行し、後れて文言の小說テキストが成立する場合もあったことが分かっている。

○「刎頸鴛鴦會」

第一章でも取りあげたこの作品は、マクラと正話の組み合わせからなり、ヒロインの姦通と破滅という共通の主題で結びつけられている。

マクラ部分の物語は唐代傳奇「非煙傳」に由來する。そこで「非煙傳」と比較しながらこのマクラ部分の語り口を見てみると、冒頭には通例どおり「入話」の語があり、詩と詞が竝べられた後、次のように記されている。

右詩詞各一首、單說着情色二字。此二字乃一體一用也。故色絢於目、情感於心、情色相生……

右の詩詞各一首は、ひとえに情色の二字を言うております。この二字は一つは體で一つは用であります。故に色は目に綾をなし、情は心に感じられ、情と色とがともに生じれば……

以下、古人の言を引いて情色についての議論を述べ、「非煙傳」の内容に移る。

……如今則管說這情色二字則甚。且說个臨淮武公業於咸通中任河南府功曹參軍。愛妾曰非烟、姓步氏……

……今この情色二字のことばかり言うのは何ゆえか。さても、臨淮の武公業は咸通年間に河南府功曹參軍に任ぜられた。その愛妾は名を非煙といい、姓は步氏……

そして「非煙傳」のストーリーが終わると、次のように正話へ移行する。

……象乃變服易名、遠竄於江湖間、稍避其鋒焉。可憐　雨散雲消　花殘月缺且如趙象知機識務、事脫虎口、免遭毒手、可謂善悔過者也。于今又有个不識竅的小二哥也與个婦人私通、日ヒ貪懽、朝ヒ迷戀、後惹出一場禍來、尸横刀下…（中略）…。靜而思之、着何來由。況這婦人不害了你一條性命了。眞个、

蛾眉本是嬋娟刄　殺盡風流世上人

權做个笑要《ママ》頭回

說話的、你道這婦人住居何處、姓甚名誰。元來是浙江杭州府武林門外落鄕村中、一个姓蔣的生的女兒……

……趙象は變裝し名を變え、遠く江湖に逃れ、いささかその鋭鋒を避けたのである。あわれ、　雨は散り雲は消え　花は傷み月は缺ける

さて趙象のごときは物事をよくわきまえ、虎口を脱し毒手を免れたのは、よく過ちを悔いた者と言えます。今またものの分からぬ若い衆がやはり女と私通し、日々歡喜を貪り戀におぼれ、やがて災厄を招き、屍は刄の下に横たわり……というはめになります。靜かに思えば何のゆえでしょうか。ましてその女、お前さんの命を取ったではありませんか（?）。まこと、

美しい眉はあでやかな刄　色好みの世間の人を皆殺し

まずは頭回と致します

噺家よ、その婦人は住まいはどこ、姓名は何というのかね。そもそも浙江杭州府は武林門外の落鄕村に、蔣という人の娘で……

冒頭部分の語りは、韻文とその解說、議論から始まり、讀者あるいは假構の聽衆への問いかけを受けて「且說个」

という白話小說の常套語で物語に入る。ここまでは典型的な白話小說の文體だが、續く「臨淮武公業」以下は「非煙傳」の節錄であって、省略はかなりあるが表現の改變はほとんどなく、つまり傳統的な文言小說の文體である。以降「遠竄於江湖間」までが「非煙傳」と一致し、その後は對句で締めくくられる（第一章で見たとおり、この對句は『警世通言』では空格と改行がなくなることによって韻文的要素としての扱いを失う）。ここで改行した後、「非煙傳」の登場人物に對する語り手からのコメントが述べられ、次に正話の內容が「後惹出一場……」という白話小說の典型的表現を用いて豫告される。このあたりから文體は再びはっきりと白話的になり、正話の內容に對する語り手のコメントを經て對句、および『警世通言』では排除される藝能系フレーズが插入され、さらに白話小說における語り手介入文の最も鮮明なタイプと言うべき、「說話的」を用いた問いかけと返答の形式から正話のストーリーが開始される。正話は全面的に饒舌な白話文で記され、鼓子詞という特殊な形式ゆえに伴奏者に對する呼びかけのフレーズが用いられる上、結末部分では「在座看官（お客様がた）」という聽衆への呼びかけも用いられており、語り手の存在が非常に明快である。

このように「刎頸鴛鴦會」は、唐代傳奇の節錄である文言小說のテキストと、藝能形式をとる白話小說のテキストを、くどいほどに類型的な說話人ふうの語り口を冒頭および正話へのつなぎ部分にあてはめることで、つなぎ合わせて作られている。

○「張生彩鸞燈傳」

「熊龍峯四種小說」の一つで、マクラと正話からなり、兩者は才子佳人の驅け落ちという主題で一致する。冒頭にはやはり「入話」の語と七絕一首があり、「話說」という白話小說の基本的用語からマクラに入る。

話說東京汴梁、宋天子徽宗放燈買市、十分富盛。且說在京一個貴官公子、姓張名生……

さても東京汴梁では、宋の徽宗皇帝が燈籠まつりを催され、甚だ盛んなものでした。さて、みやこに一人の貴顯の公子があり、姓は張、名は生……

韻文の後に解說や議論を述べず、すぐ「話說」で物語に入るパターンは初期のテキストに多い。白話的な文體で始まっているが、この後次第に文言的な固い文體になり、それがマクラの末尾まで續く。このマクラの內容は『醉翁談錄』壬集卷一・負心類「紅綃密約張生負李氏娘」の前半に相當し、異同はかなりあるものの同系統のテキストと言える。つまり、文言小說の文體で書かれてはいるが、藝能との關わりが考えられるテキストなのである。

……兩情好合、諧老百年。正是、

意似鴛鴦飛比翼　情同鸞鳳舞和鳴

今日爲甚說這段話、却有箇波俏的女娘子、也因燈夜遊翫、撞着個狂蕩的小秀才、惹出一場奇ヽ怪ヽ的事來。未知久後成得夫婦也不。且聽下回分解。正是、

燈初放夜人初會　梅正開時月正圓

且道、那女娘子遇着甚人。那人是……

……仲むつまじく、偕老同穴をとげた。まさしく、

思いは鴛鴦の翼を連ねて飛ぶよう　情けは鸞鳳の鳴き交わすに同じ

今日このお話をしたのは何故かといえば、こちらはある粹な娘御、やはり燈籠見物に出かけて色好みの若い殿

方に出會い、奇っ怪なる出來事を引き起こすこととなります。のちに夫婦となれますかどうか、まずは下回をお聞き下さい。まさしく、

燈籠初めてかかる夜に初めて出會い　梅まさに花開く時月まさに團圓

さて、その娘御が出會うのはいかなる人でしょうか。その人は……

マクラを對句で締めくくり、說話人の語りを經て再び對句を置き正話のストーリーに入るという、「刎頸鴛鴦會」と同樣の形式をそなえていることが分かる。文體は締めくくりの對句を境に白話文に變わり、正話は全體にわたり白話的な文體で記される。またここでも「惹出一場……」の定型表現による內容の豫告、問いかけによる話の展開といった語り手介入がおこなわれる。さらに地の文中で章回小說の用語とされる「且聽下回分解」が使われていることも注目される。つまり、この篇についても「刎頸鴛鴦會」と同じく、別個に存在したテキストをつないで制作されたものと考えられる。その結果、やはりマクラと正話とで文體に落差が生じていることになる。

こういった形式と語り口を用い、二つのテキストをマクラと正話としてつなぐ手法については、第一章でも見たところの「風月瑞仙亭」と『警世通言』巻六「兪仲擧題詩遇上皇」をはじめとして、「三言二拍」に見られるものであることが指摘されている。(9) したがって「三言二拍」に見られるいかにも藝能らしい語り口は、讀みもの制作のためのパターン化した技法であったわけだが、「刎頸鴛鴦會」「張生彩鸞燈傳」の例からは、初期のテキストにおいて既にこの技法が定着していたことがうかがえる。

二、初期短篇「白話」小説の成り立ち

「藍橋記」は『醉翁談錄』所收の「裴航遇雲英于藍橋」と同系統に屬する簡略な文言小説テキストに、外枠としての韻文的要素を貼り合わせることにより制作されている。「六十家小説」「熊龍峯四種小説」ではほとんどの篇で冒頭・末尾に韻文的要素があり、本文の文體が白話的であれ文言的であれ、外枠に韻文的要素があるということ自體が、作品のジャンル性を決める要素として機能している。第一章で觸れたように、やはり文言的な文體を持つ「羊角哀死戰荊軻」も、現在は冒頭と末尾が缺けているが、恐らく刊行當時は韻文的要素を持っていたのではないかと想像される。「裴航遇雲英于藍橋」は唐代傳奇の節錄であり、「刎頸鴛鴦會」のマクラも同樣である。前者は『醉翁談錄』に收められており、後者も類書のたぐいに收錄されていたものが小説の素材となったのではないかと思われる。「張生彩鸞燈傳」のマクラも、おおもとのテキストが『醉翁談錄』に見え、マクラの文言的な文體はこれに由來することが分かる。つまり初期の短篇白話小説テキストにおいて、簡略な文言のものはしばしば類書のような性格の書物からの切り貼りで制作されていたのであろう。

『醉翁談錄』や『綠窗新話』は、大塚氏が言われるように講談の種本集であり通俗類書の一種でもあると考えられる。藝人は物語については梗概さえあれば自在にふくらませて語るが、韻文は既製品に賴ると言われる(10)。樣々な物語の梗概と韻文・美文とを主題別に記錄したこの種の書物は、それ自體も讀みものであると同時に、藝人によって講談の素材としても用いられ、さらに讀むための講談ふう小説を制作する人々からも素材集として活用されたことであろう。その最も單純な形態が「藍橋記」のような例であり、韻文的要素についても、何らかの類書や素材集のような書物か

ら切り貼りされる場合が多かったのではないかと思われる。「藍橋記」や「風月相思」は、大塚氏の指摘のように講談の種本としてこの形態で制作され、それが商業的刊行物として流用されたという可能性もある。「張生彩鸞燈傳」のマクラも、『醉翁談錄』系統のテキストである點からすれば、同樣のことが推測可能であろう。いずれにせよ、右で取りあげたようなテキストは、白話小說の枠組みに既存の文言テキストを接ぎ木して制作されたわけである。

では逆に、「刎頸鴛鴦會」の正話部分なども含めて全面的に白話を驅使して書かれた作品の成り立ちはどうかと言えば、「六十家小說」などの白話的作品は、恐らく當時人氣の話柄だったもの――實際に講談として語られていた話も含めて――を、說話人の語りの樣子を彷彿とさせる文體で再現的に書くという技術、つまり白話運用能力のかなり高い書き手によって制作されたと思われる。そういったものが書かれていく中で冒頭や末尾の語りのパターンも形成され、一度パターンとして形成されれば使い勝手のよい技法としてさらに多用されるようになる。韻文的要素に類型的なものが多いことは、これらも使い回しのきく素材群を形成し、適宜切り貼りして用いられていたことを示していると推測される。

三、文體と形式

このように、文言と白話という文體上の斷層から、比較的初期の短篇白話小說の成り立ちを考えてみると、既存のテキストの前後に韻文的要素を貼り付ける、または別個のテキストどうしを定型化した語り口によって繼ぎ合わせるといった切り貼りによって、少なからぬ作品が作成されていたものと思われる。「刎頸鴛鴦會」のようにマクラと正話とで文體が異なるのは、制作態度ないし白話運用能力の異なる書き手によるテキストを繼ぎ合わせた結果であり、講談型の小説というジャンル性については、外枠の韻文的要素の有無が、文言文か白話文かという文體の差以上に有效な標識として機能している。一部の作品に見える特殊な藝能系フレーズは、實際の講談の語りから取り込まれたと推測されるが、「陳巡檢梅嶺失妻記」末尾の例のようにストーリーに必ずしも合っていない（末尾のフレーズに「翰府名談」つまり文壇の話題とあるが、物語は妻が白猿にさらわれるという奇談であって、辻褄があわない）[11]ものもあり、極めて類型的である。藝能の上演であればその種の決まり文句は常に用いられていたと思われるが、文字テキストとして物語が敍述される際には、それらがより再現的效果をあげると考える書き手によってのみ取り入れられた結果、限られた一部の作品にのみ見られることになったのであろう。韻文的要素の導入に用いられる用語も、第一章で見たように篇ごとの偏りを見せる。これも藝能系用語の素材として複數存在していたものの中から、それぞれの書き手によって取り出された結果ではないだろうか。

文體の差違に對する意識は、パターン化しやすい冒頭や末尾、マクラと正話のつなぎ目などから先に顯在化したと思われる。一方で「簡貼和尚」などのように饒舌な白話體で全文が成り立っている作品もあり、出自の異なる様々なテキストを、ある程度共通の形式の枠に嵌めて統一したのが「六十家小説」「熊龍峯四種小説」などの白話小説シリーズだったのであろう。

また、文體というテキスト内部の問題よりも、より外側にある形式のほうが力を持っていたという點では、改行や空格を設けるなどの處置にも、形式面での意味があったものと思われる。「六十家小説」の韻文的要素の插入箇所を見ると、七言の詩や對句の插入では行頭に三字ぶん、對になる二句の間に二字ぶんなどの空格が置かれており、五言の場合は行頭に四字、句間に三字ぶんなど、六言の場合は行頭と句間に三字ぶんなどである。これらはおおむね上下對稱の配置になる。詞や描寫の美文では行頭に一字ぶんの空格がある例が多い。二種類の韻文を連用した場合、韻文的要素の中で行頭に段差が生じ、視覺的に變化に富んだ畫面が作り出されている。「熊龍峯四種小說」は「六十家小說」とは版式が異なり、また「六十家小說」中にも版式の異なる篇が含まれるが、[12] いずれにおいても韻文的要素の配置のしかたには、改行と空格のあけかたによって視覺的な印象を強めるような法則性が保たれている。もっともその運用は嚴密に統一されているわけではなく、スペースの節約のため改行を省略したと見られる例も多いが、その場合も多くは、文中に空格を設けることで同樣の效果が生み出されている。

こういった法則は、たとえば「簡貼和尙」の書簡の引用（第一章別表の⑪）に見られるようなややイレギュラーな形態も生み出す。地の文の最後の一字が行頭にきたため、改行によってほぼ一行ぶんを使ってしまうことを避けようと、改行せず二字ぶんの空格をあけて書簡の本文を始める。その後四行にわたって書簡の文が續くが、この時各行の一字めを書簡の第一行の一字めと同じ高さにそろえたうえ、後に附け足された詞をさらに一字ぶん下げて記し、これが三行にわたる。結局スペースの節約にはなっておらず、こういった處置からも韻文的要素の置き方へのこだわりがうかがえよう。

こうして「六十家小說」「熊龍峯四種小說」では、文體が不均一である一方、外枠としての韻文的要素や、韻文的要素の周圍に空格を設ける形式、各種の決まり文句などが、ジャンル性を決定する力を持って適用されている。やがて「三言」が、さらに「二拍」が成立する過程で、書き手の白話文運用能力が向上し、先行テキストの類型性や韻文的要素の割合の偏りに對しても批判的な眼が向けられるようになると、樣々な改編作業が加えられてテキストは變容し、統一化が進む。韻文的要素は削減・增補によって量を調節され、ストーリーに合わせた改變により類型性が改められる。行頭の空格については、「三言二拍」では韻文の連用が排除されることで、段差による視覺的な變化が減退する。「六十家小說」では、韻文を導入する「正是」などの前に一、二字ぶんの空格をあける形式が見られる（「簡貼和尙」）が、

「三言」では排除される。『古今小說』『警世通言』では文體の不均一はまだ解消されないが、『醒世恆言』以降は白話文による統一が進み、新たに創作される作品が増え、決まり文句が選別されてその一部が消える一方、語り手介入文の饒舌さは增大していくことになる。(13)

四、小　結

全體として、「六十家小說」「熊龍峯四種小說」では文體はまちまちである一方、韻文的要素の重要度が高く認識されている。改行・空格の形式も、讀者の注意を韻文的要素に引き寄せるために重視されたものと思われる。「三言二拍」では韻文的要素の重要性は相對的に薄れ、同時に形式の統一性や白話文體への意識が強まっていくと言える。そして白話小說の文章はより饒舌になり、語りの口調そのものを擬似的に再現する文體として白話文が運用されていく。こういった變化の背景には、しばしば言われるように、識字層の擴大とともに白話文學に關わる人々にも知識階層が增え、彼らの意識や價値觀がテキスト制作に反映していったことがあろう。ただ、少なくともその變化が鮮明になる以前の段階においては、白話小說と文言小說あるいは通俗類書（様々な形式、文體の讀みものが詰め込まれているのが通例である）などの讀みものは、詩の附けはずしなどで容易に混じり合う曖昧な境界のもとで共存し、文體にもとづく區分は強く意識されていなかったと思われる。

しかし本章で取りあげた四篇にも明らかなように、文言文のテキストと白話文のテキストとでは異なる法則が存在する。白話小說の大きな特徵は語り手の存在であるが、「白話」小說の形式を附加されている篇の中でも、文言文で書かれている範圍には語り手の存在は現れず、韻文的要素も作中人物が作るもの（古人の作からの引用を含む）に限られるという點である。この文章や詩詞は誰が語っているのかという點で、白話小説と文言小説の間には明確な線が引けるということであろうか。次章では、この點について改めて白話小説と文言小説の關係性を考えてみたい。

注

（1）岡崎由美「看官・說話的・開場戲——書かれた物語のプレゼンテーションをめぐって——」（『中國文學研究』第十八號、早稻田大學中國文學會、一九九二）。なお、「入話」などの用語の意味や用法については、研究者によって異なる點があり注意を要する。

（2）注（1）岡崎氏前揭論文、鈴木陽一「明清の短編小說における「語り」について——「三言」、「二拍」を中心に——」（『中國古典小說研究』第七號、二〇〇二）など參照。

（3）大塚秀高「話本と「通俗類書」——宋代小說話本へのアプローチ——」（『日本中國學會報』第二十八集、一九七六）。

（4）『續修四庫全書』影印（據天理圖書館藏本）、および古典文學出版社排印本（一九五七）による。

（5）『太平廣記』（中華書局排印本、一九六一）による。

（6）注（3）前揭論文。

（7）「風月」（六）では、第十葉裏で「有詩十餘首」としながら一首を載せるのみで、第十一葉表は「不棄。我今將行……」と明らかに臺詞の途中から始まっている。「相思記」（國）では同樣に「有詩十餘首」として一首のみ、さらに「不棄」の二字がなく、かわりに短い地の文が入っていることから、「馮伯玉」（熊）系のテキストにもとづきつつ詩の多さを厭って削除したのではなく、「風月」（六）系のテキストにもとづき、文意不明の箇所を書きかえたのであることがうかがえる。

（8）注（3）大塚氏前揭論文。

（9）注（3）大塚氏前揭論文。

（10）小松謙『「現實」の浮上——「せりふ」と「描寫」の中國文學史——』（汲古書院、二〇〇七）第六章「白話文學の確立」。

（11）この「翰府名談」は書名の可能性もある。『宋史』藝文志には劉斧の『翰府名談』二十五巻が著録されている。
（12）中里見敬『中國小説の物語論的研究』第七章「話本小説と白話文の成立について——『六十家小説』の版本上の特徴を手がかりとして——」（汲古書院、一九九六）。
（13）語り手介入文の進展については、注（1）前掲岡崎氏論文參照。

第三章　韻文的要素の導入における語り手介入と文言小說の關係

第二章で述べたように、文言小說と白話小說の境界線は元來非常に曖昧なものであったと思われる。また白話の運用能力が向上し、より饒舌で詳細な語りを自在に使いこなせるようになると、場面や登場人物の性質に合わせて白話的文體と文言的文體を使い分けるなどの技法も驅使できるようになり、文體そのものを基準に文言小說と白話小說とのジャンル區分を明確に設定することはやはり困難なのであるが、初期から一貫してその區分を示す效力を持っているように思われるのが、韻文的要素のあり方である。

白話小說の韻文的要素は、登場人物によって發せられるものと、語り手の立場から發せられるものに分けることができる。前者は文言小說・白話小說の區別に關係なく插入されるのに對し、後者は「白話」小說のみに現れる。冒頭と末尾の韻文的要素も多くは後者に類し、最もシンプルな「藍橋記」の例では冒頭の詩と末尾の對句が、語り手から發せられたものとして講談風の枠組みをテキストに付與していた。同時に、第二章で檢討した作品に見られるように、白話小說の枠內であっても文言テキストの範圍內には語り手が發する韻文的要素は見いだされない。

韻文的要素と語り手の關係から言うと、白話小說における語り手は、第二章で見た冒頭・末尾・マクラと正話の境目の他に、韻文的要素の導入部分でも物語と讀者の間に介入して、語りの場を作り出すことが多い。導入の言葉は「正是」「但見」などの單純なものから長々しいおしゃべりに至るまで、樣々な形で存在する。語り手介入文の發達は白話小說の歴史的展開と密接に關わっており(1)、文言小說と白話小說を分ける大きな差違となった。白話という文體がもともと發話の文字化を指向したものである以上、その運用能力が高いテキストほど會話體による語りという性質が強まり、それを語っている人物の存在が文面に浮かび上がってきやすいのに對し、文章用の言語として古くから安定している文言文では、語り手の存在が前提とならないのは當然とも言える。

本章では語り手的言説という觀點から、まず第二章の補足を兼ね、短篇白話小説における韻文的要素と物語の關係性について一つの整理をおこなってから、登場人物により發せられる韻文的要素と、その導入部分におけるある常套表現を手がかりに、白話小説と文言小説の關係について考察する。

一、韻文的要素における人物名

早くから言われているように、白話小説の本文中に插入される韻文的要素には、類型的なものが多い[2]。またその傾向は初期の作品ほど強く、「三言」以降に創作された作品ではストーリー内容に從屬したものが增えていく[3]。第一章で取りあげた同一作品のテキスト異同においても、例えば「戒指兒記」に見える男女の交歡を描寫する詞（第一章別表の⑰）が完全にパターン化したものであるのに對し、『古今小説』巻四「閒雲菴」のそれは、同じ場面でありながら語句が全面的に改變され、この物語のみに對應した内容になっており、韻文的要素に對する制作者の意識の變化が讀み取れる[4]。

韻文的要素の類型性は、このたぐいの韻文がもともとは藝能の世界のものであったことを意味していると考えられる。藝人は韻文的要素については既製品に頼り、物語に合わせて各自で創作などはしないのが普通であったとすれば[5]、韻文的要素とは既存の素材として使い回しのきくものだったということであろう。

一方で、初期のテキストにも個別の物語と切り離せないタイプの韻文的要素を持つものがある。その最も分かりやすいパターンは、登場人物の名前が詠み込まれている場合であろう。例えば「六十家小說」のうち「死生交范張雞黍」の末尾の詩は「義重張元伯、恩深范巨卿」で始まり、ストーリーを總括して主人公二人をたたえる內容で、この物語にしか對應しない。また「錯認屍」では、「兩臉如香餌、雙眉似鐵鈎。吳王遭一釣、家國一齊休（兩の頰は良い匂いの餌、二つの眉は鐵の釣り針。吳王夫差も釣り上げられ、國家はいちどきに破滅）」（表の②）といった、使い回しのきくタイプの韻文的要素が插入される一方、次のように三箇所にわたって登場人物の名が句中に使われ、ストーリーに密着したものも插入されている（傍線は全て筆者による）。

高氏俱遭囹圄苦　好色喬郎家業休（表⑩）　高氏らは皆牢獄の苦しみ、色好みの喬郎は家產も一巻の終わり

喬俊貪淫不可論　故交妻女受奸情（表⑫）　喬俊の淫を貪ったは何とも言いようもなし、ことさら妻と娘を密通の罪に落とすとは

如花妻妾牢中死　似虎喬郎湖內亡（末尾）　花の如き妻妾は獄中に死に、虎のような男盛りの喬郎は湖に死ぬ

また⑩の詩には、「誰知錯認尸和首、惹出冤家禍患來（あにはからんや死骸を取り違え、妻子に災厄を引き起こそうとは）」という、題名の由來となる言葉も見られる。これらのように、特定の物語專用の韻文的要素が插入されている場合にも、やはり藝能との關わりが考えられよう。韻文的要素が特定のストーリーの豫告や總括、批評などの性格を

帯びている右のような例は、物語と韻文的要素が一體のものとして形成されてきたケースと考えられる。

類型的なものを適宜使い回すタイプの韻文的要素は、「三言」以降の新たな創作では存在が後退し、かわって「あまりに正文に從屬」したものが物語内容に合わせて作り出されていく。(6)逆に物語とセットで成長してきたタイプのものは「三言」以降も維持され、(7)時には『古今小説』卷七「羊角哀」のように、先行テキスト（「六十家小説」の「羊角哀死戰荆軻」）にはない詩を增補する中で「賢哉左伯桃、隕命成人美（賢なるかな左伯桃、一命を捨てて他人に功を立てさせる）」と、わざわざ人物名を入れる例もある。ともに知識人的感覺による變化という方向性で合致するものと言えよう。

ここで第二章で見た「風月相思」の中の詩句「最苦凄涼馮伯玉、可憐憔悴趙雲瓊（最も苦しきは寂寥の馮伯玉、憐れなり憔悴せる趙雲瓊）」、「無限幽懷羞自語、可憐無主趙雲瓊（無限の思いは自ら言うのも恥ずかしく、憐れなり獨り寢の趙雲瓊）」、「雲瓊節義非容易、伯玉姻緣豈偶然（雲瓊の節義はただならぬこと、伯玉の姻緣も偶然ならず）」(8)を改めて見てみると、冒頭と末尾に詩がある點を除けば文言小説そのものと言ってよいこの作品に、あたかも「錯認屍」のような白話小説と同樣の特徴が現れていることが分かる。右の三例のうち三つめは末尾の詩の一部であって、「白話」小説の外枠部分にあたるが、前二者は馮伯玉と趙雲瓊が互いに贈る詩の中に見えるものであり、「錯認屍」や「死生交范張雞黍」の例とも違って、自分達自身を三人稱的に呼んでいることになる。ここには、登場人物の發話としての韻文的要素における語り手的視點の混入が認められる。

登場人物が詩詞の中で自身を三人稱的に呼ぶ例は、「六十家小説」で言えば「張子房慕道記」に典型的に見られる。この作品は臺詞が詩詞になっている「詞話」と呼ばれる藝能の形式を持ち、張良の詩の中での自稱として、一人稱の「微臣（わたくしめ）」と三人稱的な「張良」や「子房」とが併存している。「風月相思」において同樣に韻文における自稱としての三人稱が見られるのは、この作品の內部に一部分であれ詞話系の白話小説に似た性質が含まれているということであろうか。藝能との關わりについては分からないが、「風月相思」は詩詞が主體の作品であり、物語を語る詩詞が先に文字として成立し、文言の散文部分が後から肉附けされたという經緯を想像することもできるかもしれない。その過程で、元來語り手的立場からのものだった詩が、文言テキストの法則に從い登場人物の作として取りこまれたとも考えられる。

このように、插入される韻文的要素が誰の視點からのものか、という問題は、白話小說と文言小說の區分に關わりながらもやはり曖昧な面を持っている。では韻文的要素を導入する地の文における語り手の介入についても、白話小說と文言小說とで何らかの關係が見いだせるであろうか。

二、登場人物による詩詞とその導入――明代

登場人物が作る詩詞などの韻文的要素は、文言小說か白話小說かに關わりなく插入される。その種の詩詞の導入には「怎見得」のような特徵的な語彙は當然ながら出てこないが、白話小說における語り手の介入はこのタイプにも適用されることがある。『二刻拍案驚奇』巻十七「同窗友認假作眞　女秀才移花接木」には、詩の導入として次のような語り手介入文が見える。呼びかけ語の「看官」を用いた、新しく創作された作品に典型的な白話の饒舌である。

孟沂與美人賞花玩月、酌酒吟詩、曲盡人間之樂。兩人每每你唱我和、做成聯句、如落花二十四韻、月夜五十韻、鬬巧爭妍、眞成敵手。詩句太多、恐看官每厭聽、不能盡述。只將他兩人四時廻文詩表白一遍。美人詩道、……(9)

孟沂は美人とともに花や月をめで、酒をくみ詩を吟じ、この世の樂しみを盡くします。兩人はめいめい唱和し

あって聯句を作り、「落花二十四韻」、「月夜五十韻」など、巧みさ見事さを競い合い、まこと好敵手でありました。詩句はあまりに多いので、お客様がたには聞き飽きておしまいでしょうから、全て述べることはできかねます。ただ兩人の「四時廻文詩」だけをひとわたり申し上げましょう。美人の詩にいわく、……

あたかも講談師が聽衆に向かって語りかける言葉遣いをそのまま寫し取ったかのような白話の運用が、技法として完成した段階の文體である。岡崎由美氏が言うように、白話小說の語り手介入文は、初期の單純な決まり文句のみによるものから、「看官」などの語を意識的に用いた複雜で饒舌な語りへと進展していくのだが(10)、普通、登場人物によって作ったり吟じたりされる詩詞については、「詩曰」などとするより他に特別な表現などは現れにくい。ところがこの插入箇所では、まず「如落花二十四韻、月夜五十韻」と述べて二人が大量の詩を作ったことを強調し、それらを全て竝べ上げては聽衆を退屈させるであろうから、ごく一部のみを述べることにする、というもったいをつけたおしゃべりが詩の插入に先立っておこなわれている。主人公らの詩才を強調するとともに、語り手の存在をいわば可視化し、實際にはテキストに現れない詩の存在を主張することにより作品の內容の豐富さを誇示してみせる語り口と言えよう。

右の例では語り手と聽衆の關係が明快に表されているが、「恐看官每厭聽」といった表現の含まれない、より簡單な表現によって同樣の導入がなされている例が、『醒世恆言』卷五「大樹坡義虎送親」に見られる。

後人論起那虎報恩事、以爲奇談、多有題詠、惟胡曾先生一首最好。詩曰、……(11)
後世の人はかの虎の報恩のことを論じて奇談であると言い、多く題詠をなしたものですが、胡曾先生のただ一首が最もすぐれております。詩にいわく、……

また同じく『醒世恆言』の巻九「陳多壽生死夫妻」にもこれと類似した導入の表現がある。

所以高人隱士、往往寄興棋枰、消閒玩世。其間吟咏、不可勝述、只有國朝曾棨狀元應制詩做得甚好。詩曰、……

ゆえに高潔の士や隱者はしばしば棋盤に興を寄せ、暇をつぶし世を嗤うものです。その間の吟詠は述べ盡くせるものではありませんが、ただ本朝の狀元曾棨の應制詩だけがたいそうよくできております。詩にいわく、

……

二例とも豊富な詩詞の存在を述べたうえで、そのうちの一首だけを取り出してみせるという表現を用いている。語り手の存在は『二刻拍案驚奇』巻十七の例ほどには可視的ではないが、多くの詩詞の中から一部のみを取りだして讀者の前に提示してみせる主體としての語り手が存在している點では共通する。

これらの例に見られるような表現は、現實に多くの詩詞が存在し、それらの一部分を抜粋して紹介する場合には、特に小説のための表現ではなく一般的なものと言えるであろう。實際、その過程が分かる例を『古今小説』巻二十二「木綿菴鄭虎臣報冤」（以下「木綿菴」とする）に見ることができる。この作品は南宋の奸臣賈似道に關する逸話をつなぎ合わせたもので、その中にやはり類似の表現がくり返し見られる。(12)

1　毎年八月八日、似道生辰、作詞頌美者以數千計。似道一一親覽、第其高下、一時傳誦謄寫、爲之紙貴。時陸景思八聲甘州一詞、稱爲絕唱。詞云、……（詞略）……

其他謟諛之詞、不可盡述。

毎年八月八日の似道の誕生日には、詩詞を作ってたたえる者が數千をもって數えるほどでした。似道は一つ一つ自分で讀んでその高下を定め、當時は傳誦され書寫されて、紙の値段が上がる始末。時に陸景思の「八聲甘州」詞一首が、最高の作とたたえられました。詞にいわく、……

その他、阿諛の詞たるや述べ盡くせるものではありません。

2

似道又造半閒堂、命巧匠塑己像於其中。旁室數百間、招致方術之士及雲水道人、在內停宿。似道暇日到中堂打坐、與術士道人談講。門客中獻詞、頌那半閒堂的極多。只有一篇名糖多令最爲似道所稱賞。詞云、……

似道はまた半閒堂を造り、職人に命じて自分の塑像をその中に作らせました。傍室は數百にのぼり、方術士や放浪道士を招いて泊まらせておりました。似道は休みのとれる日は中の堂へ入って靜坐し、術士や道士らと語り合います。門客の中には、詞を獻上してその半閒堂をたたえる者が山ほどありましたが、ただ一篇の「糖多令」が、最も似道の賞贊したものでした。詞にいわく、……

3

高臺曲池、日就荒落、墻頹壁倒、遊人來觀者、無不感歎。多有人題詩於門壁、今錄得二首。詩云、…（詩略）…又詩云、……

臺も池も日ごとに荒れ果ててゆき、壁は傷んで倒れ、見物に來た者は誰もが感歎します。多くの人が門壁に詩を書きつけましたが、今とどめえたのは二首あり、詩にいわく、……

また詩にいわく、……

今かりに番號を付したが、これらのエピソードには來源があり、插入されている詩詞もそこから取られたものである。本事は諸書に見えるが、右の三例は全て『西湖遊覽志餘』巻五「佞倖盤荒」にある。[13] うち1と3に相當する箇所ではそれぞれ、「四方善頌者以數千計……一時傳踊、爲之紙貴、然皆諛辭囈語耳（四方の詩詞にすぐれた者が數千をもって數えるほどで……當時は傳誦されてこのため紙價が上がった。しかしどれもたわごとやおべっかにすぎない）」、「有題詩于門壁者（門壁に詩を書きつけるものがあった）」として以下に詩詞を列擧しており、「木綿菴」はそれらの詩詞から抜粋して記したものと分かる。ところが2については、『西湖遊覽志餘』のこれに相當する箇所では「有佞人、上糖多令詞、大稱其意。其詞曰（おもねる者がいて糖多令詞を獻上し、おおいに意にかなった。その詞にいう）」とあって詞を載せるのみで、「木綿菴」の「頌那半閒堂的極多。只有一篇……」という表現にあたる部分がない。多くの詩詞の中から一つだけ紹介するという表現は、小説の段階で新たに附加されたのではないかと思われる。

このように、元來文字通りの意味だった「詩詞が多くあって全て記すことはできないので、一部のみ記す」という抜粋の表現が、小説の技法に轉用されたことがうかがえるのだが、このような表現は「三言」以降に用いられるようになったものかと言うと、必ずしもそうではない。『古今小説』巻十六「范巨卿」では、末尾の詞の前に「題詠極多、惟有無名氏踏莎行一詞最好（題詠は極めて多くありますが、ただ無名氏の踏莎行詞一つが最もすぐれています）」とあり、右に擧げた『醒世恆言』の例と類似するが、これは「六十家小說」の「死生交范張雞黍」に「題咏《ママ》及多、聊陳二詩曰（題詠は極めて多いので、とりあえず詩二首を述べていわく）」とあるのを引き繼いだものである。詩が詞に差しかえられているが、導入部分の表現は基本的に同質のものと言ってよい。

また、萬曆二十二年（一五九四）刊行の公案小説集『百家公案』第十二回に、次のような箇所がある。『百家公案』は現存する中では最も早い時期の公案小說とされるものである。

尙靜閑時吟詠尙多、未及盡述、姑錄春夏秋冬四景於左。其春景詩曰、……

（以下、春夏秋冬の四首を列擧）

是時尙靜吟詠已畢……(14)

尙靜がひまな時に吟詠した詩はまだ澤山ありますが、述べきれないので、とりあえず春夏秋冬の四景の詩を左に記錄しておきます。その春景の詩にいわく、……

この時、尙靜は吟じおわりまして……

「多くの詩詞を作ったが、あまり多くて述べきれないので、その一部のみを拔粹して記しておく」という表現が、短篇白話小說の初期の段階から一つのパターンを形成しつつあったことが分かる。この種の表現は、このようにして詩詞の豐富さを誇示してみせている語り手の存在を、讀者の前に浮き上がらせる效果があると思われる。そしてこれらの表現により導入される詩詞は、いずれもストーリーの展開とは關係性が薄く、詩詞の存在そのものが眼目となっている點で共通する。

語り手の存在は白話小說の構造上切り離せないものであり、登場人物による詩詞であっても導入に語り手が顏を出すこと自體は不思議ではない。ではここまで擧げたような表現は白話小說ならではのパターンかと言えば、むしろ文言小說においてよく見られるものなのである。例えば、「六十家小說」や『百家公案』と近い時期の通俗類書に收められて現存する長篇文言小說「龍會蘭池錄」には、同樣の表現が多用されている。列擧すると次のようである。(15)

○閑居山塞、毎有鴻鵠冲天之想。口記詩詞甚多、聊記一二附覽。詩曰、……

山塞に閑居しつつ、つねに英雄の志を抱いていた。口ずさんだ詩詞は甚だ多かったが、とりあえずその一つ二つを記してご覧に入れよう。詩にいわく、……

○夜宿林薄間、詩詞甚多、不能盡錄、聊記虞美人詞云、……

夜は林の中に寝泊まりしつつ、甚だ多くの詩詞を作ったが、全て記すことはできないので、とりあえず虞美人詞を記しておく。いわく、……

○時有口占詩詞甚多、聊記一二、以表龍會蘭池之行實云。世隆詩曰、……

その時口ずさんだ詩詞は甚だ多いが、とりあえず一つ二つを記して、龍會蘭池の事跡を表すことにする。世隆の詩にいわく、……

○嘗有芳詠甚多、聊記其略、以彰意云。世隆短篇、……

詠んだ詩詞は甚だ多かったが、とりあえず大略を記してその意を明らかにする。世隆の短篇にいわく、……

○口占詩詞甚多、聊記其可採者、以見新別之愁態云。世隆詩曰、……

口ずさんだ詩詞は甚だ多かったが、とりあえずその中の取るべきものを記して、別離の悲嘆のさまを表す。いわく、……

○嘗有拜月詩詠甚多、聊記一二、以表瑞蘭氷霜之守云。瑞蘭詩曰、……
拜月の詩を詠んだのは甚だ多かったが、とりあえず一つ二つを記して、瑞蘭の氷霜のような操の堅さを表そう。

瑞蘭の詩にいわく、……


「龍會蘭池錄」は主人公の男女が大量の詩詞をやりとりする中で展開する長篇の文言小說である。詩詞の插入にあたっては「具錄於此」や「聊記」などの語句がよく用いられ、右のような例はそのバリエーションの一つがパターン化したものと思われる。これらの表現がある箇所では、文章の書き手が物語と讀者の間に介在してくるような效果が生まれる。その書き手は、詩詞の多さを誇張してみせ、書ききれるものではないのでそのうちの一部のみをピックアップしたのだと、讀者に對していわばもったいをつけてみせる。一つめの例にある「附覽（ご覽に入れる）」といった表現は特に、讀者に向けた語りかけの性質を帶びる點で、白話小說の語り手と似通った面を持つと言えよう。

このように長篇文言小說「龍會蘭池錄」には、「六十家小說」や『百家公案』から「三言二拍」に至るまでの白話小說に見られるのと同タイプの言い回しが、詩詞の插入に際して繰り返し用いられているのだが、第三部で詳しく述べるように、この作品はもともと戲曲を小說化したものであるうえ、作品全體にわたって多樣な白話文學の影響が見られ、ここに見えるような語り手的視點を感じさせる表現が、文言小說としての特徵なのか、白話文學の影響によるものなのか、この作品からだけでは判斷が難しい。そこで他の長篇文言小說を見てみると、やはり以下のような例が見られることが分かった。

『天緣奇遇』⑯

○日與涵師等劇飲賦詩、不能盡述、姑記與興錫等談玄、……

○貞私贈甚厚、不可悉記、惟錄一詞、名曰陽關引、……

○每至一處、必加題詠。然亦不能悉記、而吳中傳聞者、止二三詞而已。……

『鍾情麗集』⑰

○累丶行諸吟詠、不下二三十首、不克盡述、特意其尤者、以傳諸好事者焉。以見他作、亦皆稱是也。其夜坐書懷一律云、……

○作竝美序一篇、以冠其端、復繼之以長歌一篇。文多不載、聊錄歌詩以傳好事者。微香詩曰、……

○所謂詩詞、不可共述、姑記含蓄深意者十絕、以向有鼻孔者道云、……

○累丶形諸詩詞、不啻千首、多不盡錄、姑記一二、以語知音者。……

『懷春雅集』⑱

○乃因時所作佳句以自遣、多不盡錄、姑記一二以墨于左。……

○玉貞悼吟詩詞不下十百、難以悉陳、姑錄一二以觀。詩曰、……

『尋芳雅集』⑲

○思怨之情、不可勝記。聊錄數章、爲好事者一覽。……

『李生六一天緣』[20]

○同榜諸友多有詩詞贈行、此不備載、姑擧其一二云、……

『五金魚傳』[21]

○其賡吟歌詠、難以枚擧、姑錄一二云、……

○同年僚友咸追送於道左、多有詩章贈行、聊載一二於後、……[22]

「龍會蘭池錄」は特にこのパターンが多いほうだと言えるが、他の作品にも數の多少に差はあれ同様の特徴が現れていることが分かる。長篇文言小説は明代に數多く書かれ、いずれも才子佳人が大量の詩詞をやりとりする大同小異の内容に終始する。詩詞のやりとりがメインの要素であることから、あまり多いので省略するとコメントするパターンも使われやすかったのであろう。さらに、唐代傳奇以來の傳統を持つ短篇の文言小説でも同様の言い回しが見られる。例えば、王世貞編と言われる文言小説集『豔異編』には、續編巻四「紫竹小傳」に「往來詩詞甚多、不能畢錄。猶有一詞云、……（やりとりしていた詩詞は甚だ多く、記録しきれない。それでも一詞にいわく……）」という例があり、同巻五「竝蒂蓮花記」にも次のような例がある。

士大夫題詠甚多、錄其尤者於左。…（詩略）…詩詞成帙、名之曰、竝蒂蓮集、至今傳誦不絕。[23]

士大夫らが題詠した詩は甚だ多いが、その中の優れたものをここに記録しておく。…（詩略）…それらの詩詞は書物になり、『竝蒂蓮集』と題され、今に至るまで語り傳えられている。

『竝蒂蓮集』については未詳だが、當時實際にそういった書物が存在していたのかもしれない。假にそうだとすると、この箇所については言葉どおり現實にあった詩詞からの抜粋ということになる。

また、馮夢龍編『情史』巻十三「吳氏女」にも同様の表現が見える。

鄭觀所和兩詞、才情標致、益不能忘。再賦詩云、…（詩略）…吳氏和云、…（詩略）…書詞尙多、不能悉載。(24)

鄭は唱和した二詞を見て、才情の優美さにますます忘れられなくなった。再度詩を作っていわく、…（詞略）…吳氏が唱和していわく、…（詞略）…作った詩詞はもっと多いのだが、全て載せることはできない。

この他、明代文言小說の代表例として李昌祺『剪燈餘話』に以下の二例を見いだすことができ、長篇文言小說に見られる例と類似した言い回しになっていることが分かる。

○巻一「聽經猿記」

然山中景物、經其題詠者甚衆。多不悉錄、紀其一二尤者焉。……(25)

……しかし山中の景物で題詠したものは甚だ多い。多くて記録しきれないので、優れたものを一つ二つ記しておく。

○巻二「連理樹記」
平生所作、編成一集。粹題之曰絮雪藁、且爲序於首簡。詩與序多不錄、姑載一二以傳好事者。……

日頃の作を編纂して詩集を作った。粹はこれに『絮雪藁』と題して、冒頭に序を附けた。詩と序は量が多いので記しておかないが、とりあえず一つ二つを載せて好事家に傳える。……

三、詩詞とその導入、詩話との關係――唐宋

さかのぼって唐宋の文言小説にも、これらに似た表現が含まれているものがあり、『太平廣記』から例を擧げると次のようである。(26)

○巻二〇〇・武臣有文部「高昂」
乃贈詩曰、…（詩略）…餘篇甚多、此不復載。

そこで詩を贈っていわく、…（詩略）…その他の詩篇も甚だ多いが、ここにはこれ以上載せない。

○巻三二六・鬼部「沈警」
小女郎贈警金合歡結、歌曰、…（詩略）…大女郎贈警瑤鏡子、歌曰、…（詩略）…贈答極多、不能備記。粗憶數首而已。

小女郎は警に金縷の合歡結びを贈り、歌にいわく、…（詩略）…大女郎は警に美しい鏡を贈り、歌にいわく、…

（詩略）…贈答した詩は甚だ多く、記しきれない。おおよそ數首を憶えているのみである。

○巻三五一・鬼部「韋氏子」

韋嘗賦詩曰、…（詩略）…悼亡甚多、不備錄。

韋はある時詩を作っていわく、…（詩略）…悼亡詩は甚だ多く、記しつくせない。

○巻三六七・妖怪部「東柯院」

妖於空中拋小書帖。紛紛然不知其數。多成絶句、凌謔杜令。記其一二曰、…（詩略）…又曰、…（詩略）…延範覺之、亦遽還。其不記者、絶句甚多。

妖怪が空中から小さな帳面を擲った。いっぱい舞い散って、數え切れないほどであった。多くは絶句で杜縣令を侮辱していた。その一、二を記す。いわく、…（詩略）…またいわく、…（詩略）…延範はその意をさとり、あわてて歸った。記していないものでは絶句が甚だ多かった。

○巻四四八・狐部「何讓之」

紙盡慘灰色、文字則不可曉解。略記可辨者、其一云、…（略）…其二辭曰、…（略）…題云、應天狐超異科策八道。後文甚繁、難以詳載。

紙はみな暗灰色をしており、文字がよく讀めなかった。讀み取れたものをおおよそ記すと、其の一にいわく、…（略）…其の二にいわく、…（略）…題して「應天狐超異科策八道」とあった。後の文は甚だ繁雜で、詳しく載せることはできない。

これらは明代小説の例に比べると、語り口として特に目立つようなパターンを形成しているというほどではないが、物語の中に語り手的な存在が顔を出し、載せていない詩の多さについて讀者に對しアピールする表現として、共通の特徴を持っている。また古くは導入部分でなく、拔粹された詩を載せた後に「多くて載せきれない」と書き添える形が多かったことが分かる。

『太平廣記』から擧げた例のうち、巻二〇〇「高昂」は實在の人物の逸話であり、實録ものにおいて文字どおりの意味で多くの詩から一部を紹介するという書き方がされているものと思われる。それに對し、幽冥や妖異に關するような話の場合は、恐らく實在しないであろう詩文の存在を強調してみせるという小説的レトリックとしてこれらの表現が用いられている。『古今小説』巻二十二「木綿菴」に見られたように、この種の言い回しでは實録的表現と小説的表現が重なりあう。

實録の表現としての性格から言うと、これらの言い回しは「高昂」のように詩文とその作者にまつわるエピソードで用いられることから、詩文を興味の中心とする詩話的な性格の文章とは相性が良い（ここで言う詩話は詩に關する評論や逸話集の類を指す）。例えば南宋の劉克莊『後村詩話』續集巻一に見える例は、言葉としては小説で用いられるものと完全に一致している。

往往其時諸人之集尙存、今不能悉録、姑摘其可存者於後。……(27)

往々にして當時の人々の詩集が現存しているが、今その全てを記すことはできないので、ひとまず後世に殘すべきものを以下に擧げる。……

北宋の劉斧の撰になるという文言小説集『青瑣高議』前集巻十「曹太守傳」には、「後贈公之詩者甚衆、惟魯公參政之詩、格老氣勁、傑出衆詩之上。詩曰（のち曹公のために詩を贈る者が甚だ多かったが、ただ魯公參政の詩のみが風格老成して力強く、數多の詩の上に傑出している。いわく）」[28]という表現があり、やはり「木綿菴」などの言い回しと通じるものがある。「木綿菴」の原據が實錄であるのと同様、「曹太守傳」も儂智高の亂をめぐる實錄であり、このエピソードは北宋の李獻民撰『雲齋廣錄』巻二・詩話錄、『後村詩話』巻一、阮閱撰『詩話總龜』巻一、蔡正孫撰『詩林廣記』巻六など、各種の詩話に繰り返し引かれている。[29]また同じく『青瑣高議』後集巻一「書品」にも、「名公多以詩贈之、但載二篇（名士が大勢彼のために詩を贈ったが、二篇のみ載せる）」という表現があり、ここに擧げられている詩二首は『詩話總龜』巻二十六にも見えるものである。

『青瑣高議』という書物はその内容や構成から、『雲齋廣錄』や『醉翁談錄』とともに初期の通俗類書と位置づけられ、[30]筆者もその意見に従う。詩話と文言小説は時にこうして重なり、ともに類書に收められる。それはのちの明代通俗類書でも同様である。また『醉翁談錄』は藝能との關係で注目される書物であるが、『青瑣高議』は各篇に多くは七字からなる副題が附けられていることで知られ、『醉翁談錄』や、やはり藝能との關連が言われる『綠窗新話』に似たところがある。直接的にではないにせよ、『青瑣高議』にも何らかの形で藝能と關わりがあった可能性が考えられるのであり、假にそうだとすれば、右に擧げた二例には實錄（詩話）と文言小説、さらには白話文學の源流が重なりあう點が現れていると言えるかもしれない。

この他に南宋期の例として、洪邁『夷堅志』補巻十二「蓑衣先生」を擧げることができる。篇の內容は道術使いにまつわる奇談であり、同様の表現が用いられている。

其所作歌詩、今錄可傳者于後。其一曰、…（詩略）…其餘語句可書者尙多。(31)

彼の作った歌や詩から、今記錄して傳えうるものを以下に記す。其の一にいわく、…（詩略）…その他の詩句にも記しておくべきものがまだたくさんある。

四、韻文という接點

このように、明代の短篇白話小說において登場人物が作る詩詞の導入に時おり用いられる語り手介入文は、もともとは文言小說におけるいわば「書き手介入文」であり、物語と讀者の間に物語の提供者が介入するという點で、白話小說と文言小說に共通する性質の語りが見られる部分であった。この種の表現は、しばしば詩話などと重なり合うことにも現れているように、作品ないし場面の性格が韻文を主體とすることと密接に關わっている。

韻文を主體とする、すなわち歌物語であるということは、文言小說の本質的性格の一つである。特に戀愛ものの場合、戀人どうしが詩詞を贈り合うことにかなりの分量がさかれる場合が多い。長篇文言小說にこのタイプの「介入」が何度も用いられる作品があるのは、その小說としての性格上自然なことと言えるであろうし、明代に盛んに書かれた長篇文言小說の文章が、時に白話小說と通底する饒舌さを持つようになっていたことの現れでもあろう。白話小說の語りにとっても、語り手が作品の質量を實際以上に誇張してみせるこの種の表現は、性質の合う、取り入れやすいものであったと思われる。

先に擧げた『百家公案』第十二回の例は、第一回から第二十八回までの間に繰り返し插入される、登場人物により吟じられる詩詞の一つである。これらの詩詞はストーリー上はおよそ無意味に、何の必然性もなく插入されており、そのことはとりもなおさず、『百家公案』の冒頭からおよそ三十回弱の部分が、詩詞の插入を原則とする藝能と深い關わりを持っていることを示唆するものであろうと指摘されている。(32)

改めて『百家公案』第十二回の事例を見てみると、詩の前の導入部分では「姑錄春夏秋冬四景於左」という言葉を使って書き手の立場から述べているにも關わらず、詩の後では「吟詠已畢」と言い、主人公が興にまかせて詩を吟じたかのような書き方になっている。「吟詠已畢」については、『百家公案』では詩詞の後を「吟罷」などの語で受ける例が多く（もとは藝能におけるテクニカルタームだったのではないかと推測されている(33)）、從ってこの表現自體は單に他の詩詞插入箇所と同じ形式をふんだものである。藝能、あるいは藝能の語り口を模倣した白話小說の語りとしては、「吟」と述べられるのは當然とも言えよう。それらの詩詞は物語の設定上は登場人物が吟詠するものであり、現實の寄席の空間ないし小說テキスト内の假構された語りの場においては講談師が吟詠するものである。ところが詩の前では「以下に記錄しておく」と、文字テキストであることを前提とした言葉遣いがされて、前後矛盾を生じている。それはこの表現が元來、書き手と讀者の關係で成り立つ文言小說の修辭を取り込んだものだったためではないかと考えられる。

五、小　結

當初はやや單純な形で白話小說に取り入れられた詩詞の導入表現「作った詩詞はあまりに多いので述べきれないから、一部のみを記す」は、最終的には『二刻拍案驚奇』巻十七の例に見られるように、講談師の口調を模した白話小說特有の語り手介入文と一體化し、「一部のみをお聞かせします」に置き換えられる。もともとは實錄において分量の調整のために使われていた、抜粹であることのことわりを入れる表現が、架空の詩詞の存在をアピールして作品世界の奥行きを誇張しようとする文言小說の修辭に轉用され、それがさらに詩詞の插入とその導入表現を必要とする白話小說に轉用されていったのであろう。

このように白話小說は文言小說から本事だけでなく表現も取り入れて成長していったが、そこには物語ないし場面の中心的要素が韻文であるという共通の性格が通路として存在した。また詩詞を中心とする文言小說と通俗的な詩話とは明瞭に分かちがたいところがあり、それらはいずれも、しばしば類書のたぐいに收錄され讀みものとして流通するものでもあった。明代の通俗類書には大抵、詩文、詩話、各種小說などが雜多に收められている。初期の短篇白話小說の內部には少なからぬ文言テキストが包含されているし、明代には文言小說の方でも白話文學（藝能を含む）からの影響を受け、白話小說と共通する性質を發達させていった。

本章の始めに言及した、文言テキストに詩で外枠をはめた「白話」小說である「風月相思」に見える、登場人物の名を本人が詩に詠み込む事例では、背景に何らかの白話文學もしくは藝能系のテキストがあった可能性がある。ところで、架空の詩詞の拔粹を主張する導入表現を最も多用する長篇文言小說「龍會蘭池錄」にも、主人公が自身の名を韻文に詠み込む場面が見える。主人公蔣世隆がヒロインを扉越しに口說く場面で、二人はしきりに詩詞を應酬するのだが、世隆の詩句の中に「嗚呼已矣蔣世隆、無限恩情一夢中」という慨嘆の語がある。「龍會蘭池錄」は戲曲『拜月亭』のストーリーを小說にした作品であるが、この句は戲曲からの襲用ではない。これもまた文言小說としての表現の中に白話文學的な表現が含まれている事例の一つと言えよう。讀みものの文體とジャンルの區分は、あくまで曖昧に重なり合い、樣々な面で交差しあっている。

注

（1）第二章注（1）前掲岡崎氏論文。
（2）第一章注（4）前掲入矢氏論文。
（3）第一章注（7）前掲勝山氏論文。
（4）第一章注（3）前掲山口氏論文。
（5）第一章注（18）前掲小松氏論文。
（6）第一章注（7）前掲勝山氏論文。
（7）「錯認屍」の⑩「高氏……」二句、⑫「喬俊……」二句は『警世通言』巻三十三では削除されているが、これは語句の內容を理由とした削除というより、全體的な韻文的要素の削減の一環と思われる。
（8）「最苦……」は三種のテキスト全て、「無限……」は熊龍峯本のみ、「雲瓊……」は『國色天香』本以外の二種に見える。
（9）『二刻拍案驚奇』のテキストは內閣文庫藏尙友堂本（國立公文書館デジタルアーカイブ）による。
（10）第二章注（1）前掲岡崎氏論文。
（11）『醒世恆言』のテキストは內閣文庫藏葉敬池本（國立公文書館デジタルアーカイブ）による。
（12）『古今小說』のテキストは第一章注（2）參照。
（13）『西湖遊覽志餘』のテキストは中華書局排印本（一九五八）による。また1の逸話は南宋・周密『齊東野語』巻十一、2は元・劉一淸『錢塘遺事』巻五等にも見える。
（14）この箇所を含む『百家公案』の詩詞插入の特徵については、小松謙「『百家公案』の構成について」（『集刊東洋學』第九十七號、二〇〇七）參照。テキストは『古本小說叢刊』所收影印（據蓬左文庫藏本）による。
（15）「龍會蘭池錄」のテキストは、內閣文庫藏・萬曆二十五年（一五九七）萬卷樓刊『國色天香』巻一（國立公文書館デジタルアーカイブ）による。なお明末の通俗類書の成立や版本、繼承關係等については、大塚秀高「明代後期における文言小說の刊行について」（『東洋文化』第六十一號、一九八一）で詳しく考證されている。
(16) テキストは『國色天香』（注(15)參照）卷七・八による。
(17) テキストは石川武美記念圖書館成簣堂文庫藏弘治十六年（一五〇三）刋本による。
(18) テキストは何大倫本『燕居筆記』（『古本小說集成』所收影印）卷九・十による。
(19) テキストは『國色天香』（注(15)參照）卷四による。
(20) テキストは『繡谷春容』（『古本小說集成』所收影印）卷七・八による。
(21) テキストは馮夢龍本『燕居筆記』卷八、および卷下のみ現存する吳曉鈴藏明刋本（ともに『古本小說集成』所收影印）による。
(22) 一つめの例は卷上、二つめは卷下に見える。二つめについては單行本から引いた（引用箇所の後に楊、劉、程、許の四人の詩を泣べる）。なお『燕居筆記』の同じ箇所では「僚友揚龜山、劉定夫、程知叔、多有詩贈、姑記許元父詩云、……」となっている。
(23) テキストは『古本小說集成』所收影印（據日本藏明刋本）による。
(24) テキストは『古本小說集成』所收影印（據上海圖書館藏明刋本・浙江圖書館藏明刋本）による。
(25) テキストは內閣文庫藏明成化二十三年（一四八七）雙桂堂刋本（國立公文書館デジタルアーカイブ）による。
(26) 『太平廣記』のテキストは中華書局汪紹楹校注排印本（一九六一）による。
(27) テキストは『叢書集成續編』所收適園叢書本による。
(28) テキストは上海古籍出版社排印本（一九八三）による。
(29) 『靑瑣高議』『雲齋廣錄』『詩林廣記』は主人公を曹覲とし、『詩話總龜』『後村詩話』は趙師旦とする。いずれも儂智高の亂で死んだ人物である。なお『詩話總龜』には『雲齋廣錄』から、『詩林廣記』には『後村詩話』から引くと附記されている。
(30) 大塚秀高「宋代の通俗類書――『靑瑣高議』の構成・內容よりみる」（『日本アジア硏究』第六號、埼玉大學大學院文化科學硏究科、二〇〇九）。
(31) テキストは中華書局の何卓校注排印本（一九八一）による。

（32）注（14）前掲小松氏論文。

（33）注（32）に同じ。なお「詩罷」などの表現は文言小説や「六十家小説」などの短篇白話小説にも見られる。

第二部　短篇白話小說と戯曲

第四章　短篇白話小說「張于湖傳」と雜劇『女眞觀』

「張于湖傳」なる初期の短篇白話小說が通俗類書に收められて現存していることは、以前から指摘されていた(1)。「三言二拍」には收錄されていない作品であるが、これを收める『國色天香』の初刻が萬曆十五年（一五八七）と推定されるので、「三言」の成立よりも早く、「六十家小說」や「熊龍峯四種小說」と近い時期に世間に流布していたことは間違いない。

この作品がさほど注目を集めてこなかったのは、「三言」などのメジャーな小說集に入っていないことに加え、「長い割に起伏がとぼしい。一讀すれば二度とみる氣になれない(2)」と評されるその內容にもよるであろう。しかし、何種もの通俗類書に繰り返し收錄されたり、同じ話が二種類の戲曲（雜劇と南戲）に仕組まれていることからすれば、明代の人々の間ではおおいに人氣を博した物語だったと思われる。

小說「張于湖傳」は第一部で取りあげた小說の多くと同樣、男女の詩詞のやりとりに重點のあるタイプの作品である。また、その詩詞の一部は雜劇でも共有されている。本章では、ここまで折にふれて言及してきた通俗類書について、「張于湖傳」のテキストにおけるその繼承關係を推定したうえで、「張于湖傳」と雜劇『張于湖誤宿女眞觀』（以下『女眞觀』とする）の關係について考察する。續けて次章において、南戲作品との比較をおこなう。

一、「張于湖傳」のテキスト

白話小説「張于湖傳」のあらすじと現存する明代のテキストは以下のとおりである。

南宋の人張于湖は進士に及第し、臨江縣尹などを經て金陵建康府尹に任ぜられる。赴任の際、身分を隠して洛陽の人何通甫と名乘り、女眞觀（道教の尼寺）に宿を借りる。そこで才色兼備の女道士陳妙常に出會い、詞を贈って口説くが、妙常は返事の詞でこれを拒絶し、于湖は去る。のちに観主の甥潘必正が訪ねてきて滯在し、妙常と深い仲になる。半年後、妙常が妊娠し、墮胎薬を買いに出た必正は舊知の于湖に再會し、事情を打ち明ける。于湖の入れ知恵で、二人は観主とともに「生き別れた指腹婚の相手と再會したので、結婚させてほしい」と嘘の訴えを出す。于湖は府尹としてこの訴えを認め、妙常を還俗させ必正と結婚させる。

『國色天香』巻十上層「張于湖傳」
『萬錦情林』巻一上層「張于湖宿女眞觀記」
『燕居筆記』（何大倫編）巻九下層「張于湖宿女眞觀」（以下「何本」とする）
『燕居筆記』（林近陽編）巻六下層「張于湖宿女眞觀記」（以下「林本」とする）(3)
『燕居筆記』（馮夢龍編）巻七「張于湖宿女眞觀記」（以下「馮本」とする）

張于湖は南宋初期の詞人で、名は孝祥、字は安國、號を于湖居士といった。各通俗類書の刊行時期や先後關係については、つとに大塚秀高氏により、序文などの記述や刊行書肆どうしの關係、重複する收錄作品の數や揭載順の比較などをもとに推定がなされているので（4）、「張于湖傳」と關わりのある部分について要約すると次のようになる。

○『國色天香』十卷……現存最古の刊本は金陵の周氏萬卷樓、萬曆二十五年（一五九七）重刊本。序文から初刻は萬曆十五年と推定。

○『萬錦情林』六卷……刊行者は建安の雙峯堂余文台（余象斗）。大尾の木記から萬曆二十六年刊と推定。

○林本『燕居筆記』十卷……『萬錦情林』からの襲用が多い。刊行者は萃慶堂余彰德（余泗泉）で余象斗の同族。萃慶堂の活動期は主に萬曆年間。

○馮本『燕居筆記』……通俗類書の通例である上下二層の構成を持たず、一～九卷プラス下一～下十三卷からなる。『萬錦情林』及び林本からの襲用が多い。『初刻拍案驚奇』から二話を採っており成立時期は崇禎以降。刊行者は同じく余一族の余公仁。『萬錦情林』、林本、馮本はこの順に襲用刊行されたと思われる。

○何本『燕居筆記』十卷……他本との重複はやや少ない。林・馮本とは異なる、『國色天香』と同時期の刊本にもとづくと思われる。現存する三種の『燕居筆記』は新刻・增補・重刻を標榜するが、中でも何本が最も原『燕居筆記』に近いのではないか。

右の大塚氏の分析をふまえ、「張于湖傳」の內容の檢討に先立ってその五種のテキストを比較對照し、異同から推測される先後關係などを考察する。以下、「張于湖傳」テキスト五種をそれぞれ〔國〕〔萬〕〔何〕〔林〕〔馮〕と略稱する。

また用例中、異同箇所に傍線を附す。

校勘の結果、テキスト間の異同に次のような特徴が見られることが分かった。

一、〔國〕一種が他四種に比べ簡略な場合。

例a

〔國〕××宋朝淮西和州溼陽縣有一秀士、姓張、名孝祥、字安谷、號于湖。

〔萬〕話說宋朝淮西和州溼陽縣有一秀士、姓張、名孝祥、字安谷、號于湖。

〔何〕〔林〕〔馮〕（〔萬〕に同じ）

例b

〔國〕……歸衙。××××　後不覺××××××××　××日月如×梭、……

〔萬〕……歸衙、不在話下。×不覺四季光陰如撚指、兩輪日月似奔梭、……

〔何〕〔林〕〔馮〕（〔萬〕に同じ）

例c

〔國〕知客曰、重蒙所賜××、又好笑、又好惱。××　×××××　××××××　小道意欲答、相公勿罪。于湖曰、××××××　小生誠爲抛磚引玉　耳。乞見敎。知客×　××××　落筆……

〔萬〕知客曰、重蒙所賜佳章、又好笑、又好惱。書云、夫人必自侮、然後人侮人。小道×欲言、尤恐冒瀆洪威。于湖曰、久聞知客佳妙。小生××拋磚引玉。×　×××　知客道、相公勿罪。落筆……

〔何〕知客曰、重蒙所賜佳章、又好咲、又好惱。書云、夫人必自侮、然後人侮之。小道×欲言、尤恐冒瀆洪威。于湖曰、久聞知客佳妙。小生××拋磚引玉。×　×××　知客道、相公勿罪。落筆……

〔林〕（〔萬〕に同じ）

〔馮〕（〔何〕に同じ）

例d

〔國〕觀主曰、行李×在何處。必正×曰、×在船上。觀主曰、……

〔萬〕觀主道、行李安在何處。必正回道、只在船中。觀主道、……

〔何〕〔林〕〔馮〕（〔萬〕に同じ）

例e

〔國〕×××　×××××××　××××　×××　××××　×××××　××××　次早……

〔萬〕必正道、一朝半日便要回家、不須多事。觀主道、寬住幾日。我要與你說話。到晚歇了。次早……

〔何〕必正道、一朝半日便要回家、不須多事。觀主道、寬住數日。我要與你說話。到晚歇了。次早……

〔林〕（〔何〕に同じ）

〔馮〕（〔萬〕に同じ）

作品全體を通じて、a～eに見られるように〔國〕と他四種との間での異同が多く、その場合〔國〕のほうが簡略で文言的であるケースが多い。eでは〔國〕以外の四種の間にはほぼ差はないと言ってよい。またdに見られるように、〔國〕が臺詞の前に文言的な「曰」を用いるのに對し、他四種はおおむね白話的な「道」を用いる。この他に、女道士の陳妙常が十五歳で出家したという記述が〔國〕にはなく、他四種にはともに見られるなど、物語にとっての情報量に違いの出る異同もある。

例aは冒頭部分であるが、いずれのテキストにも短篇白話小説の定式である冒頭の韻文がない。第二章で取りあげた「風月相思」の場合と同じく、類書に收められる際に削除されたのであろうと想像される。さらにabにおいて、〔萬〕以下四種には「話説」と「不在話下」という、白話小説の代表的な常套句が用いられているのに對し、〔國〕にはそれらがない。〔國〕ではそれらは削除されたのかもしれないが、この二つの常套句が用いられているのはテキスト全體の中でもこの二箇所のみであり、講談風の外形を作るために〔國〕よりも後に附加された可能性もある。

またaでは、五種ともに于湖を「和州溼陽」の人としている。しかし『宋史』の傳によれば張孝祥は淮南和州歷陽の出身であり、かつ溼陽は陝西の縣名で南宋期の物語に出てくるのは不自然である。ところが、後に潘必正が登場する場面を見ると、彼の出身地を〔國〕は「和州溼陽」とし、他四種は「和州瀝陽」としている。瀝陽は歷陽と同じとみてよいであろう。本文中で必正と于湖は「故友」という設定になっているので、〔國〕が二人を同郷とするのは理にかなっており、地理的に正しくなくとも物語としては一貫性がある。〔國〕以外の四種は、必正の出身地を張于湖についての史實に合わせて修正しながら、肝心の于湖の出身地を修正し忘れたのかもしれない。

二、〔國〕に對して他四種のほうが簡略な場合。

例f

〔國〕知客曰、班門弄斧、幸××勿哂焉。于湖曰、誠所謂人才雙全、非世之常出也。然于湖看畢、亦作楊柳枝詞×
×以奉云、……

〔萬〕知客道、班門弄斧、望相公勿哂。×　于湖×　×××××××　××××××　×××××　亦作楊柳枝詞一
闋以奉云、……

〔林〕知客道、班門弄斧、望相公勿哂。×　于湖×　×××××××　××××××　×××××　亦作楊枝詞一
闋以奉云、……

〔何〕〔馮〕（〔萬〕に同じ）

このタイプは一に比べて少ない。fでは〔國〕以外の四種は實質的に同文と言ってよい。

三、〔何〕と他四種の間、または〔國〕と〔何〕と他三種の間で異同がある場合。

例g

〔國〕妙常曰、潘郎、這是五百年前結了此段姻緣。

〔萬〕妙常道、潘郎、這是五百年前結了此段姻緣。

〔何〕妙常道、這是　五百年前潘郎結下此段姻緣。

〔林〕〔馮〕（〔萬〕に同じ）

例ｈ

〔國〕必正曰、適間小生×××送一束　奉呈、叱覽孔幸。　妙常讀曰、……

〔萬〕必正道、適間小生浼門公送一束、亂道楊柳枝詞一闋奉上。××　知客拆×觀、……

〔何〕必正道、適間小生次門公送一束、亂道楊柳枝詞××奉上　知客。妙常拆開觀看、詞云、……

〔林〕〔馮〕（〔萬〕に同じ）

ｇの妙常の臺詞のように〔何〕だけが他四種と違っているケースは、比較的小さな字句の異同を除けばほとんどない。しかし、〔何〕が他四種からやや離れたテキストであることをうかがわせる點がある。于湖が女眞觀に宿った時に名乘る僞名が、〔國〕以下四種では何通甫なのに對して〔何〕のみは王通甫としており、また必正を指す呼稱を、他四種では「必正」でほぼ統一しているのに對し、〔何〕では「必正」と「潘生」を併用しているからである。また五種のうち〔何〕のみが、ところどころで于湖を于姓の人と誤ったのか「于公」や「于」と表記しているなど、やや粗雜なテキストであるかと思われる。ｈではパターンが三つに分かれるが、やはり〔國〕が最も簡潔で文言的であり、〔何〕が〔萬〕〔林〕〔馮〕とやや異なっている。この他、〔國〕と〔何〕では觀主の諱にも混亂が見られる。〔國〕ではじめ「成法」といい、最後の裁判場面では「成成」とある。〔何〕ではじめ「法正」、後では「法成」となる。他三種では「法成」で統一されている。

こういった狀況から、〔國〕〔何〕が他三種に比べ古い段階のテキストを反映しているのではないかと考えられる。

四、〔國〕〔何〕が一致し、また〔萬〕〔林〕〔馮〕が一致する場合。

例ｉ

〔國〕必正曰、總不如錦帳歡娛、便是非常之樂。妙常曰、不要閑說。

〔萬〕必正道、總××××××　××××××　×××　莫閑說。

〔何〕潘生道、總不如錦帳歡娛、便是非常之樂。妙常道、不要閑說。

〔林〕〔馮〕（〔萬〕に同じ）

例ｊ

〔國〕××××××××　爲因兵火流離、情意俱絕、豈期默然之會。所有前因、各有祖留衫襟之表。幸望仁慈、得配終身、偕老終身。所供是實。

〔萬〕先母與陳母指腹爲婚。×因兵火流離、情意寫絕、豈期偶然會合。共訴前因、各留原剪衫襟、堪爲執證。望臺仁恕、許配終身、偕老夫妻。所供是實。

〔何〕××××××××　爲因兵火流離、情意俱絕、豈期默然之會。所說前因、各有相留衫襟之表。幸望仁慈、得配終身、偕老夫妻。所供是實。

〔林〕〔馮〕（〔萬〕に同じ）

ｉでは、この異同によって「閑說」の臺詞の主が變わってしまっている。ｊで〔國〕「得配終身、偕老終身」、〔何〕「得配終身、偕老夫妻」、他三種「許配終身、偕老夫妻」となっている部分からは、段階的に改變されていった樣子がうかがえる。

全體的な傾向としては、おおむね次のようにまとめることができよう。〔國〕が他四種に對して違いが大きく、〔何〕がこれにつぐ。〔萬〕〔林〕〔馮〕の三種は互いに一致度が高く、特に〔林〕と〔馮〕は、ほとんどの部分で一致する。題名における異同は、一またはhのようなケースにあてはまる。人名プラス「傳」という〔國〕の題名は、他と比べてより古典的な文言小說のパターンに近いと言えよう。なお、雜劇の題は『張于湖誤宿女眞觀』で、〔國〕以外の四種と近い。

校勘結果を總合してみると、〔國〕〔何〕が比較的古い性格のテキストであり、特に〔國〕が最も原型に近いのではないかと推測される。〔萬〕〔林〕〔馮〕の三種は近い關係にあり、特に後二者は非常に近い。〔何〕は、〔國〕と〔萬〕以下三種との中間に位置するようなテキストで、いずれにも共通する性格を持つと同時に、獨自の部分も持っている。必ずしも直線的な繼承關係ではないであろうが、原テキストから〔國〕と〔何〕が派生し、〔何〕の影響下に〔萬〕が成立（この時〔國〕か、これに近いテキストの影響もあったかもしれない）、以下〔萬〕から〔林〕、〔馮〕へ引き繼がれたのではないだろうか。その傍證になると思われるのが、于湖が妙常の部屋に招かれ、壁に書かれた詩を見つける場面にある、次のような異同である（ここでは問題となる部分の異同のみ摘出する）。

〔國〕于湖曰、冒瀆多端、不罪幸矣。觀見壁上有詩而讀曰、
　曉日瑤臺夜氣清、天風吹落步雲聲。塵根未盡俗緣在、千里關山月正明。
于湖讀罷。問曰、此詩何人所作。知客答曰、昔漢光武遊王母宮、見仙妃在彼、數女撫琴、故作此詩。第二曰、是非之心、人皆有之。故作天風吹落步雲聲。

〔萬〕于湖道、無故攪擾、何出此言矣。觀見壁上有詩一首、

曉日瑤臺夜氣淸、天風吹落步雲聲。塵根未盡俗緣在、千里關山月正明。

于湖××　問道、此詩何人所作。知客答曰、昔漢武帝遊王母宮、見仙妃在彼、數女撫琴、××××　××××　×

×××　×××××　故作仙風吹落步雲聲。

〔何〕于湖道、無故攙擾、何出此言矣。観見壁上有詩一首、

曉日瑤臺夜氣淸、仙風吹落步雲聲。塵根未盡俗緣在、千里關山月正明。

于×××　問道、此詩何人所作。知客笑曰、昔漢光武遊王母宮、見仙妃在彼、數女撫琴、××××　××××　×

×××　××××　故作仙風吹落步雲聲。

〔林〕〔馮〕（〔萬〕に同じ）

于湖の問いに答える妙常（知客）の臺詞を見ると、傍線部分が〔國〕にのみあって他四種にはなく、また破線部分が〔國〕〔何〕は「漢光武」、他三種では「漢武帝」となっている。ここで述べられている西王母の話は『太平廣記』巻七十に「許飛瓊」の題で見え、唐代を舞臺とした小說である。

唐開成初、進士許瀍游河中、忽得大病、不知人事。親友數人、環坐守之、至三日、蹶然而起、取筆大書於壁曰、曉入瑤臺露氣淸、坐中唯有許飛瓊。塵心未盡俗緣在、十里下山空月明。書畢復寐。及明日、又驚起、取筆改其第二句曰、天風飛下步虛聲。書訖、兀然如醉、不復寐矣。良久漸言曰、昨夢到瑤臺、有仙女三百餘人、皆處大屋。內一人云是許飛瓊、遣賦詩。及成、又令改曰、不欲世間人知有我也。……(5)

唐の開成年間の始め、進士許瀍が河中に旅した折、ふと大病を患って人事不省となった。親戚友人が數人で圍

んで見守っていると、三日後に飛び起き、筆をとり壁に大書して曰く、「曉に瑤臺に入って露氣清く、坐中唯だ許飛瓊有り。塵心未だ盡きず俗緣在り、十里下山して空しく月明るし」。書き終わるとまた眠った。翌日また起き出し、筆をとって第二句を「天風飛び下る虛步の聲」と書きかえた。書き終えるとじっとして酔ったようになったがもう寢込まなかった。しばらくして言うには「昨夜夢で瑤臺に行くと、仙女三百人あまりが皆大きな館にいた。うち一人が許飛瓊だと言い、私に詩を作らせた。できあがるとまた書き改めさせて『世間の人に私の存在を知られたくない』と言った。……」。

比べてみると、仙女許飛瓊から抗議されたため詩の第二句を書きかえたことに關する部分が、〔國〕以外の四種では脫落している。書寫の際「故作」が二度出てくることに惑わされて寫し間違えたものであろう。この同詞脫文が〔國〕またはその原本と他四種の間で起こり、受け繼がれていったことがうかがわれる。また「漢光武」や「漢武帝」とあるのは、西王母が許飛瓊らの仙女たちを引き連れ、漢の武帝を訪問した話と混同されたものと思われ、「漢光武」とする〔國〕〔何〕は二重に誤っていることになる。〔國〕に近い原テキストから〔何〕が成立する過程で脫文があり、さらに〔萬〕以下のテキスト成立にあたって、漢光武が漢武帝に訂正されたと考えられる。(6)

このように想定される「張于湖傳」のテキストの先後關係は、大塚氏の論考で推定された、書物どうしの成立の先後關係とも矛盾しない。通俗類書の書物としての成立過程と、一つの作品における文面の變遷とが、少なくとも「張于湖傳」に關しては一致することが分かった。〔萬〕〔林〕〔馮〕については、同じ余氏一族による出版でもあり、テキストが少しずつ改訂されながら繼承されていった跡が校勘結果からもうかがえ、あまり問題はない。ただ、〔何〕の位置づけは微妙である。〔林〕〔馮〕と同じ『燕居筆記』と題する書物の所收作ではあっても、むしろ〔國〕に近い性格と〔萬〕に近い性格の兩方を持ち、さらに獨自の要素もあわせ持つ。今後各作品について調査を積み重ねていけば、通俗類書の成立過程についてより詳しいことが分かってくるであろうと思われる。本章では以下、最も初期段階のテキストに近いと思われる〔國〕を底本に用いて考察をおこなっていく。

二、「張于湖傳」について

張于湖こと張孝祥については、『宋史』の傳やその文集に附された傳記などから知ることができる。紹興二十四年（一一五四）に進士第一に擧げられ、詞人として名聲を得た。乾道六年（一一七〇）に三十九歳の若さで死去している。一方、小説「張于湖傳」では、新府尹として仰々しく迎えられるのを嫌い僞名を使って女眞觀に投宿したり、自分を振った女が別の男と私通したのを、わざとでたらめな裁判をして結婚させてやるなど、さばけた粋な人物として描かれている。この本事については、一般に『古今女史』に載る以下の記事だとされる。(7)

陳妙常　宋女貞觀尼姑也。年二十餘歳、姿色出群、詩文俊雅、尤善工音律。張于湖授臨江令、途宿女貞觀、見妙常驚訝、以詞調之。妙常以詞拒之甚峻。後與于湖故人潘法成私通情洽。潘密告于湖、以計斷爲夫婦。(8)

陳妙常　宋の女貞（眞）觀の尼である。年は二十歳あまり、抜群の美貌で詩文に優れ、最も音曲に巧みであった。張于湖が臨江の長官に赴任する途中で女貞觀に宿り、妙常に會って驚き、詞をもって誘いかけた。妙常は詞によって嚴しく拒んだ。後に彼女は于湖の舊友潘法成と私通して深い仲となった。潘がひそかに于湖に打ち明けると、于湖は計略をたてて夫婦となるよう判決を出してやった。

この他、『名媛璣囊』（内閣文庫藏）にもほぼ同文の記事があり、あわせて妙常の詞も二つ「拒于湖詞」「春情詞」として載せられている。二詞ともに「張于湖傳」および雜劇『張于湖誤宿女眞觀』（以下『女眞觀』と略稱）に見えるものである。これらの書物はいずれも、歴史上の著名な女性の傳記や詩作を集めたものだが、崔鶯鶯など架空の人物も多く含まれており、明末に數多く出版されたテーマ別讀み物の一種と思われる。『古今女史』は崇禎元年（一六二八）序、『名媛璣囊』には萬暦二十年（一五九二）序の上下卷本と萬暦二十三年序の四卷本がある。これらの記事に古い來源があった可能性はあるが、逆にこれらの書物が小說や戲曲に取材した可能性も考えられる。

『古今女史』と『名媛璣囊』萬暦二十年序本は妙常の戀人の名を潘法成とするが、これは小說、戲曲いずれでも觀主の名であって（『女眞觀』では潘法誠とする）、戀人の名のほうは潘必正である。觀主の名の混亂は「張于湖傳」の〔何〕でも見られたもので、これらの記事が比較的古い段階のテキストを受け繼いでいるということはあり得る。『名媛璣囊』二十三年序本では潘必正となっているので、物語の流布をうけて修正されたのかもしれない。

一方で、于湖の出身地を『名媛璣囊』は經陽とし、『古今女史』には言及がないのに對し、「張于湖傳」では〔國〕は和州涇陽、他四種は和州瀝陽とし、『女眞觀』は和州溧陽とする。史實では張孝祥は和州歴陽の出身であり、字形や音の相似から、歴陽→瀝陽→溧陽・涇陽→經陽といった經路での誤記の發生が推測されるので、あるいは『名媛璣囊』の記事は逆に「張于湖傳」以後のものとも考えられよう。

『古今女史』『名媛璣囊』の記事がこの物語の古い段階を反映している可能性については、張于湖が臨江令として赴任した際の出來事として書かれている點が注目される。小說、戲曲ではいずれも物語の舞臺を建康とするが、「張于湖傳」の冒頭には于湖が及第後すぐ臨江縣尹として赴任するくだりがあり、臨江亭で詠んだとする次のような詩も插入されているからである。

洞庭潮送客、景物晩煙籠。雨過山嵐靜、潮回港艤通。北去搜千疊、南來轉萬蓬。不欲趨朝去、江邊學釣翁。

この詩は、實在の張孝祥の詩「東埧」によるものである。

固城朝送客、東埧晩留儂。浙近風煙好、春回港汊通。北來愁亂轍、南去喜疎篷。不是趨朝市、松江學釣翁。(9)

かなり異同があるが、同じものには違いない。恐らく様々なところに收錄を繰り返されるうち、書きかえられていったのであろう。「張于湖傳」における臨江尹のくだりは唐突に詩が插入されるばかりでストーリー上の必然性に缺けるが、これはかつて張于湖と臨江を結びつけた形でこの物語が語られていたことの痕跡であるかもしれない。實在の張孝祥は建康留守として任官しており、建康の女眞觀という小説や戲曲の舞臺設定は史實に合わせた改變の結果とも考え得る。南宋初期に實在した張孝祥という人物に關して、設定の搖れを伴いながら一つの型に向かって收斂していった樣子がうかがえよう。

「張于湖傳」の文體は、先述のとおり〔國〕はやや固い文言的な白話文、他四種はそれよりも口語的である。冒頭と末尾の定式である詩詞は置かれていないが、通俗類書では珍しいことではない。「三言二拍」のような講談型の小説集を編む場合と違い、紙幅の調節といった事情のほうが優先されたものと思われる。

詩詞について言えば、この小説は登場人物が次々と詩詞を作る、歌物語のタイプに屬する作品である。白話小説の特徴である語り手による韻文的要素は少なく、語り手介入文もほぼ見られない。これらの點も「張于湖傳」を短篇白話小說としては目立たない作品にしている要因であろう。しかしこれらの詩詞の中にも、興味深い點を見いだすことができる。次に擧げるのは、妙常の部屋を訪れた必正が、妙常の書いた詞を發見する場面である。以下、共通する部分に傍線を附す。

必正見書廚未鎖、開拿一部通鑑來看、內有一帖。見了大驚、去了三魂、蕩了七魄。讀曰、
松院青燈閃閃、芸牕鍾鼓沈沈。黃昏獨自展孤衾、欲睡先愁不穩、一念靜中思動、遍身慾火難禁。強將津唾咽凡心、爭柰凡心轉盛。
必正曰、此是凡胎俗骨、何苦出家、有此怨意。不若乘機嘲戲。他若不從、却有招詞在此。亦寫西江月一首云、
玉貌何須傳《（ママ）》粉、仙花豈類凡花。終朝只去戀黃芽、不顧星前月下。冠上星簪北斗、案頭經誦南華。未知何日到仙家、曾許彩鸞同跨。
寫畢、放在硯匣底下、露些紙角出來、把通鑑安頓了。

必正は本箱に鍵がかかっていないのを見て、開けて『通鑑』を取って見れば、中に書きつけがある。見て大いに驚き、魂が抜けたようになった。いわく、
松を植えた庭に青い燈がきらめき、書齋に鐘の音が沈んで聞こえてくる。黃昏に一人しとねを敷き、眠ろうとしても愁いが靜まらぬ。一念に靜けさのうち思いが動き、全身燃えるようで耐え難い。強いて唾を呑んで煩惱を押さえようとするが、どうにも煩惱が盛んになるばかり。
必正「これは俗人だ、なぜ出家暮らしに苦しんでこんな風に怨めしがっているのだ。これをねたに誘いかけるのがいい。拒んだら、ここに供述書があるぞ」。自分も西江月一首を書いて曰く、

その美貌は白粉がいらぬほど、仙花は凡花と一緒にはならぬもの。終日ただ長生藥を慕い、星前月下を顧みない。冠には道家の星簪北斗、机では『南華眞經』をとなえる。いつになれば仙家に着くのか、かつて彩鸞に共に跨るのを許したものを。

書き終わると硯箱の下に置いて紙の端をはみ出させ、『通鑑』を落ち着けた。

この後、妙常が歸ってきて必正の詞を見つけ、始めは無禮だと怒るものの、自分の詞を突きつけられると愛想よくなり、そのまま二人は結ばれるという展開になる。そしてこれと同じ詞が、『古今小說』卷二十四「楊思溫燕山逢故人」（以下「楊思溫」とする）の中の、非業に死んだ妻のため獨身を守っていた韓思厚が、女道士劉金壇に出會いその誓いを破るくだりに見られる。

衆人去看靈芝、惟思厚獨入金壇房內閒看。但見明窗淨几、鋪陳玩物。書案上文房四寶壓紙、界方下露出些紙。信手取看時、是一幅詞、上寫著浣溪沙、

標致清高不染塵、星冠雲氅紫霞裙。門掩斜陽無一事、撫瑤琴。○虛館幽花偏惹恨、小窗閒月最消魂。此際得教還俗去、謝天尊。

韓思厚初觀金壇之貌、已動私情、後觀紙上之詞、尤增愛念。乃作一詞、名西江月、詞道、

玉貌何勞朱粉、江梅豈類群花。終朝隱几論黃芽、不顧花前月下。○冠上星簪北斗、杖頭經掛南華。不知何日到仙家、曾許彩鸞同跨。(10)

拍手高唱此詞。

人々は靈芝を見に行き、思厚は一人で金壇の部屋を見て回った。見れば明るい窗に淸らかな机、玩び物が竝べてある。文机の上の文房四寶に紙が下敷きになっており、文鎭の下に紙がはみ出している。何氣なく取って見ると一篇の詞で浣溪沙とあり、

美しく孤高で俗塵に染まらず、道家の星冠に雲の長衣、紫霞の裳裾。門を夕陽に閉ざして何事もなく、琴をかなでる。靜かな館、幽かな花にも恨みがつのり、窗邊の月は最も魂が抜けたようにさせる。この時還俗させてくれたなら、神仙に感謝するでしょう。

韓思厚は初めて金壇の顏を見た時から情が動いていたが、後で紙に書かれた詞を見るといっそう愛欲がつのった。さっそく詞を作って西江月として曰く、

その美貌は白粉がいらぬほど、江梅は普通の花と一緒にはならぬもの。終日机にうつ伏して長生藥を論じ、花前月下を顧みない。冠には道家の星簪北斗、杖には『南華眞經』を掛ける。いつになれば仙家に着くのか、かつて彩鸞に共に跨るのを許したものを。

手を打ってこの詞を高唱した。

必正が作る西江月詞と、韓思厚が作る西江月詞が一致するだけでなく、男が女道士の部屋で孤閨を歎く詞を發見し、返しの詞を作って女を驚かせる展開、詞を書いた紙の端が文房具の下からはみ出している描寫など、場面構成全體が共通していることが分かる。この後女がいったんは怒るが、自分の詞を見せられると態度を變え、情人關係になるのも「張于湖傳」と同じである。「楊思溫」の由來は『醉翁談錄』の記述などからかなり古いものと推測されている。また『國色天香』のほうが『古今小說』より早く成立した以上、「張于湖傳」が『古今小說』テキストに取材したという

ことはありえない。「張于湖傳」のこのくだりは、『古今小說』に採られる以前の古い「楊思溫」テキストと、場面ごと詞を共有していることになる。

一方、この場面で女が作った詞については、「張于湖傳」と「楊思溫」は一致していない。しかし「楊思溫」における劉金壇の浣溪沙詞は、萬曆十一年（一五八三）の序を持つ詞集『花草粹編』に劉金壇作として收錄されており、從って『古今小說』以前の段階から、おそらくは「楊思溫」の物語と結びついて存在していたことが分かっている(11)。

この他、必正と妙常が酒を飲みながら詞を詠み交わす場面の詞が、長篇文言小說の嚆矢とされる「嬌紅記」の一場面と次のように一致する。

○「張于湖傳」

〔必正〕口占菩薩蠻一闋云、

芸房空鎖傾城色、萬態千嬌誰能及。何幸到鸞幃、春心不自持。點染香羅帕、遂我平生願。此處會雲英、何須上玉京。

妙常聽罷、亦口占菩薩蠻云、

香衾初展芭蕉綠、垂楊枝上流鶯宿。花嫩不禁揉、春風卒未休。千金身已破、默默愁眉鎖。密語囑檀郎、人前口謹防。

○「嬌紅記」

嬌令生歸室、因視生曰、此後日間相遇、幸無以前言爲戲、懼他人之耳目長也。因口占一詞以贈生。詞曰、夜深偸展窗紗綠、小桃枝上留鶯宿。花嫩不禁揉、春風卒未休。◯千金身已破、脈脈愁無那。特地祝檀郎、人前口謹防。

右調菩薩蠻

生亦口占一詞以答之。詞云、

綠窗深佇傾城色、燈花送喜秋波溢。一笑入羅幃、春心不自持。◯雨雲情散亂、弱體羞還顫。從此問雲英、何須上玉京。

同前調(12)

「嬌紅記」のこの場面も主人公の男女が密會するくだりであり、詞だけでなく場面設定も共通している。詞が前後逆になっており語句の異同もあるが、いずれも詞牌は菩薩蠻で、「口占」する點でも同じである。白話小説、文言小説を問わず、詩詞や場面が様々な作品間を往來して使い回しされていた様子がうかがえよう。詩詞、あるいは詩詞を含む場面單位で類書などに收錄されたものが、小説の取材源となっていたということも考えられる。

三、雜劇『女眞觀』について

雜劇『女眞觀』は作者不詳、萬曆年間（一五七三〜一六二〇）に趙琦美が所藏していたいわゆる脈望館抄本の一つで、卷末に見える「乙卯四月初七日校抄于小谷本」の校記から、于小穀本系統のテキストであることが分かる。「乙卯」は萬曆四十三年（一六一五）にあたり、この年に抄寫、校訂がされたということである。于小穀本については、小松謙氏の「『脈望館抄古今雜劇』考」(13)に詳しい。それによれば、脈望館抄本は基本的に實演用の臺本であり、その中で于小穀本は成化年間（一四六五〜八七）を中心に文字化されたもので、嘉靖年間（一五二二〜六六）ごろに文字化された內府本（皇帝の前で上演するための臺本）ほど嚴しい管理を受けてはいないらしいものの、やはり內府本と同樣に宮廷關係の場での上演用テキストであった可能性が高いという。

一連の于小穀本と同樣、『女眞觀』も一般に雜劇の定式とされる四折の折分けを持たないことから、四折の明記が一般化する明代後期以前のテキストにもとづくと思われる。實際の上演を反映した臺本であることは、淨（道化役）である門番の王安の臺詞からも推測される。必正と妙常の私通が露見した場面の王安の臺詞に、「我與你請和寧院裡香兒來彈唱。他也是還俗的尼姑。就叫幾箇末尼來、做箇尼姑還俗的雜劇也（私が和寧院の香兒を呼んできて歌わせましょう。彼女も還俗した尼だから。役者を何人か呼んで、尼が還俗する雜劇をやらせましょう）」と、當時實際にあった出來事か、實在した藝人の名かを反映したジョークと思われる部分がある。時事的な臺詞は時間がたつと效果が失われるものだが、宮廷內の臺本であるため、檢閱に備えてこのようなアドリブ的な臺詞までも書き込んであるということであろう。

『女眞觀』は幕切れにおいても、于小穀本の典型的特徵をそなえている。すなわち、張于湖の判決でめでたしとなった後、「一行拜謝科」つまり全員そろって建康府尹たる于湖を拜し、正旦（主役の女役）である妙常が歌う曲の最後で于湖の明察をたたえる。

你箇歸根復命有恩人。是誰、是建康新大尹(14)。
お前があるべきところへ收まったのには恩人がある。それは誰、それは建康の新府尹樣。

この後に于湖の最後の臺詞が續く。

天下喜事、無過夫婦團圓。殺羊宰馬、做慶喜的筵席。雜劇巻終也。文官把筆安天下、武將提刀定太平。

天下の吉事、夫婦團圓に過ぎたるはなし。羊と馬をさばき、祝いの宴を催さん。雜劇はこれにて終演、文官は筆をとって天下を安んじ、武將は刀を提げて太平を定む。

この臺詞は于小穀本の定型であり、やはり宮廷關係の場で上演するための臺本であることを示していると思われる。內府本では最後に皇帝をたたえて終わるのが通例だが、直接皇帝をではなく、皇帝の威光を間接的に反映する高官をたたえる形になっているのは、于小穀本が內府本ほどには宮廷の中心的な場で演じられるためのものではなかったことを暗示するものであろうか。(15)

『女眞觀』の內容は、いくつかの細かい設定を除き「張于湖傳」とほぼ同じである。便宜上套數によって折を分けると、第一折で于湖が登場、旅の途中に女眞觀を訪れて妙常を口說き、拒絕されて立ち去る。第二折で必正が登場、女眞觀に滯在するうち妙常と情を通じる。第三折で妙常は妊娠し、觀主が二人の關係を察知して建康府に訴える。第四折で于湖が再び登場し、二人を結婚させるよう判決を下す。妙常と必正の關係がストーリーの中心となり、于湖が準主役としてドラマを回收する安定した構成である。第四折が裁判となるのは雜劇の定番の一つで、于湖は物語を團圓に終わらせる役割を擔っている。

實演用臺本と見られるにも關わらず、『女眞觀』には曲とは別に登場人物が次々と詩詞を作り、應酬するという顯著な特徵がある。雜劇の一人獨唱の原則により、正旦である妙常は一人で歌い續け、さらに于湖、必正の二人を相手に詩詞を作っては唱えるので、このまま上演しては主役の負擔が高すぎるようにも見え、あるいは戲曲の形を取ってはいても實際には小說にもとづいて作成された讀みものであったかにも思える。しかし前述のように、時事ジョークと思われる臺詞が含まれていたり王朝をたたえて終わる定型を踏んでいることからすれば、やはりこのとおりの形態で上演されていたのであろう。詩詞を作るのは于湖、妙常、必正の三人で、合計十七首にのぼり、曲とは別の聞かせどころとなっていたものと想像される。

四、「張于湖傳」と『女眞觀』

『女眞觀』に見られる十七首の詩詞のうち、詞七首が「張于湖傳」と共通している。從って、兩作品は單なる同話という以上に近い關係にあると思われる。とはいえ于小穀本が宮廷の上演用臺本だったとすると、それがそのまま巷間に流出して小說の取材源になったとは考えにくく、共通の來源によって異なる作品が生まれたと考えるほうがよさそうである。土屋育子氏は同話による南戲『玉簪記』について「散曲や戲曲の曲辭を集めた『雍熙樂府』のような書物がもとになって、民間に流布していた張于湖と陳妙常・潘必正の物語作品が作られ上演されていた、それが『玉簪記』の元になった(16)」と推定されているが、これと同樣に、張・陳・潘三人の物語に關連する詩詞やエピソードが流布していて、戲曲や小說それぞれに肉附けされ制作されたものなのではないか。また、かりに「張于湖傳」またはその原型の成立が『女眞觀』に先立つとすれば、その時期は現存する短篇白話小說の中では比較的早い、恐らく明代前半に想定されることになる。

重複する七首の內譯は、于湖が妙常を口說いて振られるくだりのやりとり四首と、必正と妙常が出會ってから密通するまでの間のやりとり四首のうち三首である。全體の中で二箇所に偏っているという點からも、類書などで特定の場面に關わる詞だけを集めた記事があり、そういったものが參照されたという可能性が考えられよう。ともあれ、この二つの場面が中盤までの山場となる。于湖と妙常の應酬はいちいち門番の王安を使いにたてるので、道化役者が舞臺上を右往左往するのが喜劇的効果を生んだと想像される。これに對し、必正と妙常の應酬は王安を介さずに直接おこなわれ、ヒロインを中心に置き前後の對稱を意識した演出になっているようである。

先述の『名媛璣囊』に載る二詞もこの七首に含まれる。特に妙常が于湖に肘鐵を食わせる「清淨堂前不捲簾……」の詞は、『女眞觀』ではこの後繰り返し言及され、さらに『女眞觀』「張于湖傳」ともに、最後の法廷場面で于湖がこれを引き合いに出して妙常をからかうという展開になる。おそらく、美貌の尼が才子から一本とるこの詞が、元來の物語の核だったのではないか。一方、必正と妙常の應酬で共通する三首のうち、二人が結ばれるきっかけとなる二首は先に述べた「楊思溫」と類似する場面で吟じられ、うち一首が「楊思溫」に見える詞と共通するので、こちらは必ずしも特定の物語と密着したものではなかったと思われる。

兩作品の違いとして、觀主の性格づけと法廷場面の構造が擧げられる。「張于湖傳」での觀主は、妙常と必正がありもしない指腹婚の約束を捏造するという于湖の入れ知恵を受けて私通を告白しても、「我已知之。但不知你肯娶他麼（私は知っていましたよ。ただお前に彼女を妻にする氣があるかしら）」と言い、また妙常には「你做得好事（お前、えらいことをしてくれたね）」と言いはするが、すぐに于湖の提案どおり二人が指腹婚の間柄であると法廷で僞りの證言をする。一方の『女眞觀』では、「它是箇讀書的秀才、你是箇出家的人。怎生便惹上它便大膽、它做這等勾當（彼は學生でお前は出家、どうやって彼に大膽な氣を起こさせ、こんなことをしでかさせたの）」「我這觀中二十餘箇姑姑、都似他要嫁人、我都與他尋箇漢子、我也不是箇觀主、我到是箇媒婆（うちの道觀にいる二十なん人の尼が皆彼女のように嫁にいきたいと言い、私が皆に男を見つけてやっていたら、私はもう觀主じゃなくて仲人婆だよ）」と激怒し、二人を建康府に訴えるのであり、「張于湖傳」の場合と違って憎まれ役の性格を帶びている。

法廷場面について見ると、「張于湖傳」のそれは、四六文で書かれた長い供狀と判決文を列擧する形になっている。まず必正、妙常、觀主の順に供狀が竝び、それを受けて于湖の判文が續く。このような裁判の描かれ方は、『醉翁談錄』甲集卷二《私情公案》に收める「張氏夜奔呂星哥」などと同じパターンと言える。

詩詞や四六文などの韻文形式による判文を持つ公案ものは樣々な作品に見え、一つのジャンルを形成している（この點については第六章で述べる）。『女眞觀』における法廷場面でも詞が插入されるが、「張于湖傳」とはパターンが異なっている。こちらでは于湖が二人を結婚させるよう命じ、「你二人各做一篇詞我看（そなた達二人、おのおの一篇ずつ詞を作ってみせよ）」と命じる。必正、妙常の順にそれぞれ詞を作ると、于湖も詞を作り、それから改めて判決を言い渡す。このように裁判官が被告の男女に詩詞を作らせる趣向は、『醉翁談錄』乙集卷一《煙粉歡合》に收める「憲臺王剛中花判」と類似する。この話でも裁判官は私通のかどで訴えられた男女に法廷で詩を作らせ、判決も詩の形で下す。

このように「張于湖傳」と『女眞觀』とでは觀主の性格が異なること、法廷場面がいずれも韻文的要素を持ちながら展開のしかたが異なり、語句のうえでも一致が見られないことからすれば、兩作品のテキスト間のつながりは部分的なものだったと考えられる。詞の一致が特定の範圍に偏っていることとも關わる點である。

もう一つ考えられるのは、小説と雜劇という表現方式による違いである。『女眞觀』の觀主の役割は敵役として、主人公を危機に陥れることで物語を急轉回させ、大團圓の契機を作ることである。それに呼應して、于湖がいわゆるデウスエクスマキーナの役割を負って登場し、全てを解決する。『女眞觀』の題目には「俏書生暗結鴛鴦伴　歹姑娘分破鸞凰段」とあり、必正の叔母である觀主は敵役に位置づけられている。逆轉判決による團圓は小説にも無論あるが、それ以上に雜劇において非常に基本的なパターンの一つで、より演劇向きの構成とも言えよう。危機を危機として盛り上げるために、觀主は主人公たちを罵倒しなければならない。これに對して「張于湖傳」の場合、長い四六文で全員の供狀・判文が列擧され、演劇的とは言い難いスタイルである。作品全體が物語の波亂よりは詩詞韻文を樂しむタイプの小說であり、裁判場面についても必正・妙常・觀主の三人がそれぞれの立場から結婚の許しを願う供狀と、それを受けた于湖の判文を延々と書き連ねているところが、讀みものとしての眼目なのであろう。そういう性格からすれば、觀主が敵役を演じる必然性は薄い。

五、小　結

「張于湖傳」は、全體の構成から言うと妙常・必正の關係を描く部分の比重が高く、于湖は最初と最後に登場してキーマンとしての役割を果たすという點で『女眞觀』と類似している。ただし「張于湖傳」の冒頭に見える臨江への赴任のエピソードに關係のある要素は『女眞觀』には見えない。

この物語は、最初は實在の人物である張于湖についてのエピソードから始まったのであろう。臨江は比較的早い時期に、張于湖と關連づけて語られていた地名だったのではないか。風流と人情を解し粹な判決を下す名判官の物語に、陳妙常、潘必正といった脇役が現れる。あるいはもともと民間に存在した尼僧の戀物語と、張于湖のキャラクターが結びついたのかもしれない。物語の成長につれて、戀物語のほうに比重が移っていき、現在見られる「張于湖傳」や『女眞觀』のバランスにたどりついたのではないだろうか。「張于湖傳」の取ってつけたような臨江赴任の場面には、その過渡的狀況が現れているのではないかと思われる。

注

（1）大塚秀高「話本と「通俗類書」――宋代小説話本へのアプローチ――」（『日本中國學會報』第二十八集、一九七六）。
（2）注（1）前掲大塚氏論文。
（3）使用テキストは以下のとおり。
『國色天香』……內閣文庫藏萬卷樓刋本（國立公文書館デジタルアーカイブ）。
『萬錦情林』……『古本小說集成』所收影印（據東京大學圖書館藏萬曆原刋本）。
何本『燕居筆記』……『古本小說集成』所收影印（據復旦大學圖書館藏本）。
林本『燕居筆記』……內閣文庫藏萃慶堂刋本（國立公文書館デジタルアーカイブ）。
馮本『燕居筆記』……『古本小說集成』所收影印（據宮內廳書陵部藏明刋本）。
（4）「明代後期における文言小說の刋行について」（『東洋文化』第六十一號、一九八一）。
（5）テキストは中華書局排印本（一九六一）による。
（6）班固『漢武帝內傳』に見える。『太平廣記』卷三に「漢武帝」の題で載る。
（7）『六十種曲評注』（吉林人民出版社、二〇〇一）「『玉簪記』的本事流變及主要板本」等。
（8）テキストは內閣文庫藏崇禎元年（一六二八）錢受益序刋本。なお道教の尼寺のことを、資料によって「女眞觀」とするものと「女貞觀」とするものがあるが、本書では「女眞觀」で統一する。ただし引用では原文に從う。
（9）テキストは『于湖居士文集』（上海古籍出版社中國古典文學叢書、二〇〇九）卷八による。
（10）テキストについては第一章注（2）參照。
（11）藤田優子「『花草粹編』の白話小說利用について」（『和漢語文研究』第十號、二〇一二）。
（12）テキストは汲古書院影印本（據東京大學東洋文化研究所藏鄭雲竹刋本、二〇一四）による。
（13）小松謙『中國古典演劇研究』（汲古書院、二〇〇一）Ⅱ第三章。

（14）テキストは全元雑劇外編六所收影印本（世界書局）による。
（15）注（13）前掲小松氏論文。
（16）土屋育子『中國戯曲テキストの研究』（汲古書院、二〇一三）第三章第四節「『玉簪記』について」。

第五章　南戯『玉簪記』考——張于湖物語の變遷——

前章では短篇白話小説「張于湖傳」と雜劇『女眞觀』を取りあげ、それぞれの特徴と相互の關連について考察した。本章では引き續き明代における張于湖と陳妙常、潘必正の物語について、南戯『玉簪記』を中心に檢討する。

『玉簪記』は「張于湖傳」や『女眞觀』と違い、こんにちにおいても京劇や崑劇の演目として上演され、人々に親しまれている。現代の觀客にとって、この物語は第一に陳妙常と潘必正のロマンスであり、戀模樣や悲歡離合を描いたものというイメージであろう。しかし前章で見た小說、雜劇の印象は、それとはやや異なるようである。形式の異なる三つの白話作品において、一つの物語がそれぞれどのように形成されているか、物語內容と詩詞の二方面から探ってみたい。

一、南戯『玉簪記』について

『玉簪記』の作者は高濂、字は深甫、號は瑞南といい、錢塘の人で隆慶から萬暦年間の頃に活動していた文人である。したがって南戯『玉簪記』の成立は、小說「張于湖傳」が通俗類書に掲載され、雜劇『女眞觀』が抄寫されていた時期に重なっている。

この作品には複數の版本が現存し、散齣集などに收められているものも多い。それらを校勘・整理した論考として土屋育子氏の「『玉簪記』について」[1]があり、それによれば『玉簪記』のテキストは繼志齋本[2]を含むグループと師儉堂本[3]を含むグループの二系統に分かれるが、全體としてはテキスト間の異同は小さいという。筆者も本章で取り上げる箇所を中心に複數のテキストを比較し、多少の異同はあるが作品内容に關わるほどの差違はほぼ見られないことを確認した。以下、引用は基本的に繼志齋本により、必要に應じて師儉堂本からも引用する。

『玉簪記』のストーリーは以下のとおりである。

北宋末、潘家の息子必正と陳家の娘嬌蓮との間には指腹婚の約束が交わされていたが、兩家はその後音信不通となる。必正は成長し受驗に赴く。一方、陳家は金軍侵攻の混亂に巻き込まれ離散する。嬌蓮は流浪の末、金陵城外にある女眞觀の觀主潘法成に救われ、出家して陳妙常と名乘る。

金陵に赴任してきた官人、張于湖が女眞觀に立ち寄り投宿する。この頃、妙常の母は潘家に身を寄せる。于湖は妙常の美貌や琴を彈く姿に魅了され、碁を打ちながら詞を詠みかけて口說くが、妙常は詞を返して巧みに拒絶し、于湖は諦めて女眞觀を立ち去る。

急病のため受驗に失敗した必正が、叔母である觀主を頼って女眞觀を訪れ、次の試驗まで逗留することになる。同じ頃、遊び人の王公子が妙常に目をつけ、妻にと目論む。互いに一目惚れした必正と妙常は、茶をともにしたり琴を聞かせあったりしながら戀の驅け引きを繰り廣げる。その頃張于湖は金軍を擊退する。必正は戀煩いにかかる。妙常は詞を作って戀心を託し、王公子からの緣談を持ちこんだ王師姑を追い返す。必正は妙常の詞を盜み見てその心情を悟り、遂に深い仲となる。二人は觀主の目を盜んで逢い引きするが、觀主は二人の仲に勘づき、必正を受驗に出立させる。妙常は小舟で必正の船を追いかけ、別れを惜しむ。

必正は科擧に合格する。王公子は妙常をさらおうとして失敗し、王師姑に媒人料を詐取されたと張于湖のもとへ訴え出る。于湖は公子と師姑を罰する。觀主は必正からの手紙を見て妙常との結婚を認め、必正は妙常を伴って實家へ歸る。そこで二人がもともと許嫁だったことが分かり、妙常は母と再會し團圓となる。

題名の『玉簪記』は、兩家が婚約を交わした際に「玉簪」と「鴛墜」を贈りあうところから附けたもので、最終的にこの玉簪によって妙常の素性が判明しハッピーエンドにつながる。受驗に赴く必正と妙常が別れを惜しむ第二十三齣「秋江哭別」では、妙常が持っていた玉簪と必正が持っていた鴛墜を交換して誓いのしるしとする。現在の京劇ではこの場面に相當する「秋江」がよく上演される。

右の梗概からも明らかなように、『玉簪記』は完全に妙常と必正の戀を中心とした物語であり、于湖は出番も少ない脇役にすぎない。金軍の侵攻によって一家が離散、その間に良家の息子と娘が出會って情を通じ、危機を經て團圓となる枠組みは、雜劇と南戯兩方の作品がある『拜月亭』(『幽閨記』)が、モンゴル軍の侵攻を背景にやはり離散と私通と團圓を描くのに類似している。このような戰亂を背景とした悲歡離合の物語は戯曲、小說を問わず定番のパターンではあるが、この物語に關して言えば、明代中期に成立していたと思われる『女眞觀』にも、萬曆の初期には成立していたと思われる「張于湖傳」にもない設定であり、南戯の制作にあたって加えられた可能性が高いと思われる。

二、「張于湖傳」『女眞觀』との關係

前章で述べたように、この物語は元來、張于湖という實在の人物をめぐるエピソードが詞とセットで發展し、その

過程で陳妙常と潘必正の戀物語が比重を増していったものと思われる。雜劇の題が『張于湖誤宿女眞觀』であり、小說も『國色天香』が「張于湖傳」、他の通俗類書が「張于湖宿女眞觀（記）」の題で收錄していることからしても、もともとは粹人にして名判官としての于湖が話の中心だったのではないか。一方『玉簪記』の題は妙常・必正の離合に物語の中心があることを示している。

「張于湖傳」『女眞觀』ともに、于湖は主役の座は妙常・必正に讓っているとしても、物語の全體構造を支える三人目の主要人物としての役割は保っている。「張于湖傳」では于湖と必正は舊知の仲で、偶然再會した必正から事情を打ち明けられた于湖は、「你捏作指腹爲親、爲因兵火離隔、欲求完娶、告一紙狀來。我自有道理（指腹婚の約束があったが戰亂のため生き別れとなっていたので、婚約を全うしたいという訴え狀をでっち上げて來い。私がうまくやってやる）」とペテンを敎唆し、もっともらしく認可の判決を出してやる。『女眞觀』では怒った觀主が二人を告訴したのに對し、こうなったうえは結婚させてやれと逆轉判決を下す。いずれも張・陳・潘の三人に觀主を加えた四人での裁判場面が結末で展開されるが、『玉簪記』ではこの裁判による締めくくりという構造が失われている。「張于湖傳」と『女眞觀』では、于湖が妙常に對し、かつて自分を振った時の詞句を持ち出してからかいながらも、二人を無事夫婦にさせてやることで前後のエピソードが對應する。しかし『玉簪記』は王公子と王師姑という敵役を新たに登場させておきながら、法廷に登場するのは于湖と王公子、王師姑だけで、妙常らの關知しないところであっさり片をつけてしまい、裁判が結末の盛り上がりに活用されていない。

一方で、「指腹婚の間柄であったが戰亂によって離散した」という設定が、「張于湖傳」と『玉簪記』で共通していることは注目される。ただ、「張于湖傳」ではそれは結婚を認めるための詐稱なのに對し、『玉簪記』では冒頭から事實として設定されており、不倫の咎を主人公に負わせないですむ仕組みになっている。全體に、『玉簪記』の內容は

「張于湖傳」や『女眞觀』が持つ道學的倫理に無頓着なコミカルさとは對照的で、南戲によく見られる倫理的改變によってこのような形になったのであろうと思われる。權勢家による緣談のごり押しという危機の設定も、非常に類型的なもので、やはり後から附け足されたのではないか。こういったことからすると、『玉簪記』の原據になった話は「張于湖傳」に近いものだったのではないかと思われる。

三作品のうち、于湖についての情報が最も充實しているのは「張于湖傳」である。冒頭で出身地、父に鼓舞されての科擧受驗と及第、臨江をはじめ歷任した官職などが語られ、詠んだ詩も插入される。これらのプロフィールは本筋には關係ないのだが、出身地については後で必正と同鄉という設定が意味を持つことになる。二人が同鄉との設定は『女眞觀』にも共通するが、『玉簪記』では于湖の出身地は述べられていない。一方で必正は第九齣「西湖會友」の臺詞の中で「和州人」と名乘っており、第六齣「于湖借宿」の【鎖南枝】では、觀主が「法成家姓潘、和州歷陽縣」と名乘る。和州歷陽は史實では于湖の出身地である。于湖の存在感が後退し、元來同鄉という意味づけだった出身地名が潘家のほうにだけ殘っているのだが、一方で第十一齣「邮郎鬧會」の王公子の臺詞に「歷陽縣中第一有名撒漫使錢的王公子（歷陽縣で一番の金遣いで有名な王公子）」とあり、王公子が歷陽の人とされている。女眞觀は金陵にあるのだから王公子を潘家と同鄉に設定する意味はないはずで、歷陽という地名がこの物語に關係するという印象だけが、ストーリー上の必然性を缺いた狀態で繼續していたようである。

このように『玉簪記』は「張于湖傳」『女眞觀』よりもさらに妙常・必正の戀に重點が置かれ、于湖は影が薄い。特に後半では、本來活躍すべき裁判場面が大きく扱われないため、存在意義も不分明になってしまっているのだが、逆に前半、女眞觀に投宿するくだりでは詳細な描寫が與えられており、かえって前半と後半でアンバランスを生じているように見える。まず第六齣「于湖借宿」の冒頭、于湖の從者王安の臺詞にそれが現れる。

［末扮院子上］……自家乃張知府院子王安是也。俺老爹因赴任金陵、城中炎熱、着我先在城外尋箇僧房道院、洗澡乘涼。叫我不要說出官府、假說是箇相公。

［末が從者に扮して登場］……私は張知府の從者王安です。うちの旦那樣が金陵に赴任なさるにあたり城內は暑いので、私に先に城外で寺か道觀を探させ、風呂を借りてさっぱりしたいとの仰せ。長官であることは言うな、僞って若樣と言えとのこと。(4)

この內容は、第十齣「奕棋挑逗」の于湖自身の臺詞でも繰り返される。

下官張于湖是也。因赴任建康、船到鍾山地方、天道炎熱、借宿僧房。恐人知我是地方官長、只得假說姓王、在此暫住。

私は張于湖です。建康に赴任するにあたり、船が鍾山まで來たところ暑いので寺院に宿を借りました。長官だとは知られたくないのでただ僞って王姓を名乘り、ここに逗留しています。

暑いので身分を僞り女眞觀に投宿して風呂を借りるという設定は『女眞觀』には見られず、「張于湖傳」とは共通する。そこで次に「張于湖傳」で于湖が女眞觀を訪れる場面を擧げる。

于湖曰、他若跟着、不得閑行遊玩。且同你入城、尋親訪友、茶坊酒肆勾欄寺觀、倶以遊玩、方可理任。來到通江橋邊、時八月、天氣尚且炎熱。于湖分付王安上岸、尋個寺觀、燒湯洗浴。王安行無半里、見一座道觀。……

……觀主問曰、尊官何處、高姓貴名、因甚于此。于湖曰、小生洛陽人氏、姓何、名通甫。遊玩至此、天氣炎熱、敬到上宮、借求一浴。(5)

于湖は（王安に）言った。「彼ら（出迎えの役人）がついてきたら、ぶらぶら遊ぶわけにいかない。まずはお前と入城して親類友人を訪ね、茶店に酒場に芝居見物に寺參りと樂しんでから着任といこう。」通江橋のところまで來たが、ちょうど八月で天候はなお暑かった。于湖は王安に、上陸して寺か道觀を探し、風呂を借りるよう命じた。王安が半里も行かないうちに道觀があった。……

……觀主が問うた。「お殿様はどちらのおかたで、ご姓名は何とおっしゃいますか、こちらへはどうして。」于湖は言った。「私は洛陽の者で姓は何、名は通甫と申します。遊山でここまで參りましたが暑いものですから、こちら様へお伺いし、風呂をお借りしたいと思いまして。」

さらに、初對面の觀主に對する于湖の感想も、『玉簪記』と「張于湖傳」で共通している。

○『玉簪記』

［小外背言］王安、這觀主半老佳人、瓊姿玉立、好一似雨過櫻桃、隔季老酒、意味自佳。

［小外（于湖）背を向けて言う］王安よ、この觀主は年增の美人で玉のような姿、まるで雨に打たれた後の櫻桃の花、年を經た古酒が自ずから味わい深いのと同じだ。

○「張于湖傳」

遂調西江月一闋、單道觀主妙處。

半舊鞋兒着穩、重糊紙扇多風。隔年煮酒味偏濃、雨過天桃色重。強距公鷄快鬪、尾長山雉梟雄。燒殘銀燭焰頭紅、半老佳人可共。

そこで西江月詞を作った。ただ観主を讃えたものである。

履き古した靴はぴったりなじみ、糊を重ねつけした扇はよく風を起こす。年を經て熟した酒は濃厚で、雨に打たれた桃の花は色が增す。蹴爪の強い鶏はよく闘い、尾の長い山雉は勇猛だ。燃え残りの蠟燭は炎が明るく、年增の美人は共にいるのによいものだ。

「張于湖傳」の詞にあるのと同じ表現が『玉簪記』の臺詞にも入っていることが分かる。『女眞觀』にはこれにあたる箇所はない。また、妙常の美貌に心を奪われた于湖が女眞觀の門番に賄賂を使って妙常のことをあれこれ聞き出すという場面も『玉簪記』と「張于湖傳」に共通し、『女眞觀』にはない。

このように、『玉簪記』は妙常・必正の才子佳人物語としての性格で全體を統一し、于湖の存在を後退させている一方で、于湖が女眞觀に投宿するくだりに細かい設定が多く、かつそれが「張于湖傳」とよく一致する。作品全體での于湖の存在の薄さから見れば、特にストーリー上の必要性があったというより、もとになった話に引きずられて書き込まれたのではないだろうか。とすると、「張于湖傳」ないしその原型が『玉簪記』に先行し影響を與えた可能性があろう。

妙常の妊娠についても同様のことが想像される。『玉簪記』で、受驗に赴いた必正を妙常が思う第二十七齣「香閨相思」の【香羅帶】には、「懷抱一個小情人、因此上嘔病幾曾停也。又見裾帶短、好心驚羞慚。空自搵啼痕、怕有人知也

（赤ん坊ができた（?）せいで、ものを吐く病氣になっていつまでも治らぬ。それに着物や帯が短くなって、驚くやら恥ずかしいやら。空しく涙を拭い、人が知るのを恐れる）」とあり、妊娠したことを述べる。師儉堂本ではこの曲の中に「作嘔吐科」のト書きも入る。この曲辭は、「張于湖傳」で妙常が作る詞に「與君相識未多時、不知因個甚裙帶短些兒。茶飯不飡常是病、終朝如醉如癡。此情猶恐外人疑（あなたと出會ってからそれ程たたないのに、なぜか着物や帯が短くなりました。食事も喉を通らずいつも病氣で、一日中醉ったよう。このことを他人が疑うのが心配）」とあるのと對應する。一方『女眞觀』は「我身懷六甲（懷妊しました）」と明快である。

「張于湖傳」では、必正は墮胎藥を買いに城內へ出かけて于湖に再會し、結末の裁判につながる。『女眞觀』では觀主が怒って二人を告訴する。どちらも妊娠がストーリーを轉回させるきっかけとして機能しているが、『玉簪記』ではこの曲辭以外で二度と妊娠への言及がない。筋立てから言っても、科擧合格と指腹婚で團圓となる以上妊娠は餘計な要素であり、やはり原據となった話に影響されて入ってしまったのではないかと思われる。

この他、ストーリー上の必然性が乏しいにも關わらず三作品全てに共通する要素として、『玉簪記』では第二十一齣「姑阻佳期」にあたる場面がある。必正が夜にまぎれて妙常のもとへ逢い引きに行こうとしているところを、觀主に呼び止められる。やっと解放されて急いで妙常に會いに行くが、待たされた妙常は機嫌が悪い。必正は遲れた譯を話して許しを乞う、という內容で、「張于湖傳」にも同樣の場面がある。南戯のそれが人氣の場面だったことは、必正と妙常が詞を介して情を通じる第十九齣「詞姤私情」と竝んで、多くの散齣集にこの場面が收錄されていることからもうかがえる。于湖が妙常を口說く第十齣「奕棋挑逗」の收錄がほとんどないのとは對照的である(6)。

人氣の理由として、ここだけ拔き出して上演しても理解に支障がない、すなわち折子戲に向いていたことがあると思われる。實際この場面は前後とつながりが悪く、エピソードとして孤立している。そして別にこの物語としてでなくても成立する内容なのだが、實は『女眞觀』よりもさらに以前からあったことが、『女眞觀』第三折からうかがえる。密會の約束をする際の妙常の臺詞に「先生是必早些來。不要似前日來的晩了、着我等候（あなたきっと早く來て下さい。先日のように遲れて、私を待たせないで）」とあって、「前日」の件については具體的に語られていない。これは當時、約束に遲れるというエピソードが妙常・必正の物語につきものの話柄として周知のものだったことを意味するのではないか。

このように『玉簪記』は、部分的に「張于湖傳」や『女眞觀』と共通する要素を持ちつつ、しかしそれらの要素がしばしば全體の構成の中で浮いた存在になっている。こういったバランスの惡さは、原話を南戲のパターンに沿って作りかえる過程で、原據に由來する要素が整理不充分のまま殘存した結果であろうと思われる。

三、詩詞の共有

「張于湖傳」と『女眞觀』は、小説と雜劇という形式の差こそあれ、いずれも登場人物が作る詩詞が大量に插入される作品であり、前述のとおりそのうちの七首が共有されている。また『玉簪記』にも登場人物が詩詞を作る場面が含まれており、第十八齣において妙常が作る詞が『女眞觀』の詞と一致することが指摘されている。[7] そこで以下、三作品に見られる詩詞の共有について檢討する。〔張〕は「張于湖傳」、〔女〕は『女眞觀』、〔玉〕は『玉簪記』を表す。まず、于湖と妙常のやりとりの場面（『玉簪記』では第十齣「奕棋挑逗」）を擧げる。

①于湖の作

〔張〕知客折開讀曰、誤入蓬萊仙洞裡、松陰忽覩數婢娟、衆中一個最堪憐。瑤琴横膝上、共坐飲霞觴。雲鎖洞房歸去晩、月華冷氣侵高堂、覺來猶自惜餘香。有心歸洛浦、無計到巫山。

〔女〕〔旦看書云〕元來是一首臨江仙詞。詞曰、誤入蓬萊仙境、松風十里凄涼。衆中仙子淡梳粧、瑤琴横膝上。一曲泛宮商獨步、寂寥歸去睡。月華冷淡高堂、覺來猶惜有餘香。有心歸洛浦、無計夢襄王。

〔玉〕〔小外〕仙姑、你昨夜瑤琴一曲邀殘月、松梢露滴聲悲切。歸去洞房更漏永、巫山有夢和誰說。

②妙常による①への返し

〔張〕知客落筆、卽寫楊柳枝詩一闋云、襄王魂夢雲雨期、兩心癡。子今無計戀瓊姬、自着迷。道心堅似絮沾泥、不往飛。任取楊枝作柳枝、強挨屍。

〔女〕〔孤接念〕原來是一首楊柳枝詞。詞云、襄王夢裡雨雲期、兩心知。子羔無意戀瓊姬、謾心癡。吾心恰似絮沾泥、不狂飛。任把楊枝作柳枝、枉挨尸。

〔玉〕〔旦〕相公、我意絮沾泥心鍊鐵、從來不愛閑風月。莫把楊枝作柳枝、多情還向章臺折。

③于湖の作

〔張〕于湖看畢、亦作楊柳枝詞以奉云、碧玉冠簪金縷衣、雪如肌。從今休去說西施、怎如伊。杏臉桃腮不傳粉、最偏宜、好對眉兒好眼兒、覷人遲。

〔女〕〔旦念云〕碧玉冠簪金縷衣、雪如肌。從今休去說西施、怎如伊。杏臉桃腮不付粉、貌相宜、好對眉兒共眼兒、覷人遲。

〔玉〕（繼志齋本には該當なし）

（師儉堂本）［外寫科］碧玉簪冠金縷衣、玉如肌。從今休去說西施、怎如伊。香膩桃腮不付粉、最偏宜、好對眉兒共眼兒、覷人癡。

④妙常による③への返し

〔張〕知客觀見不語、亦作前詞以答。清淨堂前不捲簾、景幽然。閑花野草漫連天、莫胡言。獨坐黃昏誰是伴、一爐烟。閑來臨下理琴絃、小神仙。

〔女〕［孤念云］清淨堂前不捲簾、景幽然。閑花野草謾連天、莫胡言。獨坐洞房誰是伴、一爐烟。閑來窗下理氷絃、小神仙。

〔玉〕（繼志齋本）［小外］獨坐洞房誰是伴。［旦］一爐烟。閑來窗下理琴絃、小神仙。

（師儉堂本）［旦接看科、云］……我這里清淨堂前不捲簾、景幽然。閑花野草漫連天、莫狂言。［外云］獨坐洞房誰是伴。［旦云］一爐烟。閑來牕下理瑤絃、小神仙。

場面の内容は三作品とも同じである。于湖が①で琴を彈く妙常の様子に魅了されたことを述べて口說き、妙常が②でいなす。于湖は續けて③でたたみかけるが、妙常は④ではねつける。『玉簪記』の①②では臺詞の一部に詩が含まれる形になっており、語句にも共通性があって、「張于湖傳」または『女眞觀』のそれと無關係とは考えにくい。また④は「張于湖傳」と『女眞觀』では重要な詞である。前章でも述べたように、最後の法廷場面で于湖が妙常をからかう際に持ち出す詞がこれで、そこで物語が前後呼應して決着するようになっているからである。特に『女眞觀』

では④の第一句「清淨堂前不捲簾」が臺詞の中で繰り返し引用されている。この物語は元來、④を核とするものだったのではないか。これに對し『玉簪記』では、妙常と于湖との應酬は後の展開に影響せず、あまり重視されていない。なお『玉簪記』繼志齋本には③がなく、④も後半のみとなっているが、これはおそらく書寫時の脱落であろうと考えられる。(8)

一方、必正が女眞觀に逗留し、妙常のもとを訪れる場面でも「張于湖傳」と『女眞觀』には詞の一致が見られるが、これは『玉簪記』にはない。

⑤必正の作

〔張〕妙常讀曰、傍觀道觀過茅屋、驚人目。星冠珠履肖遙服、能粧束。絕世儀容瓊姬態、傾城國。淡粧全無半點俗、荊山玉。

〔女〕〔旦接、念云〕詞寄楊柳枝。傍觀仙子過茅屋、驚人目。星冠珠履逍遙服、能粧束。弄玉儀容瓊姬態、傾人國。雅淡全無半點俗、前山玉。

〔玉〕（該當なし）

なお『女眞觀』では、妙常は⑤への返答として「茅屋藏身隨所寓」で始まる靑玉案詞を送る。これは「張于湖傳」には見られないが、內容は⑤と對をなしており、「張于湖傳」にも元來あったのが脱落したのではないかと想像される。(9)

次は既に指摘のある、『玉簪記』では第十八齣「媒姑議親」で妙常が作る詞を擧げる。これは三作品全てに共通する。尼僧の身でありながら抑えきれない「凡心」をうたった內容で、これを必正に盜み見られたことが關係を結ぶきっかけになる。續けて、これに對する必正の返しの詞も擧げる。

⑥妙常の作

〔張〕必正……讀曰、松院靑燈閃閃、芸牕鐘鼓沈沈。黃昏獨自展孤衾、欲睡先愁不穩。一念靜中思動、遍身慾火難禁。強將津唾咽凡心、爭奈凡心轉盛。

〔女〕〔旦云〕……〔做寫科。念云〕西江月。松舍淸燈閃閃、雲堂鐘鼓沈沈。黃昏獨自展孤衾、未睡先愁不穩。一念靜中思動、徧身慾火難禁。強將津液嚥凡心、爭奈凡心轉甚。

〔玉〕〔旦〕……〔詞曰〕松舍淸燈閃閃、雲堂鐘鼓沈沈。黃昏獨自展孤衾、欲睡先愁不穩。一念靜中思動、遍身慾火難禁。強將津唾嚥凡心、爭奈凡心轉盛。

⑦必正による⑥への返し

〔張〕必正……亦寫西江月一首云、玉貌何須傳粉、仙花豈類凡花。終朝只去戀黃芽、不顧星前月下。冠上星簪北斗、案頭經誦南華。未知何日到仙家、曾許彩鸞同跨。

〔女〕〔外在硯匣底見詞、念了。藏入袖云〕我也就紙筆作一西江月。〔寫科、云〕玉貌何須付粉、仙花豈類凡花。終朝只去煉黃芽、不顧星前月下。冠上星簪北斗、杖頭經掛南華。未知何日到仙家、曾許綵鸞同跨。

〔玉〕（該當なし）

⑥は、『玉簪記』では次の第十九齣「詞姤私情」で、必正が讀み上げる形で再度繰り返される。『女眞觀』でも實際

の上演の際には、⑦のト書きに「念了」とあるところで⑥を繰り返していたかもしれない。

また、『玉簪記』第十八齣「媒姑議親」で⑥の詞の直前に妙常がうたう【桂枝香】、および第十九齣で必正が⑥を盾にとって妙常に言い寄る【醉太平】が、⑥を言い換えたものになっている。

【桂枝香】雲臺松舍、清燈長夜。聽鐘兒敲斷黃昏、擁被兒臥看名月。心中自思、心中自思、猛可的身如火熱、直恁的睡不寧貼。好難說、噤不下心頭火、轉添些長嘆嗟。

【醉太平】非癡、我青燈愁緒。聽黃昏鐘磬、夜半寒雞。孤衾獨枕、未曾睡先愁不寐。相思、靜中一念有誰知。慾火炎遍身難制。把凡心自噤、只少個蕭郎同竝、彩鳳同騎。

【醉太平】の最後の二句は⑦を反映している可能性もあろう。④と⑥は『名媛璣囊』に収められる二首で、萬曆二十年代以前にはこの二つが物語の山と認識されていたと思われる。「張于湖傳」『女貞觀』では④が、『玉簪記』では⑥がより重視されている。

『玉簪記』の中で登場人物が作る詩詞は、作品全體から見れば少量で、あまり重要な役割を果たしていない。それだけに、于湖が妙常を口說く場面と、妙常が必正と情を通じる二つの場面に偏って「張于湖傳」および『女貞觀』と共通の詩詞が見られることは、これらの場面の原據に、小說や雜劇と同じ系統に屬する歌物語的なテキストがあったことを思わせる。

四、小　結

以上二章にわたり、こんにち『玉簪記』として知られる物語の明代における展開がどのようなものであったかを見てきた。全體として、實在の人物である張于湖にまつわる風流譚から、尼僧と書生の戀物語が派生し發展していったという過程が推測され、その發展の各段階が表現形式の違いなどと相まって、白話小說、雜劇、南戲の各作品にそれぞれの形で現れている。

最終的には『玉簪記』の妙常と必正を中心としたラブロマンスが殘り、「張于湖傳」や『女眞觀』が持っていたやや露悪的とも言える喜劇性は後世に受け繼がれなかったが、『玉簪記』のいくつかの要素は、それらの小說や雜劇作品との關わりを考えさせるものである。特に、小說としてあまり評價の高くない「張于湖傳」との關わりによって說明のつく部分が含まれていることは興味深い。南戲の通弊であるモラル重視の改變がおこなわれた過程も、指腹婚の設定などからうかがうことができる。

物語の構成要素や詩詞の共有の狀況を總合すると、南戲『玉簪記』は先行する歌物語系のテキストの影響を受けながら成立したと思われる。その先行テキストは、少なくとも一定の部分において白話小說「張于湖傳」の內容に近いものであり、また雜劇『女眞觀』とも重なる部分を持つものだったであろう。明代後期に、一つの物語が樣々に異なる性格・形式を有する複數の作品に枝分かれし、互いに詩詞や場面を共有しながら併存していた樣子がうかがわれる。

注

（1）第四章注（16）前掲土屋氏論文。
（2）萬曆間南京繼志齋陳大來刻本、二卷、正名『重校玉簪記』。目錄の末尾に「己亥孟夏秣陵陳大來校錄」とあり、己亥は萬曆二十七年（一五九九）。中國國家圖書館藏。引用は『古本戲曲叢刊初集』所收の影印による。
（3）萬曆間南京師儉堂蕭騰鴻刻本、二卷、陳繼儒批評。北京大學圖書館藏。引用は『不登大雅文庫珍本戲曲叢刊』所收の影印による。
（4）岸本美緒氏によれば、「相公」の語は明末以降「主に生員クラスの未任官の知識人に對して庶民が用いる尊稱」であったという（『傳統中國の地域像』第二章「「老爺」と「相公」――呼稱から見た地方社會の階層感覺――」慶應義塾大學出版會、二〇〇〇）。『玉簪記』でも于湖と必正がこの語で呼ばれるが、適當な譯語が見あたらないため、ここではさしあたり「若樣」と譯した。
（5）テキストは第四章注（3）參照。
（6）散齣集における『玉簪記』の收錄狀況については、注（1）前掲土屋氏論文參照。
（7）注（1）前掲土屋氏論文。
（8）『玉簪記』では、③は于湖が妙常の扇に書きつける詞である。③④のくだりは六十種曲本や散齣集『歌林拾翠』でも師儉堂本と基本的に同じであり、また④の直後に妙常がうたう【猫兒墜】の出だしは繼志齋本を含めて「新詞豔逸」で、これは③を指しているであろうから、繼志齋本が③と④前半部分を缺くのは單なる脫落と見てよいであろう。
（9）注（1）前掲土屋氏論文。

第六章　公案小說・戯曲における韻文としての裁判文書

第四章において、白話小說「張于湖傳」、雜劇『女眞觀』がともに裁判の場面で團圓となり、またその裁判場面において「張于湖傳」では長い四六文による供狀と判文、『女眞觀』では被告と裁判官が作る詞が特徵となっていること、いずれも『醉翁談錄』に見える公案ものの記事の中に、類似するものがあることを指摘した。

このような法廷場面と韻文の關係性は、白話文學において歌物語としての公案ものが一つの系統を形作っていることを示しているように思われる。そこで本章では、これら「張于湖傳」や『女眞觀』の結末部分に見られるようなタイプの公案ものを取りあげ、韻文の裁判文書を核とした物語の系譜が、宋元から明代にかけて小說、戯曲の中にどのような形で現れているかについて考察する。

一、「花　判」

第四章で擧げた、韻文を用いた裁判場面のパターンからは、戀愛物語であることと裁判場面に四六文や詩詞を持ち込む趣向との間に一定の關係があることが考えられる。豔麗な、あるいは浮薄な韻文で書かれた裁判文書は、私通を主題とする戀物語には確かに似つかわしい。『女眞觀』の例は嚴密に言えば詞自體は裁判文書ではなく、粹人の裁判官張于湖が仕掛ける餘興といったものだが、法廷で詞を作るという構成が、この作品の個性というよりもある一つのパターンに屬していることは、『醉翁談錄』に類例が見られることからも明らかであろう。本章では表現の煩雜さを避けるため、この種の詩詞も韻文の裁判文書という呼稱に含めて述べることとし、まず『醉翁談錄』に見える公案ものについて檢討する。

『醉翁談錄』は廬陵の人、羅燁の編になる書物である。成立や刋行の時期は不明だが、内容的には南宋後期の狀況を反映するものと推定されている。(1) その冒頭、甲集卷一《舌耕敍引》には「小說引子」「小說開闢」と題する詩をまじえた文章が收められ、「小說」（この場合は短篇の講談を指す）についての蘊蓄が述べられている。特に「小說開闢」は「小說」の演目を各ジャンル名とともに列擧しており、「三言二拍」所收作品の來源などについての貴重な資料となっている。甲集卷二以降は、長短樣々の小說や詩詞が《煙粉歡合》や《嘲戲綺語》などの分類名のもとに收錄されている。その内容から講談の種本集としての性格を持っていたとされ、また刋本であるからには讀者を想定した讀みものでもあったことになる。

甲集卷二は《私情公案》の分類名を冠し、「張氏夜奔呂星哥」一篇を收める。私情すなわち戀愛と、裁判とが結合して一つのジャンルのように認識されていることが分かる。「張氏夜奔呂星哥」はその題にあるように驅け落ちもので、指腹婚の間柄である呂星哥と張織女が、織女が陳樞密の息子に嫁がされそうになったため二人で逃亡、居所が知れて捕らえられ裁判にかけられるという内容である。ストーリーを述べた文章は短篇の文言傳奇としては標準的な文體と篇幅であるが、その後に竝べられた星哥・織女の供狀は、それぞれがストーリー部分の長さにほぼ匹敵するほどの分量を持ち、さらに判文が續く。以下にその裁判のくだりを引用する。

明年、陳樞得知、詣府陳告。追到星哥織女、一詣府庭、責令供狀。駢四儷六、略無凝思、如宿搆焉。

朝奉大夫新知連州女孫張　氏兒

右兒今蒙取問、爲陳樞密爭婚事。

伏以容貌絕人、賈氏遂私於韓壽。詞章高世、文君愛慕於相如。矧丈夫兼而有之、爲女子豈其免此。雖是自罹於憲網、尙容歷述於厲階。…（略）…倘蒙宥罪、見私我之二天。何以酬恩、願祝公於千歲。所奉臺問、謹用供呈。肯涉虛詞、仍甘重罪。謹狀。

年月　日新知連州女孫張氏兒狀

新饒州通判男待補太學生呂　應星

右應星伏蒙□判府制置公相押下取問、爲陳樞密爭昏《ママ》因依、謹從實供狀、伏乞賜聽。應星伏自兩家結好、元指腹於方妊。…（略）…敢以悃誠、寫於毫楮、若有虛妄、甘伏刑章。俯伏公墀、拱聽臺旨。謹狀。

年月日饒州通判男待補太學生呂應星狀

制置覽二人供狀、判云、

詳所供、男女當未育之先、姑舅有通昏之議。盟言當守、信義可嘉。雖昔人必待禮而昏、而古者亦不告而娶。星郎織女、如舊啻《ママ》親。樞府名郎、更新求偶。竝放(2)

翌年、陳樞密がこれを知って、府の役所へ訴え出た。役所では星哥と織女を捕らえて府の法廷に連行し、供狀を取った。供狀は四六駢儷體、ほとんど書き悩むことなく、かねて用意してあったかのようだった。

朝奉大夫新知連州の孫娘、張氏

右、ただいまお取り調べの陳樞密により婚姻の爭いが生じたことについて。

伏して思いますに容貌拔きんでたれば賈午は韓壽と私通し、文彩が世に優れたれば卓文君は司馬相如を慕いました。まして男子がそれらを兼ね備えていれば、女子として拒めるものではありません。とはいえ自ら法の網にかかったからには、禍の始まりを詳しく申し立てねばなりますまい。…（略）…もし罪を許して頂けるなら、慈愛を注いで下さる大恩人にまみえたというもの。いかにしてご恩に報いたものやら、閣下のため千年の長壽をお祈り致します。尋問なされたことの次第、ここに謹んで供述致します。もし僞りがあれば、甘んじて嚴罰に服しましょう。謹んで申し上げます。

何年何月何日、新知連州孫娘、張氏供狀

新饒州通判が子息、待補太學生呂應星

右、應星伏して判府制置使閣下のご下問を受け、陳樞密により婚姻の争いとなったことにつき、謹んで事實のとおり供述致しますから、お聞き下さいますよう伏してお願い申し上げます。應星めは兩家の良い關係により、もともと生まれる前から婚約ができておりました。…（略）…敢えて誠心をもって書き記します。もし僞りがあれば、甘んじて刑罰に服しましょう。法廷にうつ伏し、ご下命をお聞きします。謹んで申し上げます。

何年何月何日、饒州通判子息、待補太學生呂應星供狀

制置使は二人の供狀を見て、判決を下していわく、

詳しく供述するところ、これらの男女は生まれ育つ以前から互いの父母の間で婚約が整っていたのである。約束は守るべきであり、信義は賞賛に値する。古人は必ず禮を備えたうえで結婚したとはいえ、いにしえにも告げずして娶るということはあった。星郎と織女はもとどおり婚姻を結べ。樞密の子息は他に配偶を求めよ。ともに釋放とする（?）……

この話は指腹婚の約束が私通の正當性の根據となる點で、『玉簪記』と同じ類型に屬する。「張于湖傳」はそれを逆手にとったものであった。供狀は年月日の數字が空欄となっており、この部分に關して言えば文例のような體裁である。全體の約三分の二をこれらの裁判文書が占めるという構成は、一般に韻文部分を自作しない藝人たちが使用していた種本という性格によるものとも取れるが、讀みものとしての性格から言えば、長い四六文そのものが裁判場面の興味の中心となっているということになり、この點で裁判場面の構成は「張于湖傳」と類を同じくする。

甲集卷二に續く乙集卷一は《煙粉歡合》の分類名で二つの戀愛もの小說を收める。その二つめは「靜女私通陳彥臣」「憲臺王剛中花判」の二篇からなり、陳彥臣と廉靜女の私通と、裁判によって結婚に至る顚末を描く。以下に「憲臺王剛中花判」を引く。

王剛中、探花郎及第。不數年、出爲福建憲臺。出巡首到延平、撞獄、引問彥臣靜女因依。一直招認、竝無逃隱。兩處合款、更無異辭。而又供狀語言成文。王剛中遂問靜女、能吟此竹簾詩否。靜女遂口占一詩。

詩曰、…（詩略）…

王剛中見其詩、甚爲稱賞。時値蛛絲網一胡蝶於簷頭。剛中指示彥臣云、汝能吟此爲詩乎。彥臣遂便吟詩。

詩曰、…（詩略）…

當時剛中拍手稱賞。問、汝願爲夫妻否。答曰、萬死一生、全賴化筆。剛中卽判云、

佳人才子兩相宜、　置福端由禍所基。
永作夫妻諧汝願、　不勞鑽穴隙相窺。

王剛中は深花及第し、數年たたぬうちに福建提刑となった。巡察に出てまず延平に着き、裁判に出くわして、彥臣と靜女にことの原因を問いただした。二人は一貫して罪狀を認め、ともに逃げ隱れしようとしなかった。白狀したのを二つ照らし合わせてみても、まるで食い違いはない。さらに供狀は文辭が整っている。王剛中はそこで靜女に「この竹簾を詩に詠むことができるか」と尋ねた。靜女はそこで詩を口ずさんだ。

詩にいわく、…（詩略）…

王剛中はその詩を見て、大いに贊嘆した。その時簾に蜘蛛の巢があり蝶がかかっていた。剛中は彥臣にそれを指し示して、「汝はこれを詩に詠むことができるか」と尋ねた。彥臣はさっそく詩を吟じた。

詩にいわく、…（詩略）…

その時剛中は手を拍って贊嘆し、「汝らは結婚を望むか」と問うと、「萬死に一生を得るのも、全く閣下の妙筆が頼りでございます」と答えた。剛中はただちに判決を下していわく、

佳人と才子ともに睦まじく、福の端緒は禍のもととなったところにあった。
永久に夫婦として汝らの願いをかなえ、壁に穴をうがって覗く手間をかけまい。

ここでもやはり戀愛と裁判の組み合わせで作品が構成されている。裁判官が被告の男女に詩を作らせる趣向は『女眞觀』のそれと同工であり、判文も詩の形をとっている。詩がもらさず記される一方で供狀は省略されているが、元來はそれも含むテキストが存在したかもしれない。そして、この篇の題では詩による判文について「花判」という用語が使われている。

「花判」の語を說明したものとしては、南宋・洪邁の『容齋隨筆』卷十「唐書判」の記述が知られる。洪邁は「唐人

判語必駢儷（唐人による判文は必ず駢儷體であった）」とし、「世俗喜道瑣細遺事、參以滑稽、目爲花判（世俗の人は過去のこまごまとした事柄を好み、滑稽をまじえて、花判とみなしている）」という。(3)『醉翁談錄』に反映されている時代の人々にとっては、花判とは讀みものや演藝の中に出てくる、面白く飾り立てた判文といった意味で認識されていたと思われる。

右の乙集巻一は分類名に戀愛の要素しか含んでいないが、「花判」という語が公案の下位ジャンルの一つを形成していたことは、庚集巻二が《花判公案》という分類で詩詞による判文を持つ話を收錄していることからもうかがえる。「花判公案」に收められた話は全十五條、いずれも簡潔な梗概と詩詞または短い四六文による判文からなり、そのうちの十二條を私通や妓女殺しなど男女關係から裁判となる話が占める。また七條で判文の導入に「花判云」の表現が用いられている。そのうち「張魁以詞判妓狀」は、「花判踏莎行云」と詞牌もあわせて記し、また花判の語を用いていない「子瞻判和尙遊娼」「判僧姦情」もそれぞれ踏莎行、望江南の詞牌名を判文の導入に記す。『女眞觀』もそうであるように、もともと豔っぽい事柄を詠うのに適した形式である詞が、このジャンルで多用されるのは自然とも言えよう。「花判公案」の記事には『綠窗新話』と共通の話柄もあり、また明代の公案小説集に受け繼がれたものもあることが指摘されている。(4)なお先に擧げた「憲臺王剛中花判」と同じ判文が、『綠窗新話』巻上「楊生私通孫玉娘」にも見える。

この他、北宋の劉斧撰『靑瑣高議』の別集巻四「張浩」にも同様の詞による判決が見える。「張浩」は「花下與李氏結婚」の副題を有し、鄰家の娘李氏と深い仲になっていながら叔父の命令で孫氏と婚約した張浩に對して、自分のほうが先に婚約していたと李氏が訴え出たのを、府尹が認めて結婚させてやるという內容である。その判文は短い四六文で書かれている。

尹曰、「孫未成娶、吾爲汝作伐、復娶李氏。」遂判曰、

花下相逢、已有終身之約、道中而止、欲乖偕老之心。在人情深有所傷、於律文亦有所禁。宜從先約、可絶後婚。(5)

府尹は言った。「孫氏との結婚はまだ成っていない。私が汝の媒酌をしてやろう。やはり李氏と結婚せよ。」そこで判決を下して言うには、

花の下で出逢い、生涯を共にと誓ってあるものを、途中でやめにし、偕老同穴の心に背こうとする。人情において深く損なうものであり、法においてもまた禁じるところである。先の約束に従うべし。後の婚約は破棄してよい。

『青瑣高議』については第三章で述べたように、初期の通俗類書として、また藝能との關わりを推測させる點において、『醉翁談錄』『綠窗新話』と共通した性格を持つ書物と考えられている。「張浩」に關しても、『綠窗新話』巻上に「張浩私通李鶯鶯」と題して同話が収められているが、ただしこちらは張浩の負心、裁判による團圓という「張浩」の後半にあたる內容を缺き、張・李の私通のことのみを記したものとなっているため、公案ものとしての性格は持たない。戀愛ものと公案ものは切り貼り自由な要素としてそれぞれに存在していたものと思われる。一方、『醉翁談錄』甲集巻一の「小説開闢」で列擧されている語りものの題目の中に「牡丹記」という名があり、これが張浩と李氏の物語にあたると推定されている。(6)「小説開闢」では「牡丹記」は公案ではなく傳奇に分類されているが、「憲臺王剛中花判」が《煙粉歡合》の分類で収録されていることを考えれば、戀愛ものとしての性格のほうが重視されたということであろう。あるいは「張浩私通李鶯鶯」と同じく、負心・裁判の情節を含まない筋立てであった可能性もある。

これら宋代の內容を反映したテキストにおける、韻文の裁判文書を含む小説の特徴をまとめてみると、詩詞や四六

文による裁判文書を法廷場面の見せ場とする公案ものの一ジャンルが形成されており、內容的には戀愛がらみの話が多く、戀愛ものに分類されるケースもあること、宋代のものであるから當然ながら全て文言小説であるが、書物の性格から藝能との關係が考えられることなどが分かる。また「張于湖傳」と『女眞觀』の例とも考え合わせて、裁判文書には詞などの短いものの系統と長い四六文の系統があることも看て取れる。ここから見る限り、「花判」の稱は主として短いものについて言っているようである。

二、雜劇における韻文の裁判文書と「斷」

『女眞觀』に見られる法廷における詞のパターンは、『醉翁談錄』などに見える文言小説（あるいは語りもの藝能）に類例があることが分かったが、雜劇には裁判と韻文を結びつけたパターンが、この他にも樣々に見いだされる。

例えば元末明初の人、賈仲明の雜劇『李素蘭風月玉壺春』第二折に次のような臺詞がある。

李婉兒爲甚復落娼、皆因爲李府尹的兒子也姓李的緣故。現放着斷下一首南柯子詞。便是個大證見。(7)

李婉兒がなぜまたも娼妓に身を落としたかと言えば、みな李府尹の息子も李姓だったためだ。現にそのことを裁いた南柯子の詞がある。これこそ立派な證據というものだ。

ここにいう李婉兒の物語は現在傳わっていないが、南柯子詞の形で判決が下される內容であったことが分かる。恐らく當時有名な話だったので、たとえ話に持ち出されたのであろう。妓女にまつわる話ということも含めて、ちょうど『醉翁談錄』にいう「花判」公案ものに相當する內容だったに違いない。

實際に詞によって判決が下され、さらに「花判」の語が臺詞の中に含まれている例もある。明初に周憲王朱有燉によって制作されたいわゆる周憲王雜劇の一つ『蘭紅葉從良烟花夢』には、戀人との結婚を求めて妓女蘭紅葉が訴えを出す場面があり、まず蘭紅葉が長い訴狀を讀み上げ、それを受けて孤、すなわち役人（ここでは開封府尹）が次のように判決を下す。

［孤云］這女子雖是娼妓、有如此高才烈性。便喚他丈夫來、我花判與他、許他從良。着他領去［末上］［孤判令史念踏莎行詞云］……(8)

［孤いう］この女は妓女でありながら、これほど才があり貞烈とは。かの夫を呼んで參れ。かれのため花判して、從良を許そう。連れてゆけ。［末登場］［孤、判決として下役人に踏莎行詞を讀み上げさせる］……

ここでは『醉翁談錄』の例と同じく詞による判決を花判と稱しているが、その前にある蘭紅葉の訴狀も四六調の美文で書かれ、詞と四六文の兩タイプをともに含んでいる。また、『容齋隨筆』の說明では「花判」は名詞のように見えるが、この臺詞で見ると動詞としての用法もあることが分かる。

『玉壺春』の例では、判決を下す意味で「斷下」という表現が用いられているが、この語は雜劇においては重要なテクニカルタームの一つでもある。雜劇の明刊本には、劇の最後に至って高位の人物が「斷」と呼ばれる七言の韻文をとなえる形式が多く見られ、それらは宮廷での上演用臺本から出たというテキストの性格上、裁きの言葉によって物語を締めくくるとともに、俳優たちが一齊に拜禮するための定式であったという(9)。とすれば、雜劇における「斷」とは必ずしも裁判の判決を指す語とは限らないわけであるが、物語上實際に判決を下す例も少なくない。例えば『包待制智賺合同文字』は言うまでもなく有名な公案ものであるが、包拯が判決を下す場面は「一行人都聽我下斷（一同の者、我が判決を聞け）」に始まり、「一齊的望闕謝恩（そろって皇宮を望んで恩を謝せ）」に終わる典型的な「斷」となっている。(10) また呉昌齢『張天師斷風花雪月』は桂花仙を裁くという内容であるが、第四折の最後に長眉仙が「您一行人望天闕跪者聽吾下斷（一同の者、皇宮を望んで跪き、我が判決を聞け）」の常套句とともに七言句によるしめくくりの「斷」を述べる。

『張天師斷風花雪月』には、「斷」以前に張天師が七言句を竝べて判決を言い渡す場面もあり、そこでは最後に「這的是張天師斷風花雪月」と劇目を述べて、物語全體を總括する機能も持っている。(11) 周憲王の『張天師明斷辰鉤月』でも、「[天師念云] 明斷此廣寒公事（[張天師讀み上げる] この月宮殿の事件に判決を下す）……」(12) で始まる七言句の判決がある。この他、本文は傳わっていないが、鍾嗣成『錄鬼簿』に著錄される張鳴善『包待制判斷烟花鬼』も、その題名からして恐らく女鬼か女妖のたぐいを裁判にかけるものであったと想像される。法廷ものの內容はいわゆる犯罪事件の他に、戀愛、幽冥・神仙などがおもな主題となっていたことがうかがわれる。

ここまでに擧げた雜劇のテキストはいずれも明刊本であり、元代の樣相を直接傳えるものではないが、元刊雜劇にも一部ト書きに「斷」を明記する例が見られ、中でも『東窗事犯』の如きは、非業の死を遂げた岳飛の亡靈のため、地藏王が奸臣秦檜を裁くという幽冥裁判の結末となっており、それが「斷出了」のト書きで表されている。(13) 全體として雜劇における「斷」では、裁判の判決という意味をも含め、物語に決着をつけるための演劇的な決まり事として韻文が用いられている。一方、裁判官に向かって言い分を訴える言葉も、雜劇においては演劇的なパターンの一つを形成しており、「停嗔息怒（お怒りをお收め下さい）」で始まる決まり文句と韻文をともなう形がしばしば見られる。有名な關漢卿の『竇娥冤』では、提刑として赴任してきた父の前に娘の幽靈が現れ、「〔魂旦〕父親停嗔息怒、暫罷虎狼之威、聽你女兒慢々的說一遍咱（〔幽靈〕お父様お怒りを収めて、しばし猛々しい威風をお鎮めになり、娘の私がだんだんにお話しするのをお聞き下さい）」と言い、冤罪で死刑となった經緯を述べた後、七律をとなえる。父は裁判のやり直しをして娘の冤罪を晴らし眞犯人を處刑するが、この時やはり「一行人聽我下斷」と述べて判文をとなえ、劇は終わる。(14) これは宮廷關係のテキストではないので、同じ表現を用いながらも「斷」は純粋に裁判の判決を意味していると思われる。

さかのぼれば金元期の院本の題目を記錄した陶宗儀『輟耕錄』巻二十五「院本名目」にも、「斷」や「判」字を含むものが見いだされる。「斷上皇」や「斷朱溫爨」は、北宋の徽宗や朱溫を斷罪するという題からして、やはり冥界裁判ものであったようだし、「旦判孤」や「雙判孤」は、役人を裁きにかけるという題からすれば、人民を裁く立場の役人が逆に裁かれてしまうという喜劇的な内容が想像される。もっとも金元の頃の「斷」「判」が韻文の形式を持っていたかどうかは分からないが、判決を主題とするジャンルが確立していたことには重要な意味があろう。

三、明代小説における韻文の裁判文書

『青瑣高議』に載る「張浩」の話は、明代後期に至り、短篇白話小説に改作されて再び登場する。『警世通言』巻二十九「宿香亭張浩遇鶯鶯」がそれで、この作品は冒頭と末尾の詩や、「但見」で導かれる情景描寫などの要素によって、講談型の小説としての體裁を整えているが、ほぼ全文が文言で書かれ、短篇「白話」小説の内部に文言テキストが含まれる典型的な例と言える。ヒロインの名を鶯鶯（元稹の『鶯鶯傳』を意識したものであろう）、二人の密會の場所を宿香

亭とするなど、「張浩」に比べ固有名詞が詳細になっており、これらは『緑窗新話』に載る「張浩私通李鶯鶯」と一致する。

「宿香亭張浩遇鶯鶯」の結末は、「張浩」と同じく裁判ものである。判文も「張浩」のそれと同じであるが、その前に李氏が官府に訴え出る際の訴状の文面が新たに插入されている點が異なる。

> 龍圖閣待制陳公方據案治事、見一女子執狀向前。公停筆問曰、何事。鶯鶯斂身跪告曰、妾誠誑妄、上瀆高明、有狀上呈。公令左右取狀展視云、
>
> 告狀妾李氏、切聞語云、女非媒不嫁。此雖至論、亦有未然、何也。昔文君心喜司馬、賈午志慕韓壽、此二女皆有私奔之名、而不受無媒之謗。…（略）…若非判府龍圖明斷、孤寡終身何侍《ママ》。爲此冒耻瀆尊、幸望臺慈、特賜予決。謹狀。[15]
>
> 龍圖閣待制の陳公は机に向かい事案の處理にあたっていると、一人の女が訴え狀を持ち進み出るのを見た。公は筆を止めて「何事か」と問うた。鶯鶯はかしこまりひざまずいて訴えて言った。「わたくしはまことに愚か者ではございますが、ご尊顔を冒して訴狀を提出致します。」公は部下に訴狀を取らせ廣げて見れば、
>
> 訴えの狀はわたくしこと李氏、「女は媒酌なしに嫁がぬもの」とはよく聞いて知っております。これは至極の論とは申せ、またしからざるところもございます。なにゆえかと申せば、昔卓文君は司馬相如を愛し、賈午は韓壽を慕いました。この二人はともに私奔の評判がありながら、媒酌なきゆえの謗りは受けておりませぬ。…（略）…もし龍圖の殿様のご明斷がなくば、よるべなき我が身は生涯何を頼みと致しましょう。これがために恥を忍び、恐れながらお慈悲にすがって、特に判決をたまわりとうございます。謹んで申し上げます。

長い四六文の訴狀、特に女によるそれを裁判官が賞贊し訴えをかなえる、というパターンは、周憲王雜劇の『烟花夢』などと同類である。演劇と小說において、韻文の訴えと判決という型が共有されている。

「三言二拍」には、他にも韻文の裁判文書が重要な要素として存在するタイプの公案作品が収められている。例えば『醒世恆言』卷八「喬太守亂點鴛鴦譜」は、やはり男女關係から裁判となり、裁判官が粋をきかせた判決を下すという內容を持つ。物語の原型は『醉翁談錄』丙集卷一「因兄姊得成夫婦」に見られるが、こちらでは裁判に持ち込まずに解決されるため、公案ものの領域には入らない。次に擧げるのは「喬太守亂點鴛鴦譜」の裁判場面である。

徐雅見太守作主、怎敢不依、俱各甘伏。喬太守援筆判道、

弟代姊嫁、姑伴嫂眠、愛女愛子、情在理中、一雌一雄、變出意外。移乾柴近烈火、無怪其燃。以美玉配明珠、適獲其偶。……（略）……以愛及愛、伊父母自作氷人。非親是親、我官府權爲月老。已經明斷、各赴良期。

喬太守寫畢、敎押司當堂朗誦與衆人聽了。衆人無不心服、各各叩頭稱謝。

徐雅は太守が取り持ってくれるというので、何の否やもありません。皆ありがたく従いました。喬太守は筆を取って判決をしたためました。

弟を姉の代わりに嫁がせ、小姑を兄嫁と共に寢させたは、娘を愛し息子を愛したもの、情としては理にかなうが、一人は女で一人は男なれば、思わぬことが出來した。乾いた柴を烈火に近づければ、燃え上がるは必定なり。美玉をもって明珠に添わせるは、よい連れ合いを得たもの。……（略）……愛兒をもって愛兒にめあわせ、その父母が自ら仲立ちとなれ。親族ではないが親族ということにし、太守たる私が假に媒酌をつとめよう。すでに判決は下った、おのおのめでたく連れ添うがよい。

喬太守は書き終わると、下役に命じてその場で皆に朗誦して聽かせました。皆心服せぬ者はなく、おのおの叩頭して謝辭を述べたのでした。

供狀はなく、比較的長い四六文が判文に用いられている。また、この一つ前の巻七「錢秀才錯占鳳凰儔」は、婚姻に際して身代わりを送り込むという趣向を共有することによって「喬太守亂點鴛鴦譜」と對をなしており、結末を裁判で解決する點でも共通する。やはり供狀はなく、「遂擧筆判云」の句を添えて、長い四六文による判文が插入されている。さらにこの作品は沈自晉の南戲『望湖亭記』に改作され(16)、判文もそのまま用いられている。

『拍案驚奇』巻二十九「通閨闥堅心燈火　鬧囹圄捷報旗鈴」では、娘と私通したとして訴えられた張幼謙に對し、縣宰がその才を試そうと供狀を書かせる。私通事件の被告に對し文才を試す趣向という點では、「憲臺王剛中花判」と類似する。

縣宰要試他才思、取過紙筆來與他道、你情旣如此、口說無憑、可將前後事寫一供狀來我看。幼謙當堂提筆、一揮而就。供云、

竊惟情之所鍾、正在吾輩。義之不歉、何恤人言。羅女生同月日、曾與共塾而作書生。幼謙契合金蘭、匪僅踰墻而摟處子。……（略）……施同種玉、報擬啣環。上供。

縣宰は彼の才能を試そうと、紙と筆を取り寄せて彼に與え、「そなたの事情はそうだとして、口で言うだけでは心許ない。ひととおりの事情を供狀に記してみせるがよい。」と言いました。幼謙はその場で筆をとって、さらさらと書き上げました。供狀に、

思うに情の集まるところはまさに我らにあり、義に不足がないうえはどうして人の言うことを氣に病みましょうか。羅家の娘は同じ月日に生まれ、かつては共に塾に學んだ仲。幼謙が金蘭の契りを結んだのは、塀を越えて乙女を抱いたのではありません。…（略）…楊公に白璧の生えてくる石をもたらした人と同じように、また楊寶に白環をくわえて來た雀と同じようにご恩返しを致しましょう。以上申し上げます。

白話小説でも、『醉翁談錄』の《花判公案》、また戲曲の場合と同様に、犯罪事件の解決を主題とする話も含まれる。例えば殺人の冤罪を暴く『古今小説』巻二「陳御史巧勘金釵鈿」では、眞犯人の供狀が詞で記される。

梁尙賓料賴不過、只得招稱了。你説招詞怎麼寫來。有詞名鎖南枝一《ママ》隻爲證、
寫供狀、梁尙賓。只因表弟魯學曾、岳母念他貧、約他助行聘、爲借衣服知此情。…（略）…三日後、學曾來、將小姐送一命。

梁尙賓はごまかしきれず、ただもう白狀するしかありません。供狀をどのように書いたかとおっしゃるので？證據に鎖南枝がございます。
供狀をしたためる者は梁尙賓でございます。いとこの魯學曾の貧しいのを、その姑となる人が案じて結納の助けに金を出してやろうと約束、そのために衣裝を貸したことから事情を知りました。…（略）…三日の後に學曾が來て、孃樣に命を斷たせることとなりました。

ここでは白話小説のテクニカルターム「有詩（詞）爲證」が用いられ、「花判」に類する事例と言える。これらの他に

も「三言二拍」には多くの公案作品が含まれており、他形式からの改作も珍しくない。一例を擧げれば、『拍案驚奇』巻三十三「張員外義撫螟蛉子　包龍圖智賺合同文」は雜劇「包待制智賺合同文字」を改作したもので、判文も『元曲選』のそれから語句を一部取り入れている。

明代以降は「○○公案」と銘打った小説集が多數刊行された。中でも最も早く成立したと考えられるのが『百家公案』であり、これは各回の冒頭に題目とは別に「斷云（または曰）」として七言四句の詩を擧げ、それから物語が始まるという形式で統一されている。なお第七十九回と第八十回のみ、「斷」でなく「判」となっている。一例として三十四回の冒頭を擧げる。

【第三十四回公案】○斷瀛州鹽酒之贓

斷　枉職虐民終自損　包公施政庶民安
云　徐溫不守朝廷法　一日徒然已去官(17)

各回の冒頭の詩は、このようにあらかじめストーリーを總括し、ヒーローである包拯をたたえる内容となっており、これらが物語中で下される判文であるとは考えにくい。むしろ、短篇白話小説の冒頭に置かれる詩詞と同類のものであって、書物の性格が公案小説集であるというところから、「斷」や「判」の語を冠されているのだと考えたほうがよいであろう。あるいは、やはり內容の總括をその重要な役割とする七言詩である、戲曲の「斷」から何らかの影響を受けているかもしれない。題目や本文中に見える「斷」「判」「判斷」などの語は、ごく當たり前に判決を下すという意味で用いられ、本文中に供狀や判文は插入されない。こういった事件の經緯そのものを興味の對象とする公案小説も、「花判」系統の公案ものと竝行して發展していった。

文言小說に目を轉じると、傳統的な文人による文言傳奇と言ってよい、元末明初の人瞿佑の『剪燈新話』の中に、韻文による裁判文書を一つの見せ場とする作品を見いだすことができる。三遊亭圓朝の「怪談牡丹燈籠」のもとになったことでも知られる巻三「牡丹燈記」がそれで、戀愛もの、幽冥裁判、四六文による供狀と判文、という三つの要素を兼ね備えている。美女符麗卿の幽靈に魅入られた男喬生が、いったんは道士の助けで命を救われるものの結局は取り殺されてしまう。さらに死んだ喬生と麗卿、麗卿の侍女金蓮（正體は麗卿の棺に添えられていた明器、すなわち副葬品の人形だったという設定）の三人がともに地上をさまよって人々に害をなすので、住民がより格の高い道士を賴んで取り鎭めてもらい、それをもって作品が結ばれる。

道士が三人の靈を調伏する場面では、「方丈之壇」を作り、護符を燒いて「符吏」を呼び出し、三人の靈を捕らえる。これは雜劇の神仙裁判において、張天師などがおこなう行爲と共通するが、「牡丹燈記」のこの場面の眼目は、その後に三人がそれぞれ記す供狀と、道士が彼らを斷罪する判文にあると思われる。以下にその場面を引用する。

不移時、以枷鎖押女與生幷金蓮俱到、鞭箠揮扑、流血淋漓。道人訶責良久、令其供狀。將吏以紙筆授之。遂各供數百言。今錄其略於此。喬生供曰、

伏念某喪室鰥居、倚門獨立、犯在色之戒、動多慾之求。不能效孫生見兩頭蛇而決斷、乃致如鄭子逢九尾狐而愛憐。事既莫追、悔將奚及。

符女供曰、

伏念某青年棄世、白晝無隣、六魄雖離、一靈未泯。燈前月下、逢五百年歡喜冤家。世上民間、作千萬人風流話

本。迷不知返、罪安可逃。

金蓮供曰、

伏念某殺青爲骨、染素成胎。墳壟埋藏、是誰作俑而用。面目機發、比人具躰而微。旣有名字之稱、可乏精靈之異。因而得計、豈敢爲妖。

供畢、將吏取呈。道人以巨筆、判曰、

蓋聞大禹鑄鼎而神姦鬼祕、莫得逃其形。溫嶠燃犀而水府龍宮、俱得現其狀。…（略）…惑世誣民、違條犯法。狐綏綏而有蕩、鶉奔奔而無良。惡貫已盈、罪名不宥。陷人坑從今塡滿、迷魂陣自此打開。燒毀雙明之燈、押赴九幽之獄。

判詞已具、主者奉行、急急如律令。(18)

時を移さず、麗卿と喬生と金蓮に枷をかけて連行してきたが、鞭打たれて血が流れていた。道人はしばらく責め立てて、供狀をとらせた。吏が紙と筆を彼らに與えると、おのおの數百語の供狀を書いた。今その大略を記錄する。喬生の供狀にいう、

伏して思いますに、私は妻を亡くしてやもめ暮らし、門口に一人立って、女色の戒めを犯し、情欲に動かされて、孫叔敖が兩頭の蛇を見て斬り殺したのに倣うことができず、鄭六が九尾の狐に逢ってこれを愛したと同じように致しました。取り返しのつかないこととなったうえからは、悔いても及びません。

符麗卿の供狀にいう、

伏して思いますに私は若くして世を去り、白晝にただ一人でいて、六魄は身を離れても、一靈は滅びず、燈の前、月の下で五百年の因緣ある戀人に出逢い、世間の多くの人々に語りぐさとされることになりました。

迷いを抱き戻るを知らなかった罪、免れようはございません。

金蓮の供状にいう、
伏して思いますに私は青竹の油を抜いて骨とし、布を染めて作られたもの。墓に埋められ、誰が人形として作り用いたものか分かりません。顔形は仕掛けを具え、人間同様に五體を持ちただ小さいばかり。名前を持ったうえからは、靈魂も同じように宿ります。ゆえにうまい具合にやったので、どうして妖異をなしましょうや。

供述が終わると、符吏は取り上げて差し出した。道人は大筆で判決を記した。

聞くところでは禹が鼎を鑄てのち妖怪幽鬼もその姿を隱す術なく、溫嶠が犀角を燃やして見れば龍宮の眷屬もみなその姿を現したと。……（略）……世を惑わせ民を誑かすこと、掟に背くものである。狐は連れ合いを求めて放縱な振る舞い、鶉はつがいで飛んで良風を損なう。惡行極まってもはやこれまで、罰は逃れられぬところ。人を陷れる穴は今より埋められ、魂を迷わす戰陣はこれより打ち破られん。雙頭の牡丹燈を燒き捨て、冥府へ連行せよ。

判文は既に整った、主管の者はこれを遂行し、急ぎ律令の如くせよ。


この場面はのちに「熊龍峯四種小説」の一つ「孔淑芳雙魚扇墜傳」において借用される。「孔淑芳雙魚扇墜傳」は、『剪燈新話』の複數の作品を取り合わせて文言的な白話小説に仕立てた模倣作である。結末では「牡丹燈記」と同様、道士による幽冥裁判がおこなわれる。

「牡丹燈記」の例は文人による文言小説にも、雜劇や語りものといった藝能の世界と同じ要素が流れていることを示している。當然ながら、より通俗的な文言小説にも韻文の裁判文書は登場する。成化年間に成立したと思われる長篇文言小説「鍾情麗集」では、辜生と黎瑜娘は戀仲となり正式に婚約も整ったが、瑜娘の父が裕福な符氏からの求婚を承諾してしまったため驅け落ちし、それを知った符氏により訴えられるという筋書きで、裁判の場面に至る。

時倅郡事者由進士出身、年未而立、博學好事、亦重風情。素聞生之才名、瑜之佳譽、逼生與瑜供狀詞。具飾以四六之句、生與瑜次第呈上。郡倅大笑。其詞曰、

　辜輅狀供、

伏以不告而娶、固知獲罪於聖門。竊婦而逃、未免有乖於國法。雖然有咎、未必無因。謹具情由、備陳巓《ママ》末。緣念我祖之妹、我父之姑、蚤適臨高之縣、…（略）…望大人宏寛法之仁、小子遂宜家之樂。生則仰天而祈禱、死則結草以報恩。不在多言、伏乞臺鑒。

　瑜娘供曰、

妾瑜告則不得娶、所以悖理而私奔。觀過斯知仁、尚望容情而恕罪。請申悃愊、上瀆高明。伏念妾瑜父母生育、深處中閨、師順婉閑、謹馴內則。…（略）…庶俾一段良緣、始終美滿、免死三分微命、翕欻云亡。夫如是則妾再生之辰也。謹具厥由詳情夫理。

郡倅看畢、以硃筆判之曰、

蓋聞易備三才、貴陰陽之正義。詩稱四始、期男女之及時。…（略）…欲斷之符氏、恐開爭占之方。欲斷之辜生、慮起淫奔之路。是故度之以中正之道、所以歸父母之家。風流案自此打開、陷人坑從今塡密。曠夫怨女、永無間言。債主冤家、大家解結。一惟聖朝之律、深懲蕩俗之非。凡諸後生、當鑒前轍。判詞以具、合屬施行。[19]

當時の副知事は進士出身で、まだ三十歳にもならないが博學の好事家、粹を愛する人であった。日頃から辜生の才名や瑜娘の評判を聞き及んでいたので、辜生と瑜娘に供狀を書かせた。四六文で文飾を施し、二人順に上程すると、副知事は大笑した。その言葉にいわく、

辜輅の供述。

伏して思いますに告げずして娶ったことは、もとより聖人の教えに背くもの。ひそかに女子を連れて逃げたことは、國法にもとることを免れません。罪科はあるとは申せ、それには理由がございます。謹んでその事情と顚末をくまなく申し上げます。もとはといえば我が祖父の妹で父の叔母なる人が臨高縣に緣附いており、…（略）…願わくば閣下の寛大なお心をもって、それがしに一家をなす喜びをかなえさせて下さいますよう。生きては天を仰いで祈り、死んでもご恩に報います。多言には及びません、伏して上覽を乞い奉ります。

瑜娘の供狀にいわく、

私瑜娘は告げれば結婚できないことから、理を曲げて私奔致しました。過ちを見てその仁德を知ると申します、情狀を酌んで罪をお許し下さいませ。眞心を申し上げて、閣下のお耳汚しを願い上げます。伏して思うに私は父母に育まれて深閨にあり、素直で柔順、謹んで女の掟を守っておりました。…（略）…願わくばこの良緣を結ばせ、全てめでたく、この命を突如失うことのないようにさせて下さいませ。そうして頂けましたら、私にとっては生き返ったようなものでございます。謹んで事情のほどを逐一申し上げます。

副知事は讀み終わると、朱筆をもって判決を下していわく、

聞くところによれば『易』は三才を具え、陰陽の正しい意義を尊ぶ。『詩經』は四始をとなえ、男女が時にかなうことを期したのである。…（略）…符氏に嫁がせるよう判決すれば、無理に奪い取る道を開くことが案じ

られ、辜生に嫁がせるよう判決すれば、淫奔の道を起こすことが案じられる。ゆえに中正の道を選び、父母の家に歸すこととする。色戀の沙汰はこれにて落着、人を陥れる穴は今より埋まる。妻のない男、夫のない女は永久に異議を唱えず、戀の貸し主は衆人これを解く。ひとえに天朝の法律にかんがみ、深く淫風の非を懲らしめん。およそ後々の者ども、先人の轍を見て心すべし。判決は下った、ただちに施行すべし。

表現は『醉翁談錄』や『剪燈新話』に見える例と類似し、作品のサイズに應じるかのように裁判文書もより長大である。しかしその判決はこれまでに見た私通ものの通例と異なり、判決によって何も解決しておらず、團圓に持ち込むための展開は、この後また新たに始まることになる。裁判が結末に活用されていない點では『玉簪記』にも通じるところがあるが、ここでは長い四六文で供狀・判文を記すことのみが目的化しており、『玉簪記』以上に物語の一場面として意味をなしていない。大量の詩詞韻文を挾みながら延々と續く長篇文言小説が、あらゆる韻文的要素を盛り込もうとした結果、このような形態が生まれたのであろう。

ところで、「鍾情麗集」を含め長篇文言小説の多くは通俗類書に收録され、それによって現在まで殘ることができた（「鍾情麗集」には例外的に單行本が現存する）。白話小説の「張于湖傳」も現存する限りでは通俗類書のテキストのみである。この種の書物がいかに廣く流布していたかがうかがわれ、文學的價値とは別に讀みものとしての存在の重要性を輕く見ることはできないであろう。公案との關連で言えば、通俗類書にはしばしば「判類」「供狀類」などの分類があり、裁判文書の文面を主體とするテキストをまとめて收録している。それらは當時の讀者にとって現實の訴訟の參考に讀みうる場合もあれば、また娯樂としても讀まれたであろう。娯樂と實用が一つになっていることも類書の特徴であり、いわばこんにちの雜誌のような存在だったと思われる。また萬曆年間に相次いで出版された公案小説集の中には、裁判文書のみから構成された部分を有するものがあり、それは同時期に出版されていた法律關係の文例集と影響し合っていた形跡があること、文例集は時に通俗類書の形式に類似することなどが指摘されている[20]。そういった文例は「花判」のような見るからに娯樂的なものではなく、より現實的な文面であるが、小說が實用品に變質したというよりも、それらもまた實用と樂しみを兼ねた讀みものとして身近な存在だったのではないだろうか。

四、小　結

宋代から明代にかけて、韻文の裁判文書を有する物語（ないし場面）が、文體や形式の枠を超えておおまかな一つのジャンルを形成していた様相を、いくつかの實例を通して見てきた。拔けている分野も少なからずあり、さらに資料を充實させることが全體像を描き出すためには不可缺であろうが、事件の經緯とは別に文書そのものが娯樂的興味の對象であり、またそれは讀みものとしても藝能としても成り立つものであったことが、ここまでに擧げた事例からもうかがえよう。

『國色天香』卷六上層《山房日錄》には、『醉翁談錄』の《花判公案》と共通のものも含め、供狀・判文など主に裁判關連のテキストが收められているが、その中に「幽魂供狀」「符女供狀」「金蓮供狀」がある。これは「牡丹燈記」から喬生、麗卿、金蓮の供狀を拔き出したものであり、しかもその「金蓮供狀」は、實際には金蓮の供狀から結末までをまるごと、つまり三人の供狀の合計よりも長い道人の判文を含め、後日談による小說の結びに至るまで「牡丹燈記」の本文をそのまま載せている。甚だいい加減な編集であることが露呈しているのだが、このようにほぼ裁判文書の部分のみの拔粹が讀みものとして成立しえた背景には、現代人の目には無用の長物とも見える韻文的要素が、當時の讀者には獨立した價値を持っていたことがあろう。そのことが、通俗類書のようなごた混ぜの書物が何度も版を重ねるほど賣れたことの背景にもあるのだと思われる。讀みものと藝能の世界は、作品本體の形式や文體とは別の枠組みを時代をこえて保っていたことを、韻文の裁判文書という一つの切り口から看て取ることができよう。

注

（1）小松謙『中國白話文學研究――演劇と小説の關わりから――』（汲古書院、二〇一六）第一部第一章「元代に何が起こったのか」。

（2）テキストは『續修四庫全書』所收影印（據天理圖書館藏本）による。この部分は「竝放」以下に二字程度の缺字があるように見える。

（3）テキストは中華書局の孔凡禮校排印本（二〇〇五）による。

（4）大塚秀高「公案話本から公案小説集へ――「内部小説之末流」の話本研究に占める位置――」（東北大學『集刋東洋學』四十七號、一九八二）、阿部泰記「明代公案小説の編纂」（『日本中國學會報』第三十九集、一九八七）など。

（5）テキストは上海古籍出版社の排印本（一九八三）による。ただし大塚秀高「宋代の通俗類書――『靑瑣高議』の構成・内容よりみる――」（『日本アジア研究』第六號、二〇〇九）によれば、『靑瑣高議』別集の成立過程には不明瞭なところがあり、さらに「張浩」には「新增」の注が添えられていて、この作品が眞に北宋の劉斧によって收錄されたものか判然としない。大塚氏は通行本『靑瑣高議』別集の内容は、劉斧の死後、別人によって編集されたものであろうと推定されている。

（6）胡士瑩『話本小説概論』（中華書局、一九八〇）第六章「明淸説公案」。

（7）テキストは『元曲選』（商務印書館影印、一九一八）による。この箇所については小松謙氏の「『元曲選』『古今名劇合選』考」（『中國古典演劇研究』Ⅱ第五章、汲古書院、二〇〇一）に言及があり、それによればこの作品には息機子本と『元曲選』本の二種が現存するが、同じ箇所が息機子本では意味が通じにくく、テキストの系統が異なると考えられるという。

（8）テキストは吳梅輯錄『奢摩他室曲叢』第二集『誠齋樂府二十四種』（商務印書館、一九二八）による。
（9）注（7）前掲書Ⅰ、Ⅱ。
（10）テキストは『古本戯曲叢刋四集』所収息機子本影印による。
（11）テキストは『古本戯曲叢刋四集』所収脈望館鈔本影印による。
（12）テキストは注（8）に同じ。なお脈望館鈔本では「天師念云」が「天師判云」となっている。
（13）注（7）前掲書Ⅰ第二章「元刋本考」。
（14）テキストは『古本戯曲叢刋四集』所収古名家本影印による。なお「停嗔息怒」の形式については小松謙氏の御教示による。
（15）「三言二拍」のテキストについては、第一部第一章注（2）、第三章注（9）および（11）を参照。
（16）河井陽子「明末清初における小説と戯曲の關わりについて――馮夢龍「三言」を中心に――」（『日本中國學會報』第五十四集、二〇〇二）。
（17）テキストについては第三章注（14）參照。
（18）テキストは『古本小説叢刋』所收影印『剪燈新話句解』（據內閣文庫藏朝鮮刋本）による。
（19）テキストは石川武美記念圖書館成簣堂文庫藏弘治十六年刋本による。
（20）注（4）前掲大塚氏論文。

第三部　戯曲と文言小説

第七章　文言小説「龍會蘭池錄」考——もう一つの『拜月亭』——

短篇白話小說や戲曲の本事はしばしば文言小說に見いだされる。『醉翁談錄』の「小說開闢」には講談師が文言小說集に精通していたことを述べているし、「二拍」などの新たに創作された作品にはほとんど文言小說を白話譯したようなものもある。その一方で、白話文學作品が文言小說に改編されるケースもあり、文體やジャンルの置きかえは雙方向的におこなわれていたことが分かる。本章では、そのような例として戲曲から改作された長篇文言小說「龍會蘭池錄」を取りあげる。戲曲から白話小說への改作は「三言二拍」などにも見られるが、これは戲曲『拜月亭』を長篇文言小說に改作したものである。

長篇文言小說についてはここまででも觸れてきたが、元代の「嬌紅記」を嚆矢として明代には盛んに制作、刊行され、特に明末の通俗類書に集中的に收錄されたジャンルであった。單行本もあれば、類書以外に長篇文言小說だけの小說集も刊行されており、廣く淺い娯樂讀みものとして賣り上げがみこめるものだったことがうかがえる。內容は例外なく才子佳人の戀愛もので、登場人物が次々と詩詞韻文を作る點でもみな大同小異である。

岡崎由美氏によれば、長篇文言小說の文體には、直接話法の膨張、白話文體の混交、白話的スタンスによる文言の操作（「蓋」が白話の「原來」と同じ用法で使われるなど）、場面轉換の表現における白話的な饒舌さなどが見られ、それらの點から、文言小說の言語表現が、長篇化の過程で「白話的ストーリーテリング」への變質を起こしていることが看て取れるという。(1)「龍會蘭池錄」の場合、そもそも戲曲からの改作であるから當然白話的な性格を持つことが豫想されるが、この小說の場合は原典である『拜月亭』から個々の表現を襲用しておらず、少なくとも戲曲の直接的影響によって白話的になってはいない。

一方、第三章で述べたように「龍會蘭池錄」には、登場人物が作る詩詞の導入部分に、「語り手介入」に近い性質を持つ決まり文句が、他の長篇文言小說に比べても特に頻繁に用いられているという特徴がある。また詞の語彙などを除けば取り立てて白話文が混じる樣子はないが、後述するように直接話法による會話の膨張は顯著に見られる。

その出發點からして白話文學との距離の近さが明らかでありながら、具體的な表現自體は戲曲から取り入れていない「龍會蘭池錄」は、どのような構成要素から成っているのか。それらはどういった白話文學的、あるいは文言小說的な背景を持ったものなのか。本章では「龍會蘭池錄」の事例から、長篇文言小說の語り口を構成する要素とその背景について考察する。

一、「龍會蘭池錄」の構造

明代の通俗類書は、一部の例外を除いて上下二層の構造を共通點とし、おおむね一方に長篇文言小說、もう一方に白話・文言の短篇小說や詩文その他各種文體の小規模な讀みものを收める。「龍會蘭池錄」は『國色天香』卷一下層、『繡谷春容』卷二上層に收められている。後者は前者に比べて詩文が一部削除されており、從って前者のほうが古い形をとどめていると見られるので、本章ではテキストを前者によることとする(2)。

「龍會蘭池錄」には大量の詩詞韻文が插入され、物語上まったく意味のないタイミングで詩詞を詠む場面も多く、歌物語の性格が顯著に表れている。ストーリーは次のようなものである。なお、對照のため合わせて〔　〕內に南戲『拜

月亭』の同じ箇所での設定を記す。(3)

南宋のころ、汴梁（中都）の書生蔣世隆は、金の逃將蒲㾽興福（冤罪を着せられた前宰相の子、陀滿興福）と交遊があった。興福は落草し山塞に據る。元の侵攻を受けた金は中都から汴梁へ遷都。世隆は妹瑞蓮とともに杭州（汴梁）を目指すが途中ではぐれてしまう。南宋の北邊から同じく杭州を目指す黃尙書の娘（汴梁へ向かう金の王尙書の娘）瑞蘭も母とはぐれ、蘭と蓮の聞き違いによって世隆と瑞蘭、瑞蘭の母と瑞蓮が出會い、それぞれ二人連れで旅を續ける。世隆と瑞蘭は山賊に遭遇するが、その首領は興福だった。興福に救われた二人は、瀟湘鎭（廣王鎭）(4)まで行って投宿し、そこで結ばれる。二人はともに月を拜して「拜月亭賦」を作る（『拜月亭』になし）。世隆は病氣になり醫者が呼ばれる。その後尙書が瑞蘭を發見し、無理に連れ去る。瑞蘭は去り際に世隆に浣火衣を贈る（『拜月亭』になし）。杭州で瑞蘭は瑞蓮を伴った母に再會する。世隆の無事を祈る瑞蘭の姿を瑞蓮が見とがめたことから、互いの戀人と兄が同一人だと判明。尙書は世隆が死んだと言って瑞蘭をだますが、これは瑞蘭が瀟湘鎭に祭文を送ったことで露見する（『拜月亭』になし）。世隆は興福とともに杭州に赴き、世隆は文科擧、興福は武科擧に應じる。世隆は「龍會蘭池之圖」を作り、それが尙書宅に入るよう仕向けると、瑞蘭は見て意味を悟り、乳母張氏を使いに出して浣火衣を買い取らせ、手紙を交換する（『拜月亭』になし）。世隆は狀元及第し（世隆は文狀元、興福は武狀元に及第）、瑞蘭と結婚。瑞蓮は探花賈士恩（興福）と結婚する。

あらすじを見ただけでも、ほぼ戲曲と同じ内容ではあるが、全體にわたって少しずつ異なる點があることが分かる。特に後半には『拜月亭』にない要素が多く含まれており、それらの多くは長い韻文が插入される場面であって、「張于湖傳」と『女眞觀』の相違とも共通する面がある。

ストーリー上の最大の違いは、舞臺設定が金から南宋に變わっている點である。『拜月亭』は雜劇、南戯ともに金がモンゴルの侵攻を受けた時期に設定され、一二一四年に金が中都（燕京）から汴梁（開封）に遷都を餘儀なくされた際の混亂の中で起こる離合の物語を描いている。蔣世隆と王瑞蘭およびそれぞれの家族は、紆餘曲折の末に汴梁で再開を果たし團圓となる。一方「龍會蘭池錄」では、時代設定は同じながら主人公たちが南宋人に置きかえられ、「宋南渡」と語り始められた物語は、南宋のみやこ杭州で團圓に至る。

戲曲『拜月亭』の知名度の高さに比して、小說「龍會蘭池錄」はほとんど知られていない、いわば世隆・瑞蘭の物語の末流であって、この設定も孤立したものであるかに見える。しかし岡崎由美氏によれば、萬曆以降に多く出版された弋陽腔系徽調の散齣集の中には、中都からでなく汴梁から避難するという設定を持つものが見られ、後世の地方戲や說唱の中にもやはり汴梁を逃避行の出發點とするものがあり、さらに廣東の龍舟歌が「龍會蘭池錄」の內容を受け繼いでいる可能性があるという(5)。

オリジナルと異なる設定の理由について、岡崎氏は明人特に南方人にとって、なじみの薄い北方の金王朝の物語よりも、同胞である南宋人の苦難の物語のほうが受け入れやすかったと思われる點を擧げておられるが、同時にまた別の理由も想定可能であろう。つまり、金の汴梁遷都はいわば滅亡の始まりであって、遷都の翌年には中都が陷落、一二三四年に汴梁も陷落して金は滅びるという史實からすれば、汴梁に到着して科擧に及第し結婚してハッピーエンドというのは、實は無理があるとも言えるのである。南宋のほうはその後も安定期が續いたし、杭州は最終的に無血開城に至るので、團圓の舞臺を杭州に置きかえたことは、史實に照らして無理のないよう設定を修正したものとも取れる。少なくとも小說「龍會蘭池錄」については、この後述べるように物語上は特に必要のない實在の人名を背景として持ち出すなどしている點からしても、一種の知識人的態度の反映を考えることができるのではないか。また演劇や說唱について言えば、北宋の末期に金軍から逃れ、汴梁から南方を目指した宋人の物語と混同された可能性も考えられる。北宋末の戰亂による離合の物語は、『玉簪記』もそうであるように様々な形で語られていたから、そのイメージが入り込んで設定が變わることもあったかもしれない。

「龍會蘭池錄」の冒頭は、「宋南渡、汴郡中都路人蔣生世隆……」と始まる。汴郡中都路という奇妙な設定は、もとの『拜月亭』が中都から出發していることに影響されたものであろう（後半にも世隆を「中都路人」と說明する場面がある）。世隆の義兄弟である興福は、いずれにおいても女眞人だが、「龍會蘭池錄」では舞臺を南宋に置く都合上、金の逃將であって宋に歸順する意志を持ちつつも落草する、という設定に變えられている。興福の落草は『拜月亭』を引き繼いでおり、逃避行中の世隆・瑞蘭を救うというプロットのため、始めの段階で歸順させるわけにいかなかったのであろう。しかし、當時金の領土だった汴梁から杭州を目指すということは國境を突破するということであり、「橫行江上、閑居山塞」とされる興福にしても、先に國境を突破してから宋の領域內で落草していなければならないが、その間の事情については何も書かれていない。

このように「龍會蘭池錄」には、設定を南宋の狀況に合わせようとした細かい配慮が見られる一方、至るところでそれが破綻している。例えば金の汴梁遷都にともない、宋の北邊で汴梁に近い都市の住民が金軍に壓迫されて南方へ逃れる、という設定のもと、瑞蘭の一家が杭州を目指すことになり、ここで狀況說明の補強のためか當時金軍と戰った孟珙、趙方らの人名が持ち出される。これらの人名は正しいのだが、世隆・瑞蘭がそれぞれの家族とはぐれる場所が陝西の大散關とされていたり、瑞蘭の父の上司として、時代の合わない韓侂胄の名が出てきたりする。「龍會蘭池錄」の背景には、歷史に關心はあるが正確な知識は乏しい低級識字層と言うべき人々の存在を、制作と受容いずれにおいても考えることができよう。

二、背景にあるもの——詩詞と會話に關して

長篇文言小説では、大量に插入される詩詞と直接話法による長い會話文とが主な構成要素となり、これらがおおね一定の密度で、起伏の乏しい戀愛模樣を綿々と綴っていくことが多い。「龍會蘭池錄」もこの二つの要素をともになえているが、作品中の部位によって語り口に不統一が見られる點が特徴的である。

まず、冒頭の蔣世隆の紹介から、彼が妹瑞蓮とはぐれ、瑞蘭と共に瀟湘鎭へ逃げるくだりまで一貫しているのが、簡略な地の文と詩詞との組み合わせである。兄妹で兵亂を避けて林間に宿るという緊迫した場面で出てくるのが、第三章で取りあげた「詩詞甚多、不能盡錄。聊記……」という決まり文句で、實際に詩詞が一首ずつ插入されている。その文辭は「兄妹泪如雨」といった、物語の內容に合致したものである。簡潔な文章と、ストーリー上はおよそ無意味な、物語を追って感情を歌い上げていく詩詞の插入が、この部分の特徴である。もう一つの例として、世隆と瑞蘭が出會いともに旅する場面を見てみよう。

世隆遍尋妹、蓮蘭音似、瑞蘭聞名、自石竇中出、一見世隆、方知其非母氏。…（略）…乃偕入浙。瑞蘭徐行、口占一調寫懷。世隆聞之嘆曰、吾只爲卿有國色、不意又有天才。千載奇逢、間世之數也。口占一詩以戲之。瑞蘭亦和之。

世隆は妹を搜し回っていたところ、蓮と蘭は音が似ているので、瑞蘭はその名を聞いて岩穴から出てきて一目

世隆を見、初めて母でないことに氣づいた。…（略）…そこで共に浙江に入った。瑞蘭はゆっくりと進みつつ、詞を口ずさんで思いを記した。世隆はこれを聞いて感嘆して言った。「あなたを絶世の美女とばかり思っていたが、何と才能もおありとは。千載の奇遇、世に稀なさだめだ。」詩を口ずさんで彼女に戯れた。瑞蘭もこれに和した。

この後に瑞蘭の詞、さらに二人それぞれが作る七律が一首ずつ載せられている。二人の出會いは『拜月亭』では重要な場面の一つだが、「龍會蘭池錄」ではごく簡潔にまとめられ、詩詞の比重が大きい。冒頭から二人が瀟湘鎭に入るまでの內容はほぼ全てこの場面と同樣のテンポで書かれ、簡潔な敍述の一區切りごとに、七律か詞を竝べるパターンを繰り返す。戲曲では主要人物の一人である興福の存在感が「龍會蘭池錄」では希薄なのは、彼の出番が冒頭部分と二人を助ける場面にほぼ限定されており、詳細な描寫もほとんどないからであろう。

簡略な地の文と、そのひとまとまりごとに插入される詩詞という構成は、梗概と詩詞からなる『醉翁談錄』のような文言小說テキストのそれに類似する。「龍會蘭池錄」は物語を段落のように細かく分割し、ひとまとまり語り終わるごとに、登場人物が作った詩詞をまとめて載せるというパターンを持つ。右の出會いの場面では、二人が合計三首の詩詞を作るまでの內容を先に語っておいてから三首を竝べ、次の場面に移る。このように物語の內容を簡潔に語ってから詩詞をまとめて竝べるという手法からは、本來詩詞とセットになる長い物語があったが、ストーリーのほうは詳細に書きとめる必要を認められなかったという狀況が想像される。そういう文章の例として、『醉翁談錄』己集卷一《煙粉歡合》を擧げることができる。己集卷一は全六篇で一つの物語を構成しており、梁意娘と李生がひそかに詩を贈りあって交際しやがて親の許しを得て結婚する顚末を收めるが、物語部分を語るのは最初の「梁意娘與李生詩曲引」

だけで、ストーリーを簡單に記した後、「意娘與李生小帖」「意娘復與李生二首」「意娘復與李生批」「意娘與李生相思歌」「意娘與李生相思賦」と詩文をまとめて並べる。(6)「龍會蘭池錄」は、こういった通俗類書的な敍述をくり返すことで長篇化していると言える。

こういった手法は全篇にわたって隨所に現れるが、この後二人が瀟湘鎭で假の宿に落ち着くあたりから語り口に變化がある。これ以降、『拜月亭』にはないエピソードがいくつも登場するようになり、また散文部分の大半を、直接話法による會話文が占めるようになる。ここで現れるのが、饒舌な會話と長篇の詩詞との組み合わせ、そしてその反復であり、これは世隆が瑞蘭をくどく場面で最も顯著になる。世隆に迫られた瑞蘭が部屋に立て籠もり、扉ごしに押し問答となる場面である。

蘭曰、書中有女顏如玉。何用妾之棄人。世隆曰、國色非書中有也。瑞蘭覘世隆意篤、佯如厠、兔脫東房。世隆忿不自勝、如焚如割、卽房窗間諭以一歌。瑞蘭亦製一調以寬之。

世隆歌云

生平不識亦風流、偶遇神仙下楚州。…（略）…今朝平步入瀟湘、擬將雲雨遍牙床。誰知酒後機心變、翻身兔走入東房。…（略）…心頭悸亂渾如醉、身上慌忙骨自寒。嗚呼已矣蔣世隆、無限恩情一夢中。…（略）…窗前咫尺天涯遠、唱破人間薄倖歌。

瑞蘭調云　水龍吟

強胡百萬長驅、邊城瓦解人如草。…（略）…送我歸家下落、把全身從容圖報。…（略）…看人間野合鴛鴦、羞殺我、君休道。

世隆曰、卿欲歸家圖（按脱「報」字）、不惟劉備寛荊州歳月、亦張儀以商于誑楚耶。瑞蘭曰、豈敢爲是哉。所以歸家者、正欲白雙親備六禮、百歳咸恆、…（略）…（世隆）則曰、崔鶯非相女耶。自送佳期、至今稱爲雙美。今娘子所遭之難、固大于崔氏、獨不念我耶。蘭曰、崔氏自獻其身、乃有尤物之議、卒焉改適鄭恆、今以爲羞。妾欲歸家圖報者、正以此患耳。世隆曰、卿言乃鷓鴣啼耳。蘭曰、何也。世隆曰、行不得哥哥。蘭曰、無患也。至則行矣。…（略）…世隆曰、如卿言、我絶望矣。遂製瀟湘夢一詞、以別之。詞曰、

笳鼓喧天、狁狳無數。玉仙子桑下相逢、再三懇怙。醜豺狼不諳光景、把親妹丟開忘顧。…（略）…不念我一途風露、好多辛苦。…（略）…明月三更、卿也西去、我也東走。…（略）…嗚呼一曲瀟湘詞、今宵懊恨爲誰奏、送卿去也、永作欺人話譜。

瑞蘭「書物の中には玉の如き美女ありとか。なぜ私のような見捨てられた者にかまうのです。」世隆「絶世の美貌とは書中のものではありません。」瑞蘭は世隆の意氣込みようを見て、厠に行くふりをして東の部屋に逃げ込んだ。世隆は憤りにたえず、焼き裂かれる心地。そこで窗のところから歌をもって說得しようとした。瑞蘭も詞を作って、彼をなだめようとした。

世隆の歌にいう、

日頃から見知っていたわけではないがあなたは素晴らしい、たまたま楚州に下りし仙女に出會ったというもの。……今日何事もなく瀟湘に入り、寢床一杯雲雨の交わりを期待した。思いがけず杯の後に心變わり、身を翻して東の部屋に逃げ込んだ。……心は亂れ全身醉ったよう、身はうろたえ骨は冷える。ああもうだめだ蔣世隆よ、無限の恩愛はただ夢の如し。……窗のすぐ前にいながら天の果てほど隔てられ、人の世の薄情の歌を歌い盡くそう。

瑞蘭の詞にいう、　水龍吟

蠻族が大擧して押し寄せ、邊境の城市は瓦解して人は草のよう。……私を送って家に落ち着かせて下されば、この身をあげてゆっくりとお禮を致しましょう。……世の野合する鴛鴦を見るにつけても、私はひどく羞ずかしい、あなたもうおっしゃいますな。

世隆「あなたが家へ歸って報恩がしたいというのは、劉備が荊州を返すのを引き延ばしたようにするだけでなく、張儀が商於の地をもって楚を騙したようにするんでしょう。」瑞蘭「どうしてそんなことを致しましょう。家へ歸るというわけは、兩親に告げて六禮を備え、百歳まで正道を守り、……」……（世隆は）そこで言った。「崔鶯鶯は宰相の娘ではないですか。自分から逢い引きをし、今でも立派と稱えられています。今お孃樣の難儀はもとより崔氏より大きいのに、あなただけは私を想われぬのか。」瑞蘭「崔氏が自ら身をささげればこそ、優れたものは禍を呼ぶとの議論が起き、遂に鄭恆に嫁ぎ替えました。今も恥としています。私が家へ戻ってからお報いしたいのは、正にこれを恐れるからです。」世隆「あなたの言葉はただの鷓鴣啼ですね。」瑞蘭「何ですの。」世隆「『いけませんよ、お兄さん』と鳴きます。」瑞蘭「心配いりません、歸り着けば大丈夫。」……世隆「あなたの言うようなことなら、私には望みがない。」そこで瀟湘夢の詞を作って別れを告げた。詞にいう、

軍鼓天に響き、野獸の如き兵は無數。桑の木のもとで仙女に逢い、懇ろに賴られた。見苦しい狼めは情況を考えてもみず、實の妹を棄て忘れた。……私が道中の雨風に耐え、どれほど難儀したか思いもせぬ。……明月照らす深夜、あなたは西へ、私は東へ行くのだ。……ああ一曲の瀟湘詞、今宵の懊惱を誰のために奏でよう。あなたを送り出そう、永く噓いつわりの物語とするのだ。

臺詞による二人の掛け合いと詩詞による訴えかけとが執拗に反復され、會話と詩詞とがからみあって、ひとつながりのやり取りを形作っている。特に世隆の瀟湘夢の前では、短い臺詞の應酬がほとんど地の文を挾まずにくり返される。直接話法による會話文の多さは長篇文言小説全體に共通する特徴であり、既に岡崎氏によって、文言小説長篇化の主因であるとともに、文言小説の文體がここにおいて白話文的發想への變質を起こしたことを示すものであると指摘されている。(7)

直接話法の多さは右に擧げたくどきの場面で特に顯著になるが、それは登場人物による發言が多いということのみにとどまらない。會話の合間に插入される詩詞にも、始めの部分にはない臺詞的な饒舌さが見られるようになる。この場面では、まず世隆が詩を作り、瑞蘭が詞を返し、二人のやり取りがあって、右の引用箇所に入る。再び世隆が歌を作り、瑞蘭が詞を返し、再び押し問答の末、世隆がまた詞を作る。「生平不識亦風流」で始まる世隆の歌を見ると、二人の出會いから始めて道中の苦難を語り、「今朝平歩入瀟湘」以下で瑞蘭に雲雨のことを拒絶されるまでを述べてから、「心頭悖亂渾如醉」以下、自分の誠意が報われないと嘆いてみせる。瑞蘭の詞はこれに應えて「強胡百萬長驅、邊城瓦解人如草」と戰亂に逃げまどったところから始め、救われた恩を述べてから、「送我歸家下落」以下、親元へ戻った上で彼の恩に報いたいと告げ、改めて野合を拒む。どちらもそれ以前の事情を始めから語りなおしてから具體的に自分の立場を相手に訴えており、韻文であると同時に、獨白と對話の性格を兼ね備えている。世隆の「卿欲歸家」以下の臺詞が瑞蘭の詞の「送我歸家下落、把全身從容圖報」という句への返答であるのも、この詞自體が瑞蘭の發言としての性格を持っていることの表れと言えよう。

なお、詩詞に「邊城」の語が用いられている點は、『拜月亭』と異なる「龍會蘭池録」の設定に合致しているが、金の遷都という史實よりも、異民族の侵入により國境附近の地が蹂躪されるという、一般化された戰亂のイメージで描かれているように思われる。

ともあれ、くどきの場面の詩詞は、讀者が既に知っていることを再度語りなおすとともに、登場人物の具體的な發言内容をその意味として持つ。このような性質の詩詞は正統的文言小説とされる『剪燈新話』にも見え、例えば巻三「愛卿傳」では、三年ぶりに歸鄉した夫の前に妻愛卿の幽靈が現れ、次のように歌う。

見趙子、施禮畢、泣而歌沁園春一闋、其所自製也。詞曰、

一別三年、一日三秋、君何不歸。記尊姑老病、親供藥餌、高塋埋葬、親曳麻衣。夜卜燈花、晨占喜鵲、雨打梨花晝掩扉。誰知道、把恩情永隔、書信全稀。○干戈滿目交揮、奈命薄時乖履禍機。向銷金帳底、猿驚鶴怨。香羅巾下、玉碎花飛。要學三貞、須拚一死、免被旁人話是非。君相念、算除非畫裏、得見崔徽。(8)

趙子を見て、禮をすると、泣いて自作の沁園春詞を一つ歌った。詞にいう、

一別より三年、一日三秋の思いで待てど、我が君はなぜお歸り下さらぬ。母君は老病の御身、親しくお藥を差し上げ、手厚く葬り、麻の喪服に身を包む。夜は燈花に占い、朝は鵲に占い、雨は梨の花を打って晝も扉を閉ざす。誰か知らん、恩愛を永く隔て、便りは絶え果てぬ。○戰さは世に充ち滿ちて、命運は儚く禍に陷る。綺羅の帳のうち、猿は驚き鶴は怨む。うすぎぬのきれの下、玉は碎け花は散る。貞操を學び、命を抛つべし、世人のそしりを免れん。思いたまえ、かの崔徽のように、繪姿でなくばお會いするはかなわずなりぬ。

この時點で、夫と讀者は既に賊に絞殺されたという愛卿の最期を知っている。さらにこの後で愛卿は「妾本倡流、素非良族（私は元來娼家の生まれ、もともと良家の者ではなく）」以下の長臺詞によって、過去のいきさつをもう一度

おさらいし、自分の心情を語って聞かせる。詞も臺詞も、これまでの經緯をを改めて語りなおし相手に向かって訴えかける內容である點で、「龍會蘭池錄」のくどきの場面と類似の發想で書かれている。

一方で、くどきの場面における語り口の大きな特徴は、「世隆曰……蘭曰……」の繰り返しによる二人の掛け合いと臺詞的な內容の詩詞、という組み合わせの反復にある。先に述べた「生平不識亦風流」以下の世隆の歌と「強胡百萬長驅」以下の瑞蘭の詞は、その前のやりとりの結果を受けたものであり、次の世隆の詞も、押し問答の結果を受けて過去の經緯をもう一度始めから述べ、瑞蘭のつれなさを非難し、以後の同道を拒否してみせる。その結果、慌てた瑞蘭が祕密結婚に同意するという次の展開に移るのである。詩詞と會話は同じ內容を表現を變えては反復しつつ交互に現れ、少しずつ先へ展開していく。「愛卿傳」の敍述には、これほど饒舌な掛け合いとしての性格は見いだされない。

このような、地の文を少量しか含まない臺詞と韻文の應酬という展開のしかたは、ほとんど戲曲のそれに近い。『拜月亭』の文辭を襲用していない「龍會蘭池錄」だが、敍述のパターンに演劇的な性格を內包しているのである。また、既に語られた內容を韻文でくり返すやり方には、詞話など講唱文藝系のテキストにしばしば見られる代言體の唱詞（語り手の立場からでなく登場人物の發言として唱われる唱詞）に通じる性格があるとも言える。白話小說から例を擧げれば、『西遊記』の第十九回に、猪八戒が「只因王母會蟠桃、開宴瑤池邀衆客。那時酒醉意昏沈、東倒西歪亂撒潑。逞雄撞入廣寒宮、風流仙子來相接（ただ西王母が蟠桃會を催すとて、瑤池に宴して客を招く。その時酒に酔いどれて、東も西も滅茶苦茶。廣寒宮に暴れこめば、風流の仙女お出迎え）」と、既に語られている彼自身の出自を、再度詩の形で延々と名乘って聞かせる場面がある。(9)『西遊記』ではこのように同じ內容を臺詞や詩でくり返すことは珍しくなく、これはもとになった藝能の影響によるとされる。「龍會蘭池錄」におけるくどきの場面の語り口は、臺詞と詩詞が合わさって直接話法の會話を形成することで、戲曲や詩話などの、韻文が臺詞の役割を兼ねる藝能由來の文學と共通の構造を持っていると考えられる。第三章で指摘した「嗚呼已矣蔣世隆」の句は、そのような藝能系テキストに近い性格が、如實に表れた部分と言えよう。

三、背景にあるもの――辯舌、長篇の韻文に關して

祕密結婚の後しばらくは、世隆と瑞蘭の瀟湘鎭での生活が相變わらず會話と詩詞を交えながら綿綿とつづられる。しかしこの部分には、これまでにはなかった登場人物による長い辯舌の臺詞という要素が新しく登場する。一つめは世隆の病氣の場面である。世隆の病氣というプロットは『拜月亭』にもあり、藪醫者が登場して滑稽なやりとりをする、いわゆる院本插演（金代に流行した單純な笑劇を院本と稱し、その影響によると思われるパターン化した滑稽な場面が、演劇の中に幕間狂言のように入っているもの）がおこなわれる場面だが、この部分が「龍會蘭池錄」では世隆と瑞蘭の會話に置きかえられ、笑劇的要素は失われている。戲曲と小說の表現方式の違いが現れていると言えるが、その會話のほとんどが病人であるはずの世隆による辯舌で占められている點に特徵がある。海神に平癒祈願をしようとする瑞蘭を世隆が制止し、神佛の名を列擧しつつ、それらが賴むに足りないことを述べる。

世隆雖病、語瑞蘭曰、世豈有禱于神而不死者乎。蓋今之神、古之人。神嘗不能自宥其死、況能有其死于人乎。瑞蘭曰、何以見之。世隆曰、予嘗稽董狐搜神鬼記、釋迦乃維摩王子、觀音妙莊王女。達摩至盧能、托蘆傳鉢六葉、卒于漢溪。佛祖則宜春縣人、曰卽肅。老君則楚縣人、曰李耳。張眞人道陵乃漢張良後、許眞人遜、晉零陵令…（略）…旣不能靈于海盜、顧能靈于我耶。卿勿復言。

世隆は病氣の身ながら瑞蘭に語って言った。「世の中神に祈って死なずにすむ者があろうか。思うに今の神は昔の人なのだ。神は以前自分の死を救えなかったのに、まして人の死を救えるはずがない。」瑞蘭「どうしてそう分かりますの。」世隆「私は以前董孤の搜神鬼記を讀んだが、釋迦は維摩王の子、觀音は妙莊王の娘だ。達磨から盧能に至るまで、衣鉢を傳えること六代、漢溪に死んだ。佛祖は宜春縣の人で卽肅といい、老子は楚縣の人で李耳という。張眞人道陵は漢の張良の後裔で、許眞人遜は晉の零陵の令で……海賊退治に靈驗がないのに、私に靈驗があるものか。もうお言いなさるな。」

一種の合理主義にもとづき迷信を戒める、昔ながらの議論ではある。この後に世隆が病床で詠む七律二首が續く。「藥名詩」「藥方詩」と題して藥の名を詠み込んだものである。辯舌の落ちとして詩をつけた形であり、背景に何らかの藝能のイメージがあるようにも思われる。病氣の場面は、實質的にはこの辯舌と詩だけでできていると言ってよい。そのすぐ後には快氣祝いの宴席の場面（『拜月亭』にはない）があり、ここで世隆は芝居の中で演じられる話はみなでたらめだと述べ立てる。この臺詞も、通俗文藝でおなじみの物語を列擧しては否定するという形での辯舌になっており、快氣祝いという場面設定はこの辯舌を引き出す以外の役割を持っていない。

世隆曰、傀儡制自師涓以怒紂、陳孺子竊之以助漢。何爲禍、何爲福。況梨園所演、一皆虚誕。蔡伯喈孝感鶴烏、指爲無親。趙朔亡而謂借代于酒《ママ》堅、韓厥立趙後而謂伏劍于後宰門……

世隆は言った。「傀儡を作ることは師涓がそれで紂王を怒らせたことから始まり、陳平はこれを盗んで漢を助けた。どうして禍といい福といおうか。まして芝居で演じることは皆でたらめだ。蔡伯喈の孝心は鶴や烏を感動させたのに親不孝者にしたてたり、趙朔は死んだのに周堅が身代わりになることになっていたり、韓厥は趙家の跡繼ぎを立てたのに後宰門で自刎することになっていたり……

さらに瑞蘭が尙書に連れ去られた後にも、仇萬頃なる友人が世隆を訪ね、詩についての議論を交わす場面がある。仇萬頃は他の場面にも登場するが、議論や詩文を引き出すためだけの存在であり、物語の進行とは全く關係がない。これらの辯舌はみなストーリーと無關係に唐突に展開され、長篇文言小說の共通項である饒舌さを發揮しつつ、物語の中に割り込むような形で存在している。

俗說を具體例を擧げながら次々と否定していく辯舌は、文言小說の傳統の中に存在しており、第九章で改めて述べるように『剪燈新話』や、「龍會蘭池錄」に先行する長篇文言小說「鍾情麗集」などに典型的に見いだすことができる。そもそも議論は知識人の本業と言うべきもので、文學や宗敎について議論する文章が小說の設定を借りて展開されることも珍しくない。「龍會蘭池錄」では瀟湘鎭の場面にこの種の議論が集中的に插入されている。

世隆の二つめの辯舌は芝居がいかに史實に反しているかという內容だが、岩城秀夫氏によれば、明代には小說や戯曲の筋が史書に一致するかどうかをことさらに論じ、それを基準に價値判斷を下す風潮が高まり、謝肇淛『五雜組』、呂天成『曲品』などには、そうした傾向に對し批判的な言辭が見えるという。(9)「龍會蘭池錄」の辯論場面は、合理主義から變容した低級な衒學趣味の風潮を反映しているとも取れる。またそういった衒學性は、庶民的な文藝の世界にはもともと內在しているものでもあった。例えば『董解元西廂記諸宮調』卷二には、張生が「生者死之原、死者生之路。生死乃人之常理。向者佛祖亦須入滅。況佛書分明自說因果（生とは死の源、死は生に赴く道とやら。生死は人の常にほかなりませぬ。さきにはお釋迦さまとて入滅されました。まして佛書には因果の理がはっきりと說かれております[11]」以下の長廣舌をふるい、大師と議論をたたかわせるという場面がある。長廣舌というもの自體が藝能の一つの形態であり、下級識字層の擴大と相まって、『董西廂』のような完成度の高いもの以外にも様々な形でそれらが文字化される機會が增加していったことも、長篇文言小說のようなテキストの背景にあると考えられる。

また世隆が靈驗を否定する辯舌の落ちに病床で作るのは、種々の藥の名前を詠み込んだ「藥名詩」「藥方詩」である。藥名詩は六朝以來の傳統を持ち、藝能・通俗文學の分野では早くは敦煌變文に見え、雜劇にも見られることが指摘されている。[12]世隆の「藥名詩」「藥方詩」も、そうした流れを受けているのであろう。

仇萬頃との議論あたりから、散文に對する韻文部分の構成が變化する。これより前の韻文部分が全て詩か詞なのに對して、これ以降は大量の長文が詩詞とともに插入されるようになる。引き離された戀人たちの悲嘆や狀元及第と再會の曲折は簡潔に記され、韻文が多くを占める。くどきの場面に見られるような、臺詞の性格を兼ねた詩詞は姿を消し、ストーリーから遊離した、單體でも鑑賞可能なものが多い。

ここから後には『拜月亭』にはないエピソードがいくつも語られるが、いずれも登場人物から詩文、特に長文を引き出すことに主眼が置かれ、物語としてのふくらみには乏しい。まず、世隆が瑞蘭を想って作る「送愁文」がある。これは「蔣氏之子」つまり世隆と「愁鬼」との對話形式で、風流の鬼と愁悶の鬼は表裏一體であり、風流（戀）を求めながら愁いを退けようとするのは不合理だと愁鬼によって諭されるという內容で、韓愈の「送窮文」をもじったものと思われる。同樣の「送〇文」と題される文は、通俗類書には單獨の讀みものとしても載せられている。

また、瑞蘭を結婚させたい尙書が世隆が死んだと噓をつくというエピソードがあるが、瑞蘭が祭文を書いて瀟湘鎭へ持って行かせたために、尙書の計略は物語を發展させることなく破れてしまい、その後に祭文が長々と插入される。このエピソードは祭文を載せるために追加されたものであろう。次に世隆が受驗のため杭州に入り、二人の名前の音

（隆と蘭）に引っかけて「龍會蘭池圖」を畫くというエピソードが語られ、それに附ける小引文が插入される。そしてこれをきっかけに二人が交換する手紙が插入される。瑞蘭の乳母張氏が戀の使者となるのは、侍女が令孃の戀を應援する才子佳人もののパターンに當てはまるが、張氏が西廂故事における紅娘のような活躍をするわけではなく、大きなウェイトを占めるのは二人が交わす手紙の文面である。結末部分では、仇萬頃が書く「婚書」に始まり、詩文がたたみかけるように竝べられて小說は終わる。

このように、二人が引き離されて以降の後半三分の一は、危機とその克服というクライマックスであるにも關わらず實際には詩文が大半を占め、特に長文の插入はこの範圍に集中している。詩詞や祭文、書簡などの插入は、文言・白話を問わず小說にはよく見られ、時には『剪燈新話』巻一「水宮慶會錄」のように、詩文が中心でストーリーは附け足しにすぎないような作品もあるが、ここではそれがさらに肥大化して、全體がほとんど詩文の羅列に近いものになっている。『拜月亭』の題名の由來となる拜月の場面の描寫が簡潔な一方で、「拜月」と銘打った詩文が三度にわたって出てくるのも、その現れと言えよう。(13)「龍會蘭池錄」の題名は世隆が畫く「龍會蘭池圖」によるが、これもドラマ性を盛り上げることに貢獻しているわけではない。こうした、ストーリーとの密着度の低い詩文の列擧は、通俗類書がその役割の一つとする詩文文例集の形態に近いのではないかと思われる。

先に擧げた『醉翁談錄』の梁意娘と李生の話は『國色天香』にも見えるが、巻二に「意娘寄柬」（「小帖」「二首」「批」を含む短篇小說）と「相思歌」（意娘の作とする。『醉翁談錄』より句が多いので出典は別にあると思われる）、巻三に「女相思賦」（「男相思賦」と對をなしており、意娘とは關連づけられていない）と、ばらばらに收錄されており、複數の詩文が一つの物語によって自在に結びついたり分離したりする樣子をよく示している。「龍會蘭池錄」は全體を通じて會話や詩文が中心の讀みものだが、この部分は詩文の比重が極端に大きく、なかば詩文のアンソロジーに近い。詩文文例集に求められるものと、小説に求められるものとがここでは一致しているのである。

四、小　結

全體として、「龍會蘭池録」は敍述のパターンによって三つの部分に分けることができる。第一の部分では簡潔な語りの後に詩詞をまとめて插入するパターンがくり返され、梗概と韻文のセットで書かれる短篇の文言小說テキストの性格に近い。第二の部分では一轉して饒舌な會話と、會話に一體化した詩詞のやり取りがおこなわれる。これは戯曲や說唱などの藝能系テキストの性格に近く、まさに「白話的ストーリーテリング」と言うべきものであろう。第三の部分では長篇の韻文がほとんどその羅列というのに近い頻度で插入され、物語はつなぎの役割に後退し、一種の詩文集のような觀を呈する。同時に、第二部分に含まれる「拜月亭賦」に「蔣子遊于瀟湘之亭」と言い、第三部分の「送愁文」に「蔣氏之子」と言うように、この物語に合わせた語句が見えることは、これらの詩文がやはり世隆・瑞蘭の物語とともに形作られてきたことを示してもいよう。

このように、長篇文言小說「龍會蘭池録」には文言・白話雙方の領域から様々な要素が流れ込み、部位によって異なる性格の寄せ集めと言うべき構造を形成しているものと思われる。大量の韻文、特に第一部分と第三部分に見られるストーリーの展開に寄與しない詩詞や美文も、公案ものにおける韻文の裁判文書について述べたことと同様、當時の讀者は現代の一般的感覺とは別の價値體系をもって享受し、評價していたのであろう。描寫のための長い韻文や登場人物が突然わけもなく作る詩詞は、初期の白話小說にも特徵的に見られ、それらは知識人的態度の再編集によって刈り込まれ、抑制されていくのが一般的な流れである。その動きと竝行するように、通俗類書とそこに收録された種々の詩文や長篇文言小説は、主として文言語彙を用いながら、大量の韻文自體を中心的な構成要素とする讀みものの世界を展開していったのである。

注

（1）「明代長編傳奇小說の文體」（『中國文學研究』第十七號、早稻田大學中國文學會、一九九一）。
（2）『國色天香』のテキストについては、第一部第三章注（15）參照。
（3）戯曲『拜月亭』には、施惠作の南戯の前に關漢卿作の雜劇があるが、これは曲辭のみの元刊本しか傳わらないので、ストーリーについては南戯に從う。また南戯『拜月亭』には多くの版本があるが、最も原型に近い內容を留めているとされる世德堂本（『古本戯曲叢刊初集』所收影印、據長樂鄭氏藏『新刊重訂出相附釋標註月亭記』二卷）によった。
（4）正しくは廣陽鎭であろうが、とりあえず世德堂本の記載に從う。
（5）「『拜月亭』傳奇流傳考」（『日本中國學會報』第三十九集、一九八七）。
（6）テキストについては第六章注（2）參照。
（7）注（1）前揭岡崎氏論文。
（8）テキストは第六章注（18）參照。
（9）テキストは『古本小說集成』所收世德堂本影印による。
（10）岩城秀夫「萬曆年間にみられる演劇虛實論」（『中國古典劇の研究』第二部第二章、創文社、一九八六）。
（11）金文京他著『「董解元西廂記諸宮調」研究』（汲古書院、一九九八）による。
（12）田中謙二「藥名詩の系譜」（『田中謙二著作集』第二卷、汲古書院、二〇〇〇）。
（13）①瀟湘鎭での結婚の後、共に月を拜して「拜月亭賦」を作る。②瑞蘭が杭州で庭の亭を拜月と名付け「拜月詩詠」を作る。③正式に結婚した二人が庭に遊び、拜月亭で世隆が「拜月亭記」を作る。

第八章　文言小説「嬌紅記」と雜劇『金童玉女嬌紅記』

明代には才子佳人の戀を大量の詩詞韻文をまじえながら語る長篇文言小説が續々と制作、出版されたが、その嚆矢と目される作品が、元代に成立したとされる「嬌紅記」である。長い物語の場面ごとに男女が詩詞を作りまた應酬するパターンができあがっており、「龍會蘭池錄」を含む多くの文言小説が、この作品の模倣作あるいは後續作に位置づけられる。單行本の他、通俗類書などにもくり返し收録され、複數の戲曲に改作されてもいる。また他の小説の中でしばしば言及されるなど、當時における人氣のほどがうかがえる事例に事缺かない。

本章ではこの「嬌紅記」と、それをもとに制作された雜劇『金童玉女嬌紅記』の關わりを取りあげる。前章で見た戲曲『拜月亭』と長篇文言小説「龍會蘭池錄」の關係では、戲曲の表現が小説に直接影響してはいなかったのに對して、『金童玉女嬌紅記』には小説「嬌紅記」からの影響が明らかに看て取れる。この雜劇テキストは、現在確認される限りでは希少な明代前期の白話文學刊行物であり、讀みものとしての白話文獻の發展過程を見ることのできる資料として興味深いものである。

一、「嬌紅記」とその戲曲化

雜劇『金童玉女嬌紅記』には、宣德乙卯の年に丘汝乘により書かれたとする序が附けられている。宣德乙卯はその十年（一四三五）にあたる。この序によれば雜劇の作者は劉東生、刋行書肆は金陵の積德堂で、元稹の「鶯鶯傳」が王實甫により戯曲化された例にならい、元の人宋梅洞の小說「嬌紅記」を戯曲化したものであるという。

宋梅洞（名は遠、梅洞は號）による文言小說「嬌紅記」には單行本が現存する。建安の鄭雲竹によって刋行された『申王奇遘擁爐嬌紅記』がそれだが、刋記などを缺くため出版時期については明の弘治から萬暦年間のどこかということしか分からない。その他には萬暦年間以降に刋行された複數の通俗類書や小說集に收錄されたテキストが殘る。(1)そのため、現存するテキストとしては、宣德刋本の『金童玉女嬌紅記』のほうが鄭雲竹本「嬌紅記」よりも古いという點に留意しておく必要がある。以下、小說「嬌紅記」という時は特にことわらない限り鄭雲竹本を指す。また、南戯への改作として、崇禎十一年（一六三八）の序を持つ孟稱舜の『節義鴛鴦塚嬌紅記』が現存している。

小說「嬌紅記」の內容は次のようなものである。

成都の書生申純は、おじにあたる王通判の邸宅に滯在する。そこで令嬢の嬌娘と出會い惹かれあう。二人は詩詞のやりとりを通して接近し、やがてひそかに結ばれる。父の命令で歸鄉した申純は媒をたてて婚姻を申し込むが、嬌娘の父は從兄妹どうしの結婚はならぬと拒絕する。申純は再び王家に滯在するが、二人の關係に氣づいた侍女飛紅が、嬌娘の母が二人を疑うように仕向けたため辭去する。その後申純は科擧に及第し、王家を訪れる。嬌娘はへりくだって飛紅の機嫌をとる。嬌娘の父の寵妾となった飛紅はいまや二人の味方となり、彼女の說得で婚約がまとまる。しかし、申純のかつての愛人である妓女丁憐憐から嬌娘の美貌を聞き知った權門の息子が強引に求婚し、嬌娘の父はやむなく承諾する。二人は悲嘆にくれ、相次いで病死する。嬌娘の父は憐れんで二人を鄰り合わせの塚に埋葬する。後日二人の幽靈が現れるが、壁に殘した詩はたちまち薄れて消えてしまう。二人の墓にはつがいの鴛鴦が飛び回る姿が見られた。

悲劇的な結末は梁山泊・祝英臺ものにも似たところがあるが、結末に至るまでのほとんどの部分では、申純と嬌娘が語り合っては詩詞を應酬する場面、また申純が王家に滯在しては實家に戻り、その後再び王家を訪れるという展開がくり返される。物語の構成自體は單純であり、全體としては詩詞に主眼を置くタイプの文言小說と言える。

題名の由來はヒロイン嬌娘と侍女飛紅の名を合わせたもので、飛紅は「鶯鶯傳」（あるいは『西廂記』）の紅娘にあたる役どころだが、その役割は紅娘とはやや異なる面を持っている。飛紅は必ずしも戀の協力者とは限らず、嬌娘は身分差にもかかわらず飛紅と牽制しあったり、むしろ下手に出て機嫌をとったりと複雜な緊張關係にある。さらに他の侍女も戀人達をおびやかす存在となり、あるいは批判的に口出しをする。このような、主人公の美青年と彼の周圍で繰り廣げられる女たちの葛藤という物語の圖式は、文言小說にとどまらずその後の才子佳人小說に引き繼がれていく。「嬌紅記」は、最終的に『紅樓夢』を形成する水脈の一部を成す作品であると言えよう。

これを戲曲化した雜劇刊本は、卷首・卷末に『新編金童玉女嬌紅記』と題目を記し、(2) ストーリーは小說「嬌紅記」とほぼ同じだが、題名に示されているとおり、天界の金童と玉女が下凡して申純と嬌娘に轉生し、最後に再び天界へ歸還するという外枠が加えられている點が大きく異なる。この外枠は原作の不幸な結末を幸福なものに變える目的で附加されたらしく、一度解消させられた二人の婚約が一轉して復活し、めでたく婚禮を擧げたところへ天界から迎えの使者が訪れるという、やや過剩なまでのハッピーエンドになっている。むろん悲劇的結末が逆方向へと改變されるのは、特に戲曲では珍しいことではなく、一般的傾向に沿ったものと言える。

明末の南戲『節義鴛鴦塚嬌紅記』でも金童玉女の下凡という枠組みが採用されている。ただしこちらでは申純・嬌娘が原作と同樣に引き裂かれたまま死ぬため、原作の悲劇的性格は維持される。最後に二人が天界へ轉生した場面が設けられ、實は金童玉女であったことが明かされる。この結末は、演劇においてはラストシーンに主役がそろって登場するような樣式美が求められたことによるのかもしれないが、原作に比べると、テキストが白話化されるとともに、悲劇性を保ちつつ物語の外部世界に救いを添加する二重構造になったことで、より『紅樓夢』的な世界觀に近いものになっている。

雜劇『金童玉女嬌紅記』は上下卷で二本八折（明末以前の雜劇テキストの通例にたがわず折分けは明記されていない）、王實甫の『西廂記』ほどではないが雜劇としては例外的な長篇構成をとる。また全卷にわたって、見開きにした場合の左側半葉が插繪にあてられている點が目を引く。この作品の白話文學史上の位置づけについては、大量の詩詞、過度に說明的な臺詞やト書き、正末などによる長い一人語りなど戲曲としては奇妙な特徵の數々が、原作である小說「嬌紅記」から取り込まれたものであること、全體として演劇臺本というよりも、不特定多數の讀者を對象に物語と曲と詩詞を樂しむものとして營利目的で刋行された書物であって、そういった營利行爲としての娛樂向け書物の出版を確認しうる最も早い時期の事例であることが指摘されている(3)。また「院本」の插演が七度にわたって書き込まれており、しかもト書きのみで內容が書かれていないことも指摘されている(4)。いずれの點から見ても、讀みものとしてはいまだ發展途上の段階にあるテキストと考えられよう。

では、この文言小說と演劇臺本の混合物のようなテキストは、より具體的にはどのような構造で作られており、文言小說「嬌紅記」の文面とどのような關係にあるのか。以下いくつかの要素について分析し、物語を持った白話讀みものが發達していく過程で起きた變化の斷面の一部を明らかにしたい。

二、詩詞およびト書きと臺詞について

『金童玉女嬌紅記』でまず目立つのは、曲辭とは別に登場人物が大量の詩詞を作る點である。既に指摘されているように、これらは小說「嬌紅記」から取り込まれたものである。(5)「嬌紅記」ではおよそ五十一箇所（連作を一箇所と數えた場合）で詩詞が插入されているが、それらはほぼ雜劇に取り入れられている。小說には見えず雜劇にのみ見られる詩詞は、三つの定場詩を除けば二箇所（いずれも詞一首）にとどまり、逆に小說にあって雜劇にない詩詞も、ストーリーが大きく異なる結末部分の六箇所を除けば四箇所にすぎない（二箇所で詩一首、一箇所で詞一首、一箇所で詩の連作九首）。さらに申純が嬌娘にあてた書簡の文章もほとんどそのまま引き寫されている。しかも、雜劇にのみ見える詞二首と、小說にのみ見える詩詞のうちの二首については、相互に對應する詞牌などの言及が文中にあることから、筆寫などの段階で脫落したものと推測される。

以下に定場詩と結末部分を除いた範圍で雜劇のみ、小說のみに詩詞が見える計六箇所を列擧する。なお套數によって折分けを表示する。

①申純（正末）が一時歸鄉する際、嬌娘（正旦）が作る永遇樂詞。……雜劇卷上第四折

雜劇にのみ見える。小說ではここで申純が歸鄉する場面自體が存在しないが、前後の文脈の矛盾から、本來この場面があったのが脫落したことがうかがえる。さらに雜劇、小說ともに後で申純が嬌娘にあてた書簡の末尾に永遇樂を書き添えるとしており、小說では脫落した部分にこの詞が含まれていたと考えられる。もっともこの詞につい

ては、雜劇では申純の臺詞で「小姐臨別之時做下一曲永遇樂（孃様が別れに臨み一曲の永遇樂を作られた）」というのに對し、小說では「前所作永遇樂詞（さきに作った永遇樂の詞を）」とあって申純自身が作ったもののように讀め、必ずしも同一の詞を指している譯ではない可能性もある。

②飛紅の介入によって申純に裏切られたと誤解した嬌娘が作る詩。

小說にのみ見える。雜劇では巻下第一折にあたり、「旦念詩科」のト書きのみ見える。

③申純の態度に思い悩む嬌娘が作る「情思嘆詩九首」。

小說にのみ見える。雜劇では巻下第二折から第三折の間にあたる。

④飛紅が嬌娘の使いで申純へ取り次ぐ詞。……雜劇巻下第二折と第三折の間

雜劇にのみ見える。

⑤嬌娘が別れに際して申純に唱って聞かせる一叢花詞。……雜劇巻下第三折

小說、雜劇ともに同じ場面にあるが、雜劇では詞牌を言うのみで本文がない。

⑥申純が王通判との別れの挨拶として作る詩。……雜劇巻下第三折

小說、雜劇ともに同じ場面にあるが、小說では王通判が申純に餞別として贈ることになっている。雜劇では申純の臺詞の中で詩を作ったことに觸れるのみで詩そのものはない。

このように詩詞を比較することによって、これら二つのテキストはある程度、脫落を相互に補うことができる關係にあることが分かる。また右のような狀況は、『金童玉女嬌紅記』がやや粗雜なテキストであることに加えて、書き手が演劇としての特性や舞臺効果といったものを考慮することなく、長篇文言小說の特徵である大量の詩詞をそのまま

移植したことを示しているように見える。この點は、戯曲の體裁をとりながらあくまで讀みものとして制作されたという想定に合致する。

巻上の冒頭は「瑤池金母上開（瑤池の金母登場、開）」という卜書きから始まる。金母の臺詞で金童玉女が人間に轉生することを述べた後、「金童玉女開」の卜書きと金童の臺詞があり、「金童玉女合唱」の卜書きに續いて曲辭、「下（退場）」までが楔子にあたる。次にまた卜書きで「王通判引院子上開（王通判が下男をつれて登場、開）」とあって王通判の自己紹介の臺詞、おそらくここからが第一折となる。人物が舞臺に登場した時の「開」という卜書きは演劇におけるテクニカルタームの一種であることが分かっているが、その意味については詩をとなえるか、何らかの口上を述べるかするのではないかと推測されているものの定かではない。[6] 詩なり臺詞なりを伴わず「開」だけが卜書きに記されている例は、特に雜劇の元刋本に多く見られる。つまり『金童玉女嬌紅記』は、用語だけを書くこの古い形式を踏襲しているのであり、後の折でも同形式を多用している。

そもそも元刋雜劇（元代に刋行された最古の演劇テキスト群）においては、曲辭以外には主役の臺詞が補助的に書かれるだけで、他の登場人物の臺詞が書き込まれる例はごく限られ、主役が發言していない所はほとんど卜書きの羅列になっているものが多いことが知られている。臺詞はたいてい現場で練り上げられていくものであまり文字化されていなかったであろうこと、元刋本の出版は恐らく曲辭鑑賞というニーズに應じて始まったものであったことなどが原因として推定されている。[7]

『金童玉女嬌紅記』の場合、全巻にわたり大量の會話や獨白がびっしりと書き込まれ、曲辭の中に臺詞を入れ込む曲白雙生の例も見られる。その書きぶりからは、書き手が白話體の臺詞と動作（卜書きにより指示される）と曲辭の三位一體で破綻なくストーリーを傳える意圖を持ち、その技術もある程度備えていたことが分かる。たとえば巻上第一折で申純が王家にやって來た場面では、王通判の家族が申純と交わす挨拶の臺詞が逐一書かれ、その後邸内で嬌娘を見かけて戀心を抱いたところへ叔父夫婦から宴に呼ばれる、という展開が、舞臺上の動きとしてもさほど無理がないと思われる流れで書かれている。しかし、そこには同時に完成度の低い部分も目立つ。

［孤云］院子、送秀才到書房里去者。一壁廂辦下酒、與秀才洗塵。［院應云。送末科。孤一行下。旦引小慧歸繡床云］……（略）……［旦繡科。院子與末至書房科。末云］……（略）……這荅《ママ》兒到好景致。我且閑翫咱。【鵲踏枝】（曲辭略）……［見旦科］呀、若不是月裏姮娥、敢只是花裏神仙……［末云］是好女呵。……（略）……［旦到書房里去］恰纔見熙春堂下荼蘼開了。那小姐正在那里做繡床里。欲待要和它說幾句話兒、不知它是甚麼意思、便回去了。來到這書房里。好煩惱人也呵。就指着那荼蘼花做一篇【點降《ママ》唇】、寫在這窗上。等小姐來時必然看見、待它說甚的。【念科】……

［官人（王通判）言う］下男よ、秀才を書房へお連れしなさい。あちらで秀才のために歡迎の酒席を設けよう。

［下男答えて言う。正末を送る仕草。官人たち退場。正旦、小慧（侍女の名）を連れて刺繡臺へ戻り言う］……

［正旦、刺繡する仕草。下男と正末、書房へ到着する仕草。正末言う］……ここは實に良い景色だ、ちょっとぶらついてみよう。【鵲踏枝】……［正旦に會う仕草］やや、あれがもし月の姮娥でなかったら、花の神仙に違いない……［正末言う］美しい女人だなあ。……［正旦、書房へ行く］ちょうど見れば熙春堂のもとで荼蘼が咲いて、孃樣があそこで刺繡をしている。少し話をしようとしてみたが、何とお思いか、たちまち歸ってしまわれた。書房についたぞ。何とも惱ましいことよ。あの荼蘼の花によせて一篇の【點絳唇】詞をものし、この窗のところに書いておこう。孃樣が來たらきっと見るだろうから、何と言うか見てみよう。【となえる仕草】……

【　】で表記した所は原文では白抜きになっており、元代から明中期にかけての典型的な形式である。ト書きを見てみると、王通判から命令を受けた下男についての「院應云」という部分では返事の臺詞が省略されており、これは元刊雜劇の一般的な形態に近い。「旦到書房里去」というト書きは場面の流れに合っておらず、主語が「末」であるべきところの誤りかと思われる。一方で正末については「院子與末至書房科」とある部分がくどいほど詳細なのに對し、その後邸內を移動している様子を示すト書きは不足している。

この一箇所だけでもト書きに粗雜さが、あるいは偏った特徵があることが看て取れるが、物語として何が起きているかは臺詞と曲辭から理解可能であり、かりにこれを實際に上演したとして、背景や大道具のたぐいを用いない上演形式であることからすれば、この場面に關して俳優の動きに無理があるということはなさそうに思われる。この後、申純が叔父夫婦から飲めない酒を勸められ、それを嬌娘が氣遣うといった展開も含め、小說「嬌紅記」の內容に忠實に、かつ小說では複數の場面に分かれている內容が一續きにつなげられて進んでいく。複數のプロットを一場面にまとめるのは、演劇的要請によるものとも考えられよう。書き手はこなれた白話を用い、臺詞を曲辭に組み合わせて詳細に書く技術を持っている。こういった部分のみに關して言えば、舞臺での人の動きが想定されているかもしれない。しかし、ト書きにはそれらの特徵と不釣り合いとも思えるほど不備が多い、ということになる。

不備や矛盾、あるいは演劇的に不自然なト書きは他にも散見され、臺詞にも同樣の不備が現れる。例えば第二折に入ってすぐ、申純と嬌娘が庭園で會話する場面に次のようなくだりがある。

［末旦相見科。末云］夜來謝好酒。［旦云］【倘秀才】…（略）…［末云］小姐、我見這牡丹盛開、那黃鶯兒又叫

得好。我題着牡丹做了兩首詩、指着這黃鶯兒做了一曲、與你看咱。［旦應科。末寫科］【叨叨令】（曲辭略）……［末遞詩與旦接看科。旦念科］題牡丹花絕句一首。【詩曰】（詩略）……【又詩曰】（詩略）……［旦云］我作一篇詞題着黃鶯兒。【喜遷鶯】（詞略）……［念未畢、小慧云］夫人來了。［末旦俱驚下］

［正末と正旦、出會う仕草。正末言う］昨夜は美酒をありがとうございます。［正旦言う］【倘秀才】……［正末言う］孃樣、見ればこの牡丹は滿開、あの鶯は鳴きしきっております。私は牡丹を題に詩を二首、鶯によせて一曲を作りあなたに差し上げたい。［正旦應じる仕草。正末書く仕草］【叨叨令】……［正末が詩を正旦に手渡し正旦見る仕草。正旦となえる仕草］牡丹花に題する絶句一首。【詩曰く】……【又詩曰く】……［正旦言う］私、鶯に題して詞を一篇作りましょう。【喜遷鶯】……［となえ終わらぬうち、小慧言う］奥様がおいでです。［正末と正旦、ともに驚いて退場］

この場面も小說「嬌紅記」にある。小說の內容が白話に置きかえられ、會話と曲辭と詩詞が巧妙に織り交ぜられているが、同時に疎漏も少なくない。【倘秀才】は曲辭から見ても正末が唱うべきものであり、從ってその直前にある「旦云」のト書きには對應する臺詞が書かれていないことになる。また申純が牡丹の詩二首と鶯の詞一首を作ると言い出したのが、途中から詞（喜遷鶯）は嬌娘が作ることに變わってしまう。小說では詩詞三首ともに申純が作っており、これを應酬の形に改變しようとした際のミスであろう。一方「念未畢」というト書きとしては奇妙な表現は、小說の同じ場面で「嬌覽之未畢、忽聞妗語聲（嬌娘がそれを讀み終えないうちに、ふと叔母の聲が聞こえた）」とあるのに照應しており、小說からの忠實な移し替えであることが分かる。

次に擧げるのは右の場面の續きで、雜劇の書き手が詩詞のやりとりに新たな要素を加えることに成功している例である。

［末云］我作篇點降唇、在東窗上、關了這書房門、它不得入來看。再題一首帖在西窗上、開着房門。我出去等它來時必然看見、知道我的意思。寫詩了。［念科］【詩曰】（詩略）……［末云］我則半掩着書房門、出去承天寺里耍一會來。……

［正末言う］私は點絳唇詞を作って東の窗のところへ書きつけたが、書房の扉を閉めておいては彼女が入って見られないぞ。もう一首作って西の窗に貼りつけ、扉を開けたままにしておこう。出かけている間に彼女が來たらきっと見つけて、私の心を分かってくれよう。詩を書いた。［となえる仕草］【詩曰く】……［正末言う］扉を半開きにしておいて、承天寺へちょっと遊びに行ってこよう。……

臺詞がいかにも説明的だが、小説の同じ場面では單にまた詩を書きつけたとあるだけなのに對して、雜劇ではそれをより具體的にふくらませており、申純におのれの思惑まで語らせている。これは續く場面で嬌娘の反應を引き出す伏線の役割を持たせたものである。

［旦上云］恰纔申哥出去了。我且到書房里走一遭。［至書房科。驚云］呀、它出去了、怎麼開着門里。我試看咱。［做看科、云］是出去了。［入書房科］呀、這窗上寫着甚麼。是一篇點降唇。［讀科。回頭云］這一邊又是一首詩。［又讀科、云］是做得好。這里就有筆硯、依着它韻也和一首。我寫在窗上。［云］不中。則怕父親來看見。我寫在紙上緘在它書朋《ママ》里、它來時看書呵、好歹見也。

［正旦登場、言う］さっき申兄様は出かけた。ちょっと書房へ行ってみよう。［書房に着いた仕草。驚いて言う］あら、出かけなさったのになぜ扉が開いているのだろう。見てみましょう。［見る仕草、言う］お出かけよね。［書房に入る仕草］あら、窓のところに何か書いてある。點絳唇だわ。［讀む仕草。振り向いて言う］こちら側にも詩が一首ある。［また讀む仕草、言う］すばらしいわ。ここに筆硯があるから、同じ韻で一首作って、窓のところに書いておこう。［言う］だめ、お父様が來て見るかもしれない。紙に書いて書棚にしまっておこう、お歸りになって書見をなされればいずれ見るわ。

嬌娘が申純の部屋を覗きに行く部分は、極度に說明的な臺詞、小說から詩詞や場面の展開をあまさず取り込もうとしたことがよく看て取れる事例として、先行研究においても取りあげられているところである。(8)加えてこれを前後の文脈と合わせてみると、書き手が獨白による心理描寫を用いて戀の驅け引きを表現しようと試みたことがうかがえよう。小說では二人が交互に詩詞を作ることしか記されていないのに對して、雜劇の書き手はその內容を活かしながら、前後の場面との連係や心理描寫を加えており、それによって物語に原作にはない奥行きが生まれている。場面と場面に關連性を持たせる書き方からは、書き手がこういった改變作業に慣れていることが推測される。會話を充實させることによって物語を進行させていくという方向性は、この後の白話小說や讀みものとしての戲曲の發達につながっていくものと言えよう。

これらの例により、『金童玉女嬌紅記』が元刊雜劇のような古いテキストと共通するテクニカルタームの用法を持っていること、小說「嬌紅記」を全面的に活用し、讀みものとして詳細かつ饒舌な白話の會話文を實現させ、小說の表現を臺詞やト書きに細かく置きかえていること、しかしながら脫落や不備と思われる部分が、特にト書きに關して少なくないことなどが分かった。元刋雜劇の特徴と合わせて考えれば、テクニカルタームの使い方だけでなく、脫落や不備に見えるト書き部分にも、古い時期の演劇テキストの形跡が示されている可能性があろう。つまり、元刋雜劇と同樣にほぼ曲辭とト書きのみのテキストが土臺として存在しており、そこへ小說にもとづいて臺詞や詩詞およびその他のト書きを加え、さらに文字と同量の插繪を添付することで、目で樂しむ歌物語として鑑賞に堪えるよう肉附けしたものが、宣德刋『金童玉女嬌紅記』なのではないかと思われる。

三、院本插演

ト書きに見られるテクニカルタームに關して言うと、いわゆる院本插演の部分にも顯著な特徴が見出される。院本は金から明にかけて廣く演じられていた、少人數での笑劇のような藝能（宋代には雜劇と呼ばれた）であり、元以降の戲曲にしばしば見られる滑稽な場面は、院本が幕間狂言的に取り入れられたものと考えられている。『金童玉女嬌紅記』では「院本」という語がト書きで使われており、その用例は胡忌氏により指摘されている[9]が、この戲曲の性格を考えるうえで缺かせない要素であるので、改めて檢討を加えてみる。

①巻上第一折。王通判夫婦が申純をもてなす酒宴の場面。

［末見孤卜科。孤云］你到這里、沒甚麼管待。叫了幾个行院、動些樂器、飮數杯酒咱。［末謝云］感承叔叔二位。小姪是兒女輩、何勞尊意。［院本上、開。下。雜劇上］……

②同第二折。先に引用した、詩を作ってから承天寺へ出かける場面。

［末云］我則半掩着書房門、出去承天寺里耍一會來。［院本行着說仙法上。末同院本一行下。旦上云］恰纔申哥出去了。……

③同第三折。申純と嬌娘が夜に密會する約束を交わした後の場面。

［末上云］……看一看、天色待晩也波、還早些兒里。我且街上耍一會來。［院本付外□下。末上云］街上耍了這一會。……

④同第四折の直前。申純が父方の叔父申伯通が赴任するのを送っていくため王家を離れる場面。

［末與旦相別科。末云］比及我回家、做此緣故不根《ママ》叔叔去、且到路上者。［末與叔行程科。末云］今日早來到這些兒。天色晩了。前面是箇店兒、且投一宿、明日早行。［院本店小二哥上、開。末做別叔回到嬌娘宅上科。末云］小生來到叔叔家里。……

⑤卷下第一折と第二折の間。申純が科擧及第した知らせが王家に届いた場面。

［末與旦作別赴京科。末旦俱下。孤卜小旦院子一行上、開］小官王仲賢……［下。院本乾打手上。院書上。末上、念詩科］【詩曰】……

⑥同第三折。婚約が取り消され、申純が病氣になる場面。

［末云］……就得了一口氣感動舊疾、一臥不起。今日聽得叔叔請得一个醫人來看我、敢待到也。［院本黄丸兒。院本上。末云］醫人去了。……

⑦同第三折と第四折の間。申純と嬌娘が引き裂かれた後の場面。

［外卜上、云］老夫申伯禮、爲因孩兒申純自從去年得了些證候、到處請醫人……昨日聽得說碧雞廟前有个師婆下神……今日教人請去了、我在此等候。［申綸引院本師婆旦上。碧雞神云］申純和王通判家女兒、前生本是王母娘娘

位下的金童玉女。兩个爲因思凡謫下世間、該爲夫婦、本有宿緣之分。則奈業債未滿、不曾匹配。見今王通判家女兒也不快着在那里哩。這兩个正是前生姻眷、今世若不得成其夫婦、淹留它凡世、這病且不得好里。［院本下。申伯禮上］老夫是个凡人……

①は胡氏の指摘されたとおり、音樂の演奏を主とした藝能であろう。ここにもト書きの「開」が見られるが、そのまま「下（退場）」とあって、演奏をおこなう部分は記されていない。ト書きで「院本上」などと記すだけで院本自體の内容は記さないという形式は、讀みものとしては不完全と言えるが、『金童玉女嬌紅記』における「院本」の用例箇所は基本的にこの形式で一貫している。

②のト書きに見える「行着」については、胡氏の推定どおり「行者」に同じとみなせば「行者、仙法を説く」という院本が插演されるという意味になる。あるいは「院本の役者が『說仙法』を演じながら登場」という意味にもとれるかもしれない。ともあれ申純が寺へ行って藝能を見物するという設定で、申純＝正末の臺詞をきっかけに院本が始まり、その終わりで場面が區切られるので正末も一緒に退場するということであろう。

③は「付外」の意味が明らかでなく（胡氏の推定によれば院本を演じる脚色としての付（＝副）と外を意味する）、缺字もある（おそらく「上」か）が、きっかけの臺詞「我且街上耍一會來」が②の「出去承天寺里耍一會來」と類似している。「ちょっと遊びに行ってこよう」といった臺詞をきっかけにして、本筋とは無關係な院本が插演される、というパターンが確立していることが見て取れる。また、明らかに「末下」とあるべきト書きが拔けているが、この種の不備はこのテキストでは頻出するものである。

④はこの作品の非演劇的な性格が顯著になる場面に見えるものである。この少し前にさかのぼってみると、第三折

の尾聲があって、套數からいえばそこで第三折が終わるわけである。しかしうたい終えて退場したはずの申純が話しはじめ（ト書きが「[末下。云]……[末上、云]」と混亂している）、逢い引きが雨に阻まれたこと、叔父申伯通の旅の供をするため王家を離れねばならなくなったこと、王通判に酒を振る舞われて酔ったために嬌娘が忍んできたのに氣づかず、怒った彼女のために誓いをたてたことを簡潔に述べ、別れを惜しんで詩詞を應酬する樣子を再現してみせたところで、「末與旦相別科（正末は正旦と別れる仕草）」というト書きに續く。ここまでの內容は小說にやはり簡潔な敍述でそのままある。雜劇の非常に長い臺詞はほとんど文言小說の原文を一人稱に置きかえて白話譯したかのようであり、およそ上演を想定した文面とは思われない。

このト書きのすぐ後に院本があるのだが、申純の臺詞に「比及我回家、做此緣故不根叔叔去。且到路上者（私が家に歸ると、このようなわけで叔父上とは行かないことになった。ともかく出立しよう）」とある（「緣故」の內容は書かれていない）にも關わらず、「末與叔行程科。末云（正末は叔父と旅する仕草）」とのト書きがあり、さらに院本のきっかけとなる臺詞に續く。小說では確かに申純の歸宅後、叔父の供をする予定が中止になったとあるので、これを臺詞に反映させた結果、もともとあった叔父と旅するというト書きの內容と矛盾することになったと思われる。また院本の後にも「末做別叔回到嬌娘宅上科（正末は叔父と別れて嬌娘の家に戻る仕草）」というト書きがあり、雜劇の原本ではやはり叔父と旅をすることになっていたのではないかと推測される。そして、版面でわずか四行の旅の場面は、要するに第三折と第四折の境目に旅館ものの院本「店小二哥」を插入するためだけに設定されているのである。しかもこの間、臺詞は全て申純の一人語りによる。そしてここにも「開」が見られる。

これらの不自然な、または混亂したト書きは、もともと臺詞をほとんど收錄していなかったテキスト、すなわち讀みものでなく上演のための實用的な臺本にあったものではないか。その合間に小說の內容をまるごと申純の臺詞の形で入れ込んだことで、このような構成になったのではないかと思われる。

⑤でも折の境目にあたる箇所で院本が插入されている。「乾打手」はどんな演目か分からない。このすぐ前に尾聲があって第一折が終わり、すぐ後には正末が登場して定場詩をとなえるので、④⑤ともに場面轉換に院本を用いるパターンを形成していると言える。申純が受験に赴いた經緯の説明抜きで、及第したことがいきなり嬌娘の父（王仲賢）によって語られており、ト書きも含め甚だ不自然かつ唐突だが、受驗と及第の經緯についてはこの後で改めて申純の臺詞で語られる。小説ではエピソードは時系列に竝んでおり、やはり院本を入れるために前後を入れ替えて、王通判が及第の知らせを聞く場面をここに持ってきたようである。

⑥は院本の中でも特に典型的な藪醫者ものであろう。「黃丸兒」は『輟耕錄』卷二十五の「院本名目」にも擧げられている。

⑦はこの作品中で唯一、院本の中身が臺詞で書き込まれていると思われる例である。「師婆旦」は胡氏により『輟耕錄』に見える「師婆兒」にあたるものと推定されている。「申純和王通判家女兒……」の長臺詞の後に「院本下」とあるので、申綸（純の兄）が巫女に扮した院本役者をつれて登場、巫女が碧雞神の口寄せをして申純嬌娘の天命を語り、退場する、という流れだと思われる。だとするとこれは通常の、どんな作品にも插演できる獨立した院本と異なり、能においてしばしば狂言方が演じるように、ある特定の情報をもたらす役柄を院本役者が擔當する、という形態があったことを示すのかもしれない。このお告げを境に物語は原作から分離し、急轉回してハッピーエンドに向かう。裁判官などと同樣の「機械仕掛けの神」的役割を院本が擔うパターンが存在したのではないかと思われる。

ちなみに碧雞廟とは、成都にあった金馬碧雞祠を指すのであろう。その由來は古く『漢書』に見え、曹學佺『蜀中廣記』、何宇度『益部談資』など明代の書物でも言及されており、舞臺となった土地の實情がある程度反映されていることがうかがえる。

以上のように、⑦を除き全ての院本が內容を省略されている。なお胡氏によれば⑦でも「師婆旦」自體の內容は省略されているとする。院本の內容はおきまりとはいえ、これでは讀み物としては不完全と言わざるをえないであろう。これらの院本や先に擧げた「開」の部分には、讀みものに作りかえられる以前に存在していた、演じる側にとってのみ意味を持つ實用品としての臺本が姿を見せているのではないかと思われる。

四、長い獨白

院本の前後などに、正末が一人で經緯を語るくだりが見られる。雜劇において、登場人物が獨白によって狀況說明をおこなうことは一般的な手法ではあるが、『金童玉女嬌紅記』の場合はこれが極端なまでに多く、このテキストの大きな特徵となっている。ただしその手法には一定の方式が見られ、讀み物としての戯曲が向かった方向の一つを示しているように思われる。單なる說明ではなく、臺詞のみで一場面（ストーリー上は複數の場面を盛り込む）を形成し、物語として語っているのである。

既に述べたように『金童玉女嬌紅記』には折分けが施されていないので、便宜上套數にもとづいて區分するわけだが、その折が切り替わる部分に套數からはみ出したように見える場面が大量に挾み込まれている。そのような場面を獨立した場面として數え、上下巻全體の構成を一覽にして示すと次のようになる。


（巻上）

楔子【賞花時】

第一折［仙呂］……途中に院本①。

第二折［正宮］……途中に院本②。最後に【題目】【正名】が八字句の對句で書かれる。

第三折［黄鍾］……最初に正旦の定場詩。途中に院本③。

獨白①……正末による。次の第四折との境目に院本④。

第四折［越調］

獨白②……正末による。

臺詞のみの場面

（巻下）
楔子［正宮］【端正好】
第一折［中呂］……最後に院本⑤。
獨白③……正末による。最初に定場詩。
第二折［南宮］
獨白④……正旦による。
臺詞と詩詞のみの場面
獨白⑤……正末による。最初に定場詩。最後に院本⑥。
第三折［商調］
臺詞のみの場面……最初に院本⑦。

第四折［雙調］

五回にのぼる獨白の場面は長さが一葉から五葉にも及ぶ。全卷にわたって半葉ずつが插繪にあてられているので實質その半分とはいえ、やはり異様な體裁である。內容は、正末（④のみ正旦）が前後の折の間に起きたことを回想の形で順番に語るもので、詩詞の應酬も含め全て一人で述べる。獨白②に至っては、申純が嬌娘に送った手紙の文面（小說とほぼ一致する）を申純自身がまるごと暗誦する。こうなった原因の一つは、既に言われているように小說「嬌紅記」の內容を全て盛り込もうとしたからであろう。(10) 卷下のほうが卷上よりも獨白の量がはるかに多いことは、雜劇の形式の中にストーリーを收容しきれないことに途中で書き手が氣づき、安直な解決策として獨白を多用したことを推測させる。

定場詩があることからして、その次、あるいは前の折の一部が肥大したものにすぎないと見ることもできよう。それでも、卜書きによって一旦舞臺がからになることが示されたり、院本によって區切られたりと境目が非常に明確で、いわば曲なしの楔子ともいうべきまとまりを持っているうえ、その長さからしてもやはり獨白のみ、會話のみで一場面を成しているとみなしうると思われる。「……と言った」という意味の語として、卜書きでは「云」を用いるのに對し、獨白の中では「道」で統一するなど、文體の整理がなされていることも看て取れる。獨白の場面ではあたかも一人稱小說のような白話の運用が確立されており、また獨白④と⑤がほぼ同じ內容を④は嬌娘、⑤は申純と視點を變えて二度語っていることからも、單に原作の筋を全て入れようとしたという以上に、讀み物としての一つのスタイルというべきものを形成していると言えよう。

そして場面の切り替わるところには、不自然な卜書きが集中して現れる。先に擧げた院本の前後の卜書きがそうであるが、その他にも、例えば巻上第四折から獨白②へ移行するくだりが擧げられる。

【尾】……［末旦倶下。做別科。申伯禮上、云。末上、云］（以下、獨白②）

【尾聲】……［正末と正旦、ともに退場。別れの仕草。申伯禮登場、言う。正末登場、言う］

第四折では二人が初めて枕を交わし、次の密會の約束をして尾聲が終わる。二人揃って退場することで舞臺がからとなり場面が區切られるわけだが、そこで「做別科。申伯禮上、云」というト書きが入り、そのまま正末＝申純の獨白②に移行するのはいかにも不合理であろう。獨白②は、父申伯禮から實家へ呼び戻され、泣く泣く嬌娘と別れて歸郷した云々という回想で[11]、やはり原作にある内容を臺詞に書きかえたものであるが、この不必要かつ不備なト書きは何であろうか。

このように、あるべき臺詞を全て省略したようなト書きは、既に述べてきたように、元刋雜劇に共通して見られるものと類似している。一例として、關漢卿の『拜月亭』第一折の冒頭部分を擧げる。

［孤、夫人上、云了。打喚了。旦扮引梅香上了。見孤科。孤云了。情理打別科。把盞科］父親年紀高大、鞍馬上小心咱。［孤云了。做掩泪科］【賞花時】（曲辭略）……［下。孤、夫人云了。末、小旦云了。……

脚色に傍線を附したが、あらかじめ知っていて讀むのでなければ全く筋を理解できないであろう。このような元刋本の特徴は、曲辭の他はほとんど主役の臺詞と全體の流れしか書かれていなかった俳優用の臺本を商品化したことによると言われる。[12] 改めて、獨白②の前に挾まっている奇妙な卜書き、「開」や「院本」の例、「云」とのみあって臺詞がない箇所が他にもあることなどと考え合わせると、『金童玉女嬌紅記』についても元刋雜劇のような上演用臺本がかつて存在し、それが現存テキストの土臺になったことが推測できよう。小說「嬌紅記」が劇化された後、本來讀みものとして制作されたわけではないその臺本に、小說にもとづいて多くの臺詞を上書きし、插繪を施すことによって、目で樂しむための商品に仕上げたのが『金童玉女嬌紅記』なのではないか。ただ、元刋雜劇に多い「云了」や「等……了」などの卜書きは『金童玉女嬌紅記』にはなく、逆に「院本」の語そのものは現存する元刋雜劇三十種には見られないなど、異なる點もある。元から明にかけての雜劇刋本の書き方の變化に關わるものであろうか。

この他に注目すべき點としては、巻上の最後、第四折の後に續く臺詞のみの場面に見られる妓女丁憐憐の長臺詞がある。これは先述の獨白場面とは異なり、妓樓の場面の最初に妓女が登場し、名乘りに續けて強欲なやり手婆のもとで暮らす身の上を半葉ほどかけて延々と嘆いてみせるもので、妓女ものの定型と思われる。ここで妓女が登場することと自體は原作どおりだが、この長臺詞の内容はストーリーと全くかみ合わず、もちろん小說「嬌紅記」とも照應せず、パターン化したものを單純に當てはめたと思われる。同樣のパターンは雜劇、南戲に廣く見られ、また恐らく藝としては古くから存在した類のものであろうが、このように書くためには白話を用いて長い發言を記す技術が發達し一般化した段階に至ってからでなければ難しいであろう。これも戲曲の讀みもの化の過程における過渡期ならではの現象と言えよう。

最後に、結末に出てくる「斷語」を取りあげる。尾聲が終わると卜書きで「俱下（一同退場）」とあり、さらに「掲幔子金母斷語」と續き、七字句を連ねた韻文によって締めくくられる。「幔子」は幔子つまり幕であろうが、前近代の舞臺に幕はないから、舞臺と樂屋を隔てている幕を掲げて金母が「斷語」をとなえるということであろうか。このような形式は管見の限り他に例がなく、實際の上演形態を反映しているのか、逆に實演と乖離した場での創作によるものか判斷しがたい。また裁判もの以外で締めくくりに「斷」をとなえる形式は、第六章で述べたように明代の雜劇で宮廷內上演用の臺本から出たとおぼしいテキストによく見られるが、この「金母斷語」にはそのような場合に共通する壽ぎの性質はなく、金童玉女下凡のいきさつを述べているだけで、純粹に民間の娯樂として制作されたことがうかがえる。あるいは、最後の總關目に「判仙凡綵筆木蘭詞」とあることからすると、かつては第六章で例示した一連の張天師もの雜劇と同樣に神仙裁判のパターンで、しかも詞によって判決が下される「花判」の結末だった可能性もあろう。

五、小　結

『金童玉女嬌紅記』の書き手は讀みものとしての充實を目指し、高い白話運用能力をもって文言小說「嬌紅記」を戲曲の體裁に書きかえた。文言小說としては長い「嬌紅記」の內容をほぼ取りこぼしなく臺詞に置きかえて巧みに曲辭と組み合わせ、さらに原作にない要素も加えてより立體的に仕上げようとしている。直接話法で進行するという戲曲の特性を活かし、發言している人物の主觀を強調して伏線を敷いたり、同じ出來事を二人の異なる視點から語らせたりしているのはその好例である。原作小說との強い關係性はこの作品の大きな特徵であり、そのこと自體が既に元刊雜劇の一般的な性格とは異なる傾向を見せている。

一方で、省略や混亂の多い不合理な部分からは、實用品としての簡素な臺本が素材に使われている可能性が考えられる。ト書きや院本などに見られる不備は上演用臺本の形跡と考えうる。一方、長い獨白の部分は小說からの書きかえであることが明らかだが、曲とからみあいながら展開していく會話部分については、上演用臺本の性格なのか讀みものとして上書きされた部分なのか判斷しがたい。いきいきとした會話は實際の上演との密接なつながりを感じさせるが、その內容が小說に甚だ忠實なことからすれば、讀む戲曲として書かれたものとも考えられる。いずれにせよ、様々な發展段階にある複數の要素が一つの作品の中に共存しているのである。

これと近い時期に刋行された雜劇テキストとしては、完全ではないが臺詞を備えた朱有燉の「周憲王雜劇」があり、後には異例の長篇にして臺詞も完備し、插繪もそなえた弘治本『西廂記』がある。前者は物語を鑑賞するにはいまだやや簡素にすぎる部分があるが、後者は臺本としての性格を保ちつつ讀みものとして完成の域に近づいている。『金童玉女嬌紅記』のようなアンバランスな讀みものは、この後には見られない。

臺詞の充實化は、明代において雜劇テキストが進んだ全體的な方向性と一致する。明代には、宮中など一部の場所を除いて雜劇の上演はほぼ廢れたとされ、かわって『元曲選』に代表されるような、省略が一切なくテクニカルタームの類も整理された、讀む戲曲として完成度の高いものへと變質していく。この作品は元來の素朴な臺本の性格と讀みものとしての性格が貼り合わされた、過渡期ならではの樣相を如實に示すテキストであると言えよう。

注

（1）「嬌紅記」の成立や作者、諸本間の異同等に關しては、『中國古典文學大系』所收「嬌紅記」（平凡社、一九七三）の伊藤漱平氏による譯注および解說に詳しい。鄭雲竹本「嬌紅記」は伊藤漱平氏の舊藏で、現在は東京大學東洋文化研究所に所藏されており、その影印本が汲古書院から二〇一四年に大木康氏による解題を附して出版された。本書の引用はこの影印本による。また鄭雲竹本の版面や字體からは萬曆年間のものではないかと思われるが確證はない。

（2）『金童玉女嬌紅記』のテキストは京都大學圖書館藏本（同圖書館ウェブサイト畫像公開サービス）による。
（3）小松謙『中國白話文學研究――演劇と小説の關わりから――』第七章「讀み物の誕生――初期演劇テキストの刊行要因について――」（汲古書院、二〇一六）。
（4）胡忌『宋金雜劇考』（古典文學出版社、一九五七）第四章十三「嬌紅記所錄院本資料研究」、田中謙二「院本考――その演劇理念の志向するもの――」（『田中謙二著作集』一、汲古書院、二〇〇〇）。
（5）注（3）前揭小松氏論文。
（6）赤松紀彦ほか『元刊雜劇の研究――三奪槊・氣英布・西蜀夢・單刀會』（汲古書院、二〇〇七）。
（7）注（3）および注（6）前揭書參照。
（8）注（3）前揭小松氏論文。
（9）注（4）前揭胡忌氏論文。
（10）注（3）前揭小松氏論文。
（11）鄭雲竹本では申純の歸鄉を述べるはずの文が脱落しており、通俗類書等のテキストのほうが申純の手紙の文面も含めて雜劇とよく一致するものが多い。詳しくは古典文學大系の譯注に述べられているが、この歸鄉と手紙のくだりに見られる異同からは、諸本の間に複雜な關係があることがうかがわれる。
（12）注（3）前揭小松氏論文。

第九章　明代における西廂故事の受容
――「鍾情麗集」に見える議論を手がかりに――

文學史上、決定的な役割を演じることになった物語は、それについての様々な言及や、それにもとづく新たな作品を絶え間なく生み出していく。それらの言及や後續作品は物語の受容のされ方を映し出すとともに、當時の人々の思考法の一端を映し出すものともなる。

中國文學の場合、そのような決定的な物語の一つに、戀物語の代表としてならばまず、崔鶯鶯と張生の戀を描くいわゆる西廂故事が擧げられるであろう。はじめ唐代の短篇文言小說として生まれた西廂故事は、後世に多大な影響を及ぼし、多樣なジャンルにまたがる大きな系譜を形成していった。その影響下に申純と王嬌娘の戀を描く「嬌紅記」が生まれて人氣を博し、明代には崔・張と申・王の組み合わせが戀物語の典型として、しばしば竝稱されるようになった。

本章では、通俗文學が出版產業の發達や知識人の積極的な參入によって大きな變容と隆盛を遂げた明代の文言小說の中から、當時における西廂故事の受容と發展のあり方を示す事例を取りあげ、その背後に明代文學のどのような流れが見いだされるか考えてみたい。

一、西廂故事の變遷

まず最初に、西廂故事の歴史的展開と代表的作品について概觀しておく。始まりは言うまでもなく、唐の元稹による文言傳奇小說「鶯鶯傳」別名「會眞記」である。後世、唐代傳奇の代表作とされるこの短篇は、悲戀というよりもエリート青年の戀の冒險とその終わりを描くもので、當初の題名は「傳奇」といったという。元稹自身がモデルとされる男主人公の張生、ヒロイン崔鶯鶯、その侍女紅娘など、おもな登場人物は既に揃っている。敍述は唐代傳奇の例にもれず、後世の文言小說からすればシンプルなものである。

その後この物語は廣範に受け繼がれ、多くの改編作品が生まれて戀物語の大きな流れに成長していく。それには、藝能の題材となったことが重要な意味を持っていた。現存する最古の改編作品は北宋の趙令時による商調蝶戀花鼓子詞であり、これによって西廂故事は文言小說から語りものにジャンルを擴大する。內容は「鶯鶯傳」から變化していないが、結末で張生が鶯鶯との離別を禮敎社會の男の立場から正當化する臺詞、いわゆる尤物論が削除されており、純眞な戀物語に移行しようとする動きの表れとされる。また南宋の皇都風月主人『綠窗新話』は、北宋ごろの藝能の狀況を反映しているとされるが、この中にも「張公子遇崔鶯鶯」の項が立てられている。『綠窗新話』がよく言われるように講談の種本の性格を持っていたとすれば、盛り場の演藝にこの物語が含まれていたことになる。しかもこれは二人がひそかに結ばれるところで終わっており、結末を悲劇から引き離そうとする動きが見いだされる。また「鶯鶯傳」では姓のみだった張生に、君瑞という名がつけられている。他にも、宋代に様々な西廂ものの藝能がおこなわれていた痕跡が殘されている。(1)

さらに金の章宗期の人と傳えられる董解元によって、西廂故事ははっきりと、こんにち我々が知る『西廂記』の物語に變貌を遂げた。語りものの一種である諸宮調の形式をとり、鶯鶯に求婚する邪魔者として鄭恆が登場する（「鶯鶯傳」では鶯鶯の母の姓を鄭氏とし、鶯鶯の嫁ぎ先の姓名は記されていない）。これによって、愛し合う二人が波亂を經てめでたく夫婦となるという、團圓に終わる戀物語が完成した。(2)

この『董解元西廂記諸宮調』、通稱『董西廂』で確認される、「鶯鶯傳」からの主たる變化は次の三點であろう。白話文學作品としての完成、長篇化にともなう筋の複雜化、ハッピーエンドへの轉換。そしてこれを受けて、元の王實甫により長篇の雜劇『西廂記』が制作され、明清を經て現代に至るまで、決定的な影響を與えることになる。

明代になると演劇としての北曲雜劇は衰退に向かうが、『西廂記』の人氣は高く上演が續き、また雜劇というジャンルは讀みものとしての發達を遂げていく。演劇の世界では南戲が勃興し、出版文化が爆發的に發展した時代狀況を背景に戲曲が多數刊行された。『西廂記』にも南戲化する方向での變容が現れる。明瞭に意圖を持った『南西廂』すなわち南曲版『西廂記』への改作はもとより、北曲を標榜する刋本においても無意識的な南戲化の傾向がしばしば見られるようになる。(3)

二、西廂故事の後續作

一般に、文言小說は唐代傳奇の終焉とともに力を失ったと言われる。しかしそこでも、西廂故事の影響のもとに生み出される才子佳人型の作品は跡を絕たなかった。中でも、前章で取りあげた「嬌紅記」の果たした役割は大きかった。「鶯鶯傳」で描かれた書生と深窗の令孃の戀、侍女の活躍、監視の目をくぐっての忍び會い、詩詞のやりとりといった要素を受け繼ぎつつ、エピソードを增やし、その隨所に詩詞の應酬を格段に多く入れ込むことによって、散文と韻文が交互に繰り返される形式のリズムを確立し、明代に顯著となる文言小說の長篇化に先鞭をつけた。この「嬌紅記」に直接的影響を與えたのが「鶯鶯傳」か、既に白話文學となった董解元ないし王實甫の『西廂記』かという點については、「鶯鶯傳」の影響をより強く受けたものであろうと推定されている。(4) 確かに文體はもとより內容からみても、悲劇に終わる結末で「鶯鶯傳」と一致する。ただ「鶯鶯傳」の中途半端な悲劇性とは違い、いわば悲戀らしい悲戀物語になっている。

そしてこの後、元末から明代にかけて、「嬌紅記」の後續作品が次々と生まれた。元末明初の瞿佑『剪燈新話』巻四に收める「翠翠傳」では、戰亂の中で生き別れとなった夫婦がやがて再會を果たすものの、妻は既に權力者の妾にされており、ともに嘆き死に死んだ後、やはり鄰り合わせに葬られる。かつての使用人の前に幽靈となって姿をあらわし、實家にあてた手紙を託すがその字が消えてしまうという後日談も含めて、結末部分の內容が「嬌紅記」と類似している。その『剪燈新話』の影響下に書かれた李禎『剪燈餘話』の巻五に收める「賈雲華還魂記」も「嬌紅記」の模倣作であり、同時に長篇化の傾向を示す。さらに「鍾情麗集」をはじめとしていくつもの長篇文言小說が、「嬌紅記」の路線をより通俗化しながら受け繼いでいった。(5)

右に擧げた後續作品のうち、「翠翠傳」は作者が實際に元末の戰亂期を經驗したこともあってか悲劇性に重點が置かれているが、明朝の統治が安定してから生まれた作品では、『西廂記』と同樣ハッピーエンドが主流である。「賈雲華還魂記」では題名どおり一度死んだヒロインがよみがえり團圓となる。「鍾情麗集」では、驅け落ち、裁判、ヒロインの自殺未遂とさんざんに波亂を設けた末に、ヒロインの父があっさりと結婚を認め、全てまるくおさまる。

これら後續の作品群からうかがえるのは、一つには「鶯鶯傳」からの物語の質的な變化である。悲劇といっても「鶯鶯傳」の結末は、張生が身勝手ともとれる理屈を弄して關係を絶ち、それぞれ結婚した後に張生の方で再會を望むも、鶯鶯からは怨みをこめた詩が贈られてくる、という後味の悪いものなのに對し、「嬌紅記」以下の作品では、結末がどうあれ二人が常に相思相愛であることが大前提とされ、その點では『西廂記』と同じ方向に向かっている。

もう一つ言えるのは、「嬌紅記」が持っていた影響力の大きさであろう。こんにちでは「嬌紅記」に『西廂記』のような名聲はないが、「賈雲華還魂記」以下の明代文言小説では、『西廂記』と「嬌紅記」は戀物語の典型としてしばしば竝稱されており、ヒロインたちが崔鶯鶯・王嬌娘に自分を重ね合わせる場面が見られる。また第八章で取りあげた「嬌紅記」の戯曲作品も、西廂故事の子孫と言えよう。

三、小説內部での西廂故事への言及・議論

右で見たように「鶯鶯傳」の誕生以來、西廂故事そのものが改作されるだけでなく、西廂故事の影響下に同類型を持つ新たな物語が生み出され、その模倣作からさらに模倣作が生まれるという展開が續き、大きな系譜を形作ってきた。一方で西廂故事の受容のあり方には、その系譜に屬する小説の內部において、當の西廂故事への言及や議論をおこなうという形で現れる場合もある。中でも特徴的な言及のしかたを示す例が「鍾情麗集」に見られるが、先に文言小説の中で何らかの物語への言及がされる他の例を見ておく。

第七章で見たように、小説などの登場人物の會話內で別の物語への言及がなされるのは珍しいことではない。時には單なる言及の域を超えて、作者の意見を反映した議論になっている場合もある。明代文言小説の出發點となった『剪燈新話』に例をとれば、巻四所收「鑑湖夜泛記」などは、むしろそのような議論をするためだけに書かれたらしき

作品で、織女が野人成令言を招いて人間の男と天女の交情の物語を列擧し、あるものはでたらめであって高貴な女神を誹謗するもの、あるものはそのとおり事實であると竝べ立てていく。以下にその一部を引用する。

仙娥憮然曰、嫦娥者月宮仙女、后土者地祇貴神。大禹開峽之功、巫神實佐之、而湘靈者堯女舜妃、是皆賢聖之裔、貞烈之倫、烏有如世俗所謂哉。非若上元之降封陟、雲英之遇裴航、蘭香之嫁張碩、彩鸞之配文簫、情慾易生、事迹難掩者也。…（略）…湘君夫人、帝舜之配、陟方之日、蓋已老矣。李群玉者果何人歟、敢以婬邪之詞、溷於黃陵之廟曰、不知精爽落何處、疑是行雲秋色中……[6]

仙女は憮然として言った。「嫦娥は月宮の仙女、后土夫人は地祇の神です。禹の治水の功績は巫山の神がよくこれを助けたのですし、湘水の神は堯の娘にして舜の妃、みな聖賢の子孫で貞淑な方々、世俗で言っているようなことなどありはしません。上元夫人が封陟のもとに天降ったり、雲英が裴航と巡り會ったり、杜蘭香が張碩に嫁いだり、呉彩鸞が文簫と結婚したりといった、情欲に流され、その跡を掩うべくもないようなのとは違うのです。……湘君・湘夫人は舜の妃で、舜の崩御のころにはもう年老いておられたはず。李群玉はまた何という人でしょう、あえていかがわしい詩を作って黃陵の廟をけがし『知らず精爽何處にか落つるを、疑うらくは是れ行雲秋色の中』などと……」

議論と言っても多分に遊戲的なものだが、全體に、神話・傳說の領域に屬する女神についての情話は後世のでたらめであり、逆に傳奇小說の類はおおむね事實という基準で分類しているようにも見え、そこに作者の意圖が含まれているかもしれない。さらに同巻四に収める「龍堂靈會錄」では、龍王の宴に招かれた男の體驗という形で、伍子胥の口を借りて范蠡の非を長々とあげつらっている。また第七章で擧げたように、長篇文言小説「龍會蘭池錄」にも、主人公が小説や戲曲の內容について史實に反するでたらめだと述べ立てる長い場面がある。なお「龍會蘭池錄」は「嬌紅記」の後續作品の一つである「鍾情麗集」から影響を受けている。(7)

これらをふまえ「鍾情麗集」について検討してみる。この作品は、明代の長篇文言小說の中でも代表的なものの一つと言ってよいであろう。『國色天香』や『花陣綺言』以下、明末に刊行されたほとんど全ての通俗類書や文言小說集に收錄され、一貫して讀者の支持があったことが看て取れる。この種の小說としては珍しく單行本も現存しており、「新刊鍾情麗集」と題し、四卷一册、成化十一年（一四七五）と同二十二年（一四八六）の序がある。卷末には「忠恕堂弘治癸亥中秋望日、金臺晏氏校正新刊」の木記がある。弘治癸亥は十六年（一五〇三）にあたる。石川武美記念圖書館成簣堂文庫に所藏される德富蘇峯舊藏本で、天下の孤本と思われる。またその表紙は朝鮮で新たに附されたもので、豐臣秀吉の朝鮮侵攻の際に日本へ持ち出されたらしく、明から朝鮮に渡って讀まれていたことが分かる。(8)「嬌紅記」よりもさらに長篇化して、エピソード數、插入される詩詞の數ともに增加しているが、プロットの多くにおいて「嬌紅記」のそれを踏襲していることが指摘されている。(9)

男主人公は廣東瓊州の書生辜輅、親類である黎氏の邸宅に滯在中にその令孃である瑜娘と慕いあい、やがて深い仲となる。「嬌紅記」において飛紅の他にも複數の侍女たちが入れ替わり立ち替わり登場するのと同じ設定が、より擴大されて語られ、辜輅が瑜娘を知って以來かつての愛人を顧みなくなるとか、ヒロインが飼っている鸚鵡が一役演じるなど、細かいところまで「嬌紅記」に倣った內容になっている。また第六章で取りあげたように、裁判の場面があって長い供狀・判文が插入されたり、求婚者の登場によって瑜娘が自殺未遂に追い詰められることで、いったん「嬌紅記」同樣の悲劇の方向へ傾斜しておいてから、最後には一轉してハッピーエンドになる。作者は讀者の要求に應えてあらゆる要素を入れ込もうとしたようである。

作者については、各巻の冒頭に「玉峯主人編輯」と記されており、また結末で、「鶯鶯傳」における元稹と同様、辛輅の知己である玉峯が登場して、世に稀なこの出來事に感歎してみせ、詩詞を作って作品を結ぶ。玉峯は物語の舞臺である瓊州出身の丘濬のこととも言われるが、それは假託であるとする見方も有力である(10)。

玉峯主人が二人を讃える詩は、「幾回離合幾悲歡、如此鍾情世所難」で始まる。「鍾情麗集」は基本的に詩詞を「嬌紅記」からとっていないが、この句は「嬌紅記」の中で嬌娘が死の直前に作る詩の「如此鍾情古所稀、吁嗟好事到頭非」の句にもとづいており、これによって「鍾情麗集」が「嬌紅記」のパロディであることが明らかにされている。

辛輅と瑜娘の會話中に、西廂故事と「嬌紅記」を取りあげる場面が二つある。一つめは辛輅が瑜娘に關係を迫り、瑜娘がそれを拒む場面である。

遂相與終夜坐談。女曰、妾嘗讀鶯鶯之傳、嬌紅之記、未嘗不掩卷嘆息。嘗自恨無鶯嬌之姿色、又不遇張生之才情。縁□見兄之後、密察其氣概文才、固無減於二生。第恨孱陋無二女之才色以感動君耳。生曰、卿知其一、未知其二。當時鶯鶯有自送佳期之美、嬌紅有血漬其衣之驗。思惟今夜之遇、固不異於當時也。而卿之見拒何耶。

こうしてともに一晩中語り明かした。女が言うのに「わたくしは以前「鶯鶯傳」「嬌紅記」を讀みましたが、本を閉じて嘆息しなかったことはありません。これまで自分に鶯鶯や嬌娘のような容姿がなく、また張生のような才と情のある方に出會わないのを嘆いておりました。兄様にお會いしてより、ひそかにその氣概や文才がもとより張・申に劣るものでないことが分かりました。ただ恨めしいのは弱く賤しい身には鶯鶯・嬌娘のような才色であなたの心を動かせないことばかりです。」辛生は言った。「あなたは一を知って二をご存じない。當時、鶯鶯には自ら逢い引きに赴いた見事さ、嬌娘には血で衣を染めた證しがありました。思うに今夜の出會いは、もとより當時と異なるものではありません。なのにあなたはなぜ拒まれるのですか。」

この會話自體は、單に有名な話を引き合いに出しているだけで、議論というほどのものではないが、「鶯鶯傳」と「嬌紅記」が竝稱される例の一つと言える。「鶯鶯傳」を持ち出して男の要求を拒む例は「龍會蘭池錄」でも踏襲される。そしてもう一つは、二人が既に關係を持った後の場面にある會話である。傍線は筆者による。

一夕天色陰晦、生與瑜待月久之、乃同歸蘭室、席地而坐、盡出其所藏西廂嬌紅記等書、共枕而玩。瑜娘曰、西廂如何。生曰、西廂記不知何人所作也。攷之於唐元徽《ママ》之時常作鶯鶯傳、併會仙《ママ》詩三十韻、清新精緻、最爲當時文人所稱羨。西廂記之權輿、其本如此也歟。然鶯鶯之所作寄張生、自從別後減容光、萬轉千■(11)懶下床。不爲傍人羞不起、爲郎憔悴却羞郎、此詩最爲絶妙、可以伯仲義山牧之而比、此記不載、又不知其何故也。意斯人必杜撰成記、不惟不見此詩、而亦不見前傳也。所可羨者、其間詞曲、流麗意新、而語不腐一事耳。然其句語多北方之音、南方之人知其意味也蓋罕焉。又問嬌紅記如何。生曰、亦未知其作者何人、但其間曲新、井井有條而可觀、模寫言辭亹亹之可聽、而不厭也。苟非有製作之才、焉能若是哉。然其諸小詞、多鄙猥、可人者僅一二焉。予觀之熟矣。其中有何詞最佳。瑜曰、一剪梅。生曰、以余看之、似有病。女曰、兄勿言。侍《ママ》妾思之。間然曰、誠然。生曰、何在。曰、離有悲歡、合有悲歡乎。生唉曰、然。夫離別、人情之所不忍者也。大丈夫之仗劍對樽酒、猶不能無動於心、況兒子女之交者、其曰離有悲固然也。離有歡、吾不之信也。至若會合者、人情之所深欲者也。雖四海五湖之人、一朝同處而喜氣歡聲、亦有不期然而然者。況男女交情之深乎。謂之合有歡、不言可知矣。謂之合有悲、雖或有之而吾未之信也。瑜曰、兄以何者爲佳。生曰、如此鍾情古所稀、吁嗟好事到頭非。汪汪兩眼西風涙、酒向陽臺化作灰、一詩而已。

ある夕べ、日も暮れて、辛生と瑜娘は長いこと月を待ってからともに部屋へ歸り、座をしつらえて腰を下ろし、所藏している『西廂記』「嬌紅記」などの書物をみな出してきて、寢物語に樂しんだ。瑜娘は言った。「『西廂記』はどう思われて?」辛生が言うには「『西廂記』は誰が作ったものか分かりません。考證してみると唐の元稹はかつて「鶯鶯傳」および「會眞詩三十韻」を作り、清新にして精緻、最も當時の文人に賞賛されました。『西廂記』の始まりは元來このようだったでしょうね。しかし鶯鶯が張生に贈った「別れてより後容光減じ、萬轉千■して床を下るに懶し。傍人の爲に羞じて起きざるにあらず、郎の爲に憔悴し却って郎に羞づ」の詩は最も見事なもので、李商隱や杜牧にも匹敵しますが、これが載せられていないというのもどういう譯でしょうか。思うにこの人はきっといい加減に書いて、この詩を見なかっただけでなく、前代の傳を見てもいないのでしょう。すばらしい點はその詞曲が流麗で新鮮であり、言葉が陳腐でないという一事のみです。しかしその語句には北方音が多く、南方人でその興趣が分かる人はまれです。」(瑜娘は)また問うた。「「嬌紅記」はいかがです。」辛生は「これも作者が分かりませんが、その曲は新鮮で、整って見事ですし、描寫は魅力的で飽きることがありません。文才が無ければどうしてこのように書けましょうか。しかしその中の詞はいかがわしいものが多く、優れたものは一つか二つです。私はじっくりと讀みましたよ。中でどの詞が最も良いでしょうか。」瑜娘は「一剪梅です」と言う。辛生「私の見るところ、難點があります。」女「兄樣、言ってはだめよ。考えさせて下さいな。」しばらくして言った。「本當にそうね。」辛生「どこがですか。」女「「離に悲歡あり、合に悲歡あり」では?」辛生は笑って「その通り。そもそも離別は人情において耐え難いものです。立派な男が劍を杖つき酒に對するという場合でも、やはり心に動搖がないという譯にはいかないのですから、まして女子供の交わりでは「離に悲あり」というのは當然です。「離に歡あり」とは私は信じません。出會いというのは、人情の深く求めるもの。世間の人どうしでも一旦ともに過ごせば喜びが期せずして生まれることもあります。まして男女が深く契った場合はなおさらです。「合に歡あり」と言うのは知れたことですが、「合に悲あり」と言うのは、ありうるとしても私には信じられない。」瑜娘「兄樣はどれが最も良いと思いますか。」辜生「此くの如き鍾情は古に稀なる所、吁嗟好事は到頭非なり。汪汪たる兩眼西風の涙、灑ぐに陽臺に向かいて化して灰と作る」の詩だけです。」

『剪燈新話』などに見える議論がおおむね、物語の內容が事實かどうかとか、人物の美點や行爲の是非などを云々するのに對し、この會話は作品としての『西廂記』「嬌紅記」をどう評價するかという、より理知的なスタンスになっているところに特徵がある。

後半の「嬌紅記」についての議論は、詩詞の內容や表現についての批評と言うべきものであり、當時の批評の流行が、こういった詩文小說の中に取り込まれていることが分かる。先述のとおり、ここで賞贊されている「如此鍾情古所稀……」の詩は「鍾情麗集」の結末で本歌取りされており、そもそも「鍾情麗集」の筋自體が「嬌紅記」を模倣しているわけで、いわばパロディの自己申告といった書き方である。

より興味深いのは前半の『西廂記』についての議論である。ここで語られているのも感想ではなく批評であるが、それ以上に考證と言うべき內容が含まれている。この『西廂記』談義のポイントは二つある。一つは、元稹作の唐代傳奇小說「鶯鶯傳」と、戲曲の『西廂記』を明確に區別し、各作品の成立の經緯を確認したうえで、作者の態度について論じている點であろう。これは同じ「鍾情麗集」の中でも、一度めに「鶯鶯傳」「嬌紅記」を取りあげた場面のような、鶯鶯や嬌娘に自分を重ねるといった書き方とは異なるものである。

四、「鶯鶯傳」と『西廂記』

一般には西廂故事を持ち出す場合、書き手は小說「鶯鶯傳」と戯曲『西廂記』のどちらを念頭に置いていたのであろうか。それは物語に戀人たちの離別による結末を望むか、ハッピーエンドを好むかという受容側の指向に關わる違いでもあろう。そこでまずこの點を確認してみる。一つの手がかりとして考えられるのは、「鶯鶯傳」では姓しか記されない張生の名や字に言及するかどうかであろう。

『董西廂』では張生は名は珙、字は君瑞とされ、『王西廂』もこれを踏襲している。先にふれた「賈雲華還魂記」を見ると、ヒロインが「第恐天不與人方便、不能善始令終。張珙申純、足爲明鑑（ただ心配なのは天が人を助けず、始め良し、終わりも良しとはいかなくなることです。張珙・申純がよい見本です）」と述べる場面がある。[12]また他にも西廂故事と「嬌紅記」に言及する臺詞があり、いずれも離別に終わる戀の例として語られている。[13]従って「賈雲華還魂記」では西廂故事は「鶯鶯傳」に沿った内容で認識されているのであり、だからこそ悲劇的な「嬌紅記」と對になるものとして取りあげうるのであろう。また雜劇『金童玉女嬌紅記』の中にも、嬌娘が西廂故事に言及する臺詞が見られる。該當の臺詞は次のとおりである。

我見崔鶯鶯傳上說、張君瑞的恰缺不移不到。四五年後、張生別娶了渾家、鶯鶯又改嫁了別人。已後張生設計再要

見它一見面、那鶯鶯羞了、不肯出來罷了。(14)

私が「崔鶯鶯傳」を見ましたところ、張君瑞はまるで手紙もよこさねば會いにも來ません（?）。四、五年の後に張生は他から妻を娶り、鶯鶯も別人に嫁ぎました。その後張生は計畫をたてて鶯鶯に再會しようとしたけれど、鶯鶯は羞じて出てこようとせずそれっきりになりました。

この臺詞にあたる内容は小説「嬌紅記」には見られず、雜劇の作者が加えたと考えられる。いずれも筋立てとしては「鶯鶯傳」の不幸な結末を指しているが、同時に張生を「賈雲華還魂記」では張珙、『金童玉女嬌紅記』では張君瑞と呼んでおり、「鶯鶯傳」のストーリーと『西廂記』の人物像とが混在しているように見える。

ただし張君瑞の名は南宋の王楙『野客叢書』に既に見え、張珙の名も永樂大典戯文三種の『宦門子弟錯立身』に「張珙西廂記」とあることから、宋代にはどちらの名も成立していたことが知られている。(15)『野客叢書』では元稹の「鶯鶯傳」と明記されており、この時點で既に「鶯鶯傳」の筋と君瑞の名が同居していたことが分かるが、一方で『宦門子弟錯立身』では珙という名は「西廂記」の題と結びついている。これが「龍會蘭池錄」になると戀敵の名が出てくる。男が鶯鶯を賞贊するのに對し、女が「崔氏自獻其身、乃有尤物之議、卒焉改適鄭恆、今以爲羞（崔氏が自ら身を捧げたから尤物の議論が起きたのでして、ついに鄭恆に嫁ぎかえ、今もって恥とみなされています）」と反駁する。(16)ここでも物語については「鶯鶯傳」によりながら、鶯鶯の嫁ぎ先として『西廂記』にしか見えない鄭恆の名を出している。

こうして「鶯鶯傳」のストーリーは、『西廂記』の浸透によって忘れられることもなく、破綻に終わる不幸な戀の先例として持ち出され續けるが、同時に登場人物のイメージに關しては、『西廂記』で詳細かつ表情豊かに描かれたその造型が影響力を持っているものと思われる。

そもそも、「賈雲華還魂記」、『金童玉女嬌紅記』、「鍾情麗集」、さらに「龍會蘭池錄」などは全て、小說「嬌紅記」の後續作または改編作であり、「嬌紅記」によって確立された物語の構造や着想を受け繼いで、結末だけをハッピーエンドに逆轉させている（「龍會蘭池錄」は戲曲『拜月亭』による改作だが、內部のプロットに「鍾情麗集」の影響が見られる）[17]。これらの作品は、「鶯鶯傳」にもとづいて悲劇的結末を強調しておきながら、自らの結末では、才子佳人が私通の罪も許され團圓を迎える。ハッピーエンドへの移行は、『西廂記』そのものも含めた通俗文學全般の傾向に一致し、大衆的な好みに合わせた結果には違いない。だがその中でも、元稹の「鶯鶯傳」が影響力を失うことはなかったようである。

右で見たように、これらの西廂故事言及箇所はたいてい、「鶯鶯傳」と『西廂記』の異なる物語世界を、意識的にか無意識的にか、混同しているように見える。史實ないし原典と、後世に發展した物語とが混同されることは珍しくない。それに對して「鍾情麗集」の該當箇所では、それらを冷靜に區別し、むしろ「鶯鶯傳」がもとになって『西廂記』が制作されたという、變遷の過程について整理することを眼目としているらしい點が注目される。

このような議論のしかたは、「鍾情麗集」全體が與える卑俗な印象とは裏腹に、知識人的な性格をうかがわせるものと言ってよいであろう。もっとも商調蝶戀花鼓子詞や、『董西廂』を經て『王西廂』へといった細かい點には及んでいない。また『西廂記』の作者を不明と言っている點は、「鍾情麗集」の作者が、『錄鬼簿』や『太和正音譜』などといった資料をきちんと見るほどの高級知識人ではなかったことを示しているようでもある。

五、『西廂記』批判の意味するもの

これらの狀況を確認したうえで、先に引用した議論についての檢討に移る。辜輅の臺詞は、鶯鶯が張生に贈った詩のうち、彼が最も優れているとみなす「自從別後減容光……」の作が『西廂記』に採られていないことを、批判的に指摘している。これは鶯鶯の詩として有名なものではあるが、ここにはふたたび「鶯鶯傳」と『西廂記』の異なる物語世界の、矛盾したままでの同居が見いだされる。この詩は「鶯鶯傳」において張生と鶯鶯がそれぞれ結婚し別離が確定した後の訣別の詩であり、『西廂記』がハッピーエンドになる以上、採用されないのは當然なのだが、䇿略の言葉は結末の違いを無視して、『西廂記』作者の杜撰さに原因を求めている。

このような、難癖とも言える批判の背景には何があるのであろうか。䇿略が言及する鶯鶯の詩は、『西廂記』の幸福な結末とは相容れないはずであり、とすれば結末を「鶯鶯傳」に沿った形にすべきだという意識があると想像されよう。そして實際、明代には『西廂記』の結末に對する不滿が表明されることがあったのである。例えば、徐復祚は『曲論』の中で次のように述べている。

西廂後四出、定爲關漢卿所補。…（略）…且西廂之妙、正在於草橋一夢、似假疑眞、乍離乍合、情盡而意無窮、何必金榜題名、洞房花燭而後乃愉快也。(18)

『西廂記』の最後の四折は、關漢卿が增補したものに違いない。……そもそも『西廂記』のすばらしさはまさに草橋一夢の場面の、僞に似て眞らしく、離と思えば合、情盡きて意きわまりないところにあり、どうして必ずしも科擧及第、花燭の宴があってこそ愉快を得るということがあろうか。

「草橋一夢」は『王西廂』全五本二十一折のうち第四本の最後、旅の宿にある張生が、鶯鶯がさらわれる惡夢を見て不安に驅られる場面を指す。徐復祚の意見では「情盡而意無窮」の餘韻こそすぐれた點なのであり、ハッピーエンドは情趣を壊す陳腐なものとして低く評價される。その批判對象となる範圍は「後四出」、すなわち最後の第五本と明示されている。すると『西廂記』の結末に對する不滿とは、結果として第五本に對する不滿ということになろう。

『西廂記』のストーリーは、大筋では「鶯鶯傳」とほぼ同じ展開をたどり、結末部分になって「鶯鶯傳」から大きく乖離する。鶯鶯と張生にとって最大の障害となるべき許婚の鄭恆は、第五本で初めて舞臺に登場し波亂を設けるものの、あっさりと退場させられてしまい、そのまま物語は團圓を迎える。これを改めて全五本の構成によって見ると、第一本から第四本までで鶯鶯と張生の戀、および張生の受驗を語り、ここまではおおむね「鶯鶯傳」に一致する。「鶯鶯傳」ではこの後張生は科擧に落第、二人は結ばれることなく終わるのに對し、『西廂記』第五本では、張生は及第して戻ってくる。そこで邪魔に入った鄭恆を退け、二人の結婚で團圓となる。第五本の内容は確かに「金榜題名、洞房花燭」に盡きるものでしかなく、波亂を回收して團圓に終わらせるためだけの附けたしにすぎないとも言えるが、このような終幕の附け方は中國に限らず世界的に見られる普遍的なパターンでもある。

　徐復祚は同時に、第五本は關漢卿による續作だとの見方も示している。これとても彼の獨創ではなく、明代後期には、『西廂記』は王實甫が第四本までを作り、關漢卿が第五本を續作したのであるという說が語られていた。またその說が定着するまでに、逆に第四本までが關漢卿作で殘りは王實甫の續作という說もおこなわれるなど、作者とされる人名が二轉三轉したことも分かっている[19]。この『西廂記』王作關續說は、名だたる高級知識人らにも支持され、廣く流布した。王世貞は次のように言う。

撰會眞記者、元微之。演曲爲西廂記者、王實夫《ママ》。續草橋夢以後者、關漢卿。……（略）……會眞記謂崔氏有所適、而不言歸鄭恆。西廂記則謂許鄭恆、而卒歸張生。後有耕地得崔鶯鶯墓誌者、其夫眞鄭恆也[20]。

「會眞記」を作ったのは元稹である。戲曲『西廂記』に改編したのは王實甫である。「草橋夢」より後を續作したのは關漢卿である。……「會眞記」は崔氏が人に嫁いだとは言うが、鄭恆に嫁いだとは言っていない。『西廂記』では鄭恆の許婚だったが、ついに張生に嫁ぐという。後に農地から崔鶯鶯の墓誌が見つかったが、その夫は本當に鄭恆であった。

このように王世貞は「鶯鶯傳」と『西廂記』を對照し、人物名に着目して考證を試みている。なお王世貞がいう鶯鶯の墓誌なるものは、明の鄧伯羔『藝彀』に見ることができる。

『西廂記』の作者が第五本のみ異なるとする說は、明代中期を過ぎた頃から廣く見られるようである。背景には、時間の經過によって『錄鬼簿』や『太和正音譜』などの基本資料の存在が忘れられがちになっていったことがあるとされる(21)。すると辛軩が『西廂記』の作者を不明と述べているのは、「鍾情麗集」が成立したと思われる成化年間ごろの狀況に符合しよう。明末には王作關續說がかなり定着していた。胡應麟も、「鶯鶯傳」から『董西廂』を經て『王西廂』に至る過程や元明期の演劇の變遷を論じつつ、王作關續說を取りあげ、また鄭恆については「鶯鶯傳」に見えないことから附會であるとしている(22)。

第五本が批判されるのは、文學的觀點から內容・表現に違和感を覺えるということであり、別人增補說にしてもその違和感ゆえに說得力があったのだと思われる。王世貞のように考證をする人がいる以上、原作である「鶯鶯傳」が悲劇に終わっていることとも、直接にかどうかはともかく、リンクしてはいたであろう。

結末＝第五本への批判にせよ、作者問題の穿鑿にせよ、それらは甚だ知識人的な態度であると言える。第五本を異質とみる考えは、徐復祚の意見に見られるように、場面や文辭の情趣に對する評價のありかたと關わっており、それは一種の悲劇趣味につながるとともに、王世貞に見られるような原典考證癖とも關係がある。通俗文學の歴史において、王世貞のような高級知識人でも堂々と關與するようになっていったことが、明代中期以降の大きな特徴であった。後味のよくない悲劇に終わる「鶯鶯傳」を、『西廂記』が一途な戀人たちの物語に書きかえた時、大團圓は演劇として必然的な選擇だったであろう。ハッピーエンドへの指向性は通俗文學とりわけ戯曲においては廣く見られ、『琵琶記』のようにもとは悲劇だった物語が知識人の手で團圓に改變される例も枚擧に暇がない。『西廂記』に對する悲劇回歸のベクトルは一見それと逆方向のように見えるが、その實、より知識人的な態度のあらわれと考えられる。例えば「嬌紅記」の後續作品を見ると、明代前期の雜劇版と「鍾情麗集」がいずれもハッピーエンドに改變されているのに對し、明末の孟稱舜による南戯版では原作どおり悲劇に終わる。これも原典重視の姿勢と悲劇指向とが一致した例と見ることができよう。

田中謙二氏は、明末以降に出た『西廂記』の改作においては第五本に筋の改變が集中し、その改變には知識人の考證癖から「鶯鶯傳」へ回歸しようとする傾向が見られることを指摘されるにあたって、今は佚した周公魯の『翻西廂』（崇禎刻本）の梗概を復元された。それによると、結末はやはり團圓であるが、張生が鶯鶯との再會を期して訪問すると、彼女は既に鄭恆に嫁いだと聞かされ、さらに後日鄭家をたずねるが對面かなわず、訣別の詩を見せられる、というくだりがある。[23]「鍾情麗集」の中で辜生が述べた、鶯鶯の最もすぐれた詩を採らないのは杜撰であるという批判は、ここに至ってその不滿を解消する形で作品化されたのである。[24]

六、南北音韻問題への意識

「鍾情麗集」における『西廂記』談義のもう一つのポイントは、「其句語多北方之音、南方之人知其意味也蓋罕焉」という言葉にある。『西廂記』は北曲雜劇であるから、曲辭は當然、北方方言の發音を基準として作られている。「鍾情麗集」單行本は金臺すなわち北京で刋行されているが、作品自體は南方人の視點で書かれており、作者が南方出身の丘濬に比定されることからもうかがえるように、讀者としては南方出身者を想定したものだったようだ。そして戲曲における音韻の問題を取りあげたこの臺詞は、戀物語への思い入れとは次元の異なる發想から書かれている。

南北の音韻の違いは、明代に戲曲の制作・刋行が增加する中で議論の對象となっていった問題であった。もともと北曲を作りまた鑑賞していた人々にとって、北方方言の音韻體系は理論化する必要もない自明のものだったであろうが、時代の推移とともに北方出身者以外の作家が增加し、狀況が變わってくる。曲の制作が全體に南方へ移動したことで、北方の音韻にうとい制作者が手引き書を必要とすることが增え、その需要に應えて編まれたのが、元の周德清による『中原音韻』をはじめとする、北曲制作のための韻書であった。

明代には、上演する藝能としての雜劇は衰退し、その臺本が讀み物として數多く刋行された。同時に南戲（南曲）が實演と讀み物雙方の分野で流行し、この狀況は淸代にも繼續する。この間、『西廂記』は雜劇でありながら上演用作品としても人氣を保ったが、明後期に入るころから南曲版『西廂記』が作られるようになったことは、やはりそれだけ南曲での需要が高かったことを示している。

この間、曲制作のバイブルと化した『中原音韻』の影響力は、音韻が異なる南曲の制作にも及んでいた。たとえば『中原音韻』は、聲調を傳統的な平上去入でなく平聲陰・平聲陽・上聲・去聲に區分し、北方では弱まりつつあった入聲の字を平聲陽・上聲・去聲に振り分けている。こういった北曲本位の分類がその權威の故に南曲にまで適用され、雜劇か南戲かを問わず『中原音韻』に合っているかどうかが作品の評價に關わるという傾向が生じた。

陳寧氏によれば、明代の韻書はほとんどが『中原音韻』の枠組みを繼承し、ただし擔い手が南方へ移動していくので、韻書の中にもしだいに南方音の特徵が入り込んでくる。また弘治年間に成立したと見られる王文璧『中州音韻』のあたりから、南方人の便宜のためか音注が增える傾向があるという。(25) これらは聖典化した韻書と現實との齟齬を反映しているが、韻書が聖典化するということ自體、全てを文字に依據して處理しようとする知識人的傾向のあらわれとも言えよう。

このような狀況に對して、明後期にはやはり知識人の間から樣々な議論が起こった。實演に際しては、觀客に聞き取れなければどうにもならない以上、南方の俳優達は南方音を用いて『西廂記』を演じていたと想像される。すると文字テキストとの間にずれが生じる。あるいは本來『西廂記』が持つ音としての美しさが損なわれる。そこでいっそ南曲としてテキスト自體をリメイクしようという動きが起きるのは自然なことだったであろう。それに對し、原典を勝手に改變するものだとの批判が起こり、「古本」「北西廂」などと銘打ったテキストの刋行もおこなわれた。(26) 戯曲刋行にも關わった王驥德の『曲律』では、南曲作者が『中原音韻』を墨守する現狀を批判し、南曲では南方音の特性を活用すべきだと說く。王驥德を含む高級知識人らが、戯曲の制作・出版に攜わったり、曲論を著したりすることも、明末に向かう時期に顯著になる現象である。

「鍾情麗集」に見える右の臺詞は、「『西廂記』の曲辭は美しいが、北方音でうたうことを前提に作られているため、南方の觀客ないし讀者にはその味わいが理解しにくい」という問題提起である。このような言辭が小說の一場面に書き込まれたことには、南北の音韻の違いや、南曲全盛の時代に北曲の『西廂記』を上演することにともなう難點といったテーマが盛んに、かつ廣範に議論されていたという背景が想定される。「鍾情麗集」の成立時期はおそらく成化年間ごろと思われ、ここには王驥德らが活躍した萬曆年間よりも早く、高級知識人の著作という形で後世に殘る以前の時期において、南北音韻問題が意識され、議論されていた形跡が見いだされる。

七、小結

單行本「鍾情麗集」は、現存最古の『西廂記』刋本である弘治本とほぼ同時期のテキストであり、主人公らが『西廂記』「嬌紅記」についてかわす問答は、明代におきた通俗文學の大きな展開の中に位置づけることができる。兩作品ともヒロイン瑜娘の愛讀書とされていることは、明代に進行した戲曲の讀みもの化を反映し、またその讀者の中に上流階級の女性が想定されていたことを暗示していよう。[27] 主人公は詩詞の批評と原典考證にもとづく作品批判、南北の音韻の違いによる南方での北曲鑑賞の難點、という內容を論じている。後者はそのまま、南曲版『西廂記』の制作理由となりうるであろう。嘉靖・萬曆年間以降に小說・戲曲を問わず顯著に見られる現象と同質の要素が、この極めて通俗的な文言小說の中に早くもあらわれていることが分かる。

弘治本『西廂記』は、『元曲選』に典型的に見られるような高級知識人の意圖的介入が本格化する以前の、實演用臺本から讀み物への過渡期の様相をそなえたテキストだとの指摘がある。[28]「鍾情麗集」はまさにこの時期のものであり、韻書に南方音の影響が濃くなりはじめ、『西廂記』の南戲化が本格化しようとする時期にも一致する。「鶯鶯傳」の後繼作品が向かう方向、明末に『西廂記』に對して働くことになる知識人好みの力學が、辜輅と瑜娘のやや底の淺い衒學趣味の問答にあらわれている。それは、通俗文學に對する知識人の態度がより積極的なものに變化し、彼らの價値觀に影響されることで讀みものや演劇が變容していく時代のターニングポイントに當たって出てきたものであった。

注

（1）「鶯鶯傳」の結末近くで、鶯鶯との關係を絶った張生に友人がその理由をたずねたところ、尤《すぐ》れたもの（美人）はいずれ災いを引き起こすから、自分から身を引くのだという主旨のことを答える。

（2）「鶯鶯傳」から『西廂記』に至る流れについては、田中謙二「雜劇『西廂記』の南戲化——西廂物語演變のゆくえ——」（『田中謙二著作集』巻一、汲古書院、二〇〇〇。初出は『東方學報（京都）』第三十六號、一九六四）、赤松紀彦、井上泰山他『「董解元西廂記諸宮調」研究』（汲古書院、一九九八）等參照。

（3）『西廂記』の南戲化については、注（2）前掲田中氏論文、傳田章『明刊元雜劇西廂記目錄』（東洋學文獻センター叢刊第一號、東京大學東洋學文化研究所、一九七〇。增訂版が汲古書院から一九七九年に出ている）等參照。

（4）第八章注（1）前掲伊藤氏解說。

（5）「嬌紅記」をはじめ元明期の長篇文言小說については、陳益源『元明中篇傳奇小說研究』（華藝出版社、二〇〇二）に幅廣い考證がある。また明末の通俗類書や文言小說集の刋行・繼承關係などについては、大塚秀高「明代後期における文言小說の刋行について」（第四章注（4））參照。

（6）テキストは第六章注（18）參照。

（7）陳益源「『鍾情麗集』研究」（注（5）前掲書第四章）。

（8）川瀨一馬編著『お茶の水圖書館藏新修成簣堂文庫善本書目』（一九九二）によれば、「朝鮮古表紙を附す。見返も朝鮮紙。浮田《ママ》秀家朝鮮將來、養安院に附與せる書籍の一と推定さる」という。

（9）注（7）前掲陳氏論文。

（10）徐朔方「小說『鍾情麗集』的作者」（『中華文史論叢』一九八七年第一期、上海古籍出版社）、注（7）前掲陳氏論文等、いずれも丘濬作者說に否定的であるが、少なくとも明代にはそう信じられていたらしい。沈德符は『萬曆野獲編』巻二十五「詞曲」の中で、丘濬が南戲『五倫全備記』と小說「鍾情麗集」を書いたと言い、「俚淺甚矣」、「學究腐譚」と酷評している。

（11）單行本ではもとの字の上から手書きで「廻」と書き込んであるように見える。もとの字は「歟」にも見えるが定かでない。

通俗類書など他諸本は「愁」に作る。本の持ち主が「鶯鶯傳」にもとづき「廻」に訂正したのかもしれない。

(12) テキストは第三章注(25)參照。

(13)「賈雲華還魂記」に見える西廂故事と「嬌紅記」への言及については、伊藤漱平氏により指摘されている(第八章注(1)前掲解說)。

(14) テキストは第八章注(2)參照。

(15) 注(2)前掲『「董解元西廂記諸宮調」研究』。

(16) 本書第七章參照。

(17) 注(7)前掲陳氏論文。

(18) 中國古典戲曲論著集成(中國戲劇出版社、一九五九)による。

(19) 傳田あつ子「王作關續說の由來」(『お茶の水女子大學中國文學會報』第十五號、一九九六)。

(20)『弇州山人續稿』巻一七〇「題畫會眞記巻」(京都大學所藏明末刊本)。

(21) 注(19)前掲傳田氏論文。

(22)『少室山房筆叢』巻四十一「莊嶽委談」(中華書局、一九五八)。

(23) 注(2)前掲田中氏論文。『曲海總目提要』(歷代曲話彙編、黃山書社、二〇〇九)巻十一および『小說考證』(上海古籍出版社、一九八四)巻一に引く『閒居雜綴』に、張生が「自從消瘦減容光」で始まる詩を見せられるとあり、「鍾情麗集」で問題にされたのと同じ鶯鶯の詩が取りあげられていたことが確認できる。ただし戲曲の題は『錦西廂』となっている。

(24) 竹村則行「弘治本『西廂記』に付載する明・張楷『蒲東崔張珠玉詩集』について」(『東方學』第一三〇集、二〇一五)によれば、弘治本冒頭に附された「珠玉詩集」の作者張楷は正統年間の高官であり、高級知識人の參入が多様な形態でなされていたことがうかがえる。またその和刻本に見える康熙十年の序には、戲曲の內容を史傳によって考證する風潮に對する知識人からの再批判が看て取れる。

(25) 陳寧『明清曲韻書研究』(華中師範大學出版社、二〇一三)。

（26）注（3）前掲傅田氏目錄。
（27）『金童玉女嬌紅記』のような讀みものの讀者として、官僚家庭の女性達が考えられる。この點については第八章注（3）前掲小松氏論文參照。
（28）土屋育子『中國戯曲テキストの研究』（汲古書院、二〇一三）第二章第一節「弘治本西廂記について」。

終章

明代は娯樂としての讀書が本格的に廣まった時代と言われる。この時代における通俗文學の隆盛は、經濟發展や印刷技術の進歩などとともに、識字層の擴大が大きな要因となっていた。識字層の下流への擴大は娯樂目的の書物の出版を增加させる力となり、白話文學のみならず、唐代傳奇の末流と言うべき平易な文言小説が大量生產され、讀者を確保していった。知識人が積極的に參入し、通俗文學は社會の上層へも浸透していく。明末の馮夢龍などに代表されるそうした知識人らは、戲曲・小説の內容や表現、形式に關して議論を展開し、制作・出版に關與し、また彼らにとって正しいと思われる方向にテキストの改變、改作を盛んにおこなった。これらの要素があいまって、刊行される通俗文學作品の文面は樣々に變容をとげていった。時期的には、明中期を境に大きな轉換が起き、嘉靖から萬曆年間以降の出版の爆發的展開につながった。

この時期における讀みものの發達について、本書では短篇白話小説・文言小説・戲曲を主な題材とし、共通の物語ないしモチーフという側面から考えてみた。「六十家小說」に代表される初期の短篇白話小説の內部には、文言小説そのもののテキストが含まれており、白話小説が當初から白話文體を必須の要素としていたわけでなかったことには早くから指摘があるが、それらの事例を改めて取り出してみることで、短篇白話小説という枠組みの成り立ちについて考察したものが第一部第二章である。なまの語りを再現したかのように見せる饒舌な白話文體は、それを操る技術が成長する過程で、物語の外枠部分に用いられる定型表現を確立する。それらの表現と、既存の文言テキストと、おそらくはやはり既存の韻文的要素とを貼り合わせることによって制作された作品が、初期の短篇白話小説テキストにおいて一定の割合を占めていた。白話文體による統一は、韻文的要素や定型表現などの形式面からの統一を後追いする形で進行していったこと、テキストと定型表現の切り貼りによってマクラと正話をそなえた小説を制作する手法が、嘉靖年間に既に完成していたことなどが看て取れた。

續けて、語り手の介入という觀點から、白話小説と文言小説の共通性を探った。語り手の存在は白話小説の特徴とされるものであるが、韻文的要素の導入部分に見られる特定の語り手介入文のパターンは、もともと詩詞韻文の插入という共通點を通じて文言小説から白話小説へ取り入れられたものであろうと思われる。語り手の視點、また登場人物の視點という要素を通して、一見異質に見える文言小説と白話小説の語りが複雑に重なり合う面を持っていることが見えてくる。なお、第一部で取りあげたものの他に、長篇文言小説の一つ「懷春雅集」では冒頭に詞が置かれており、これも白話小説的な形式と文言小説が結びついている事例に數えられるかもしれない。

第二部では小説と戲曲の關係について、共通の物語を持つ三ジャンルの作品を比較し、物語の構造の變化、詩詞の共有といった狀況を分析した。女道士陳妙常にまつわる物語は、こんにちよく知られる『玉簪記』のストーリーでは書生とのラブロマンスであるが、南戲『玉簪記』に先立って存在した明代の白話小説と雜劇においては、實在の人物である裁判官役の張于湖が占める比重が大きい。そのやや露惡的かつ喜劇的な內容が、南戲によって倫理的なものに變換されるとともに、戀愛ものの性格が中心になるよう全體の構成も變えられたことがうかがわれる。また詩詞や場面構成などが樣々な作品の間で再利用されていったことも、これらのテキストから看て取ることができた。

そして、小説「張于湖傳」と雜劇『女眞觀』に共通して見られる裁判場面と韻文という要素を手がかりに、供狀や判文といった裁判文書を詞や四六文で載せる公案もの、という枠組みについて考察した。この枠組みによって、文言小説・白話小説・戲曲を横斷的に見て一つのジャンルを見いだすことが可能になる。おそらく宋代以來の「花判」ものの系譜が、藝能から讀みものまで幅廣く存在し享受されていたこと、詩詞韻文と物語、さらに實用書のたぐいまでが娛樂の種類として密接な關係にあるものだったことが分かった。例えば、『醉翁談錄』は藝能との關わりが推測され、白話文學研究の資料として重視されるのに對し、『剪燈新話』は傳統的文言小說の繼承者と見られているが、この兩者には共通の性格も流れていることが、韻文の裁判文書という要素から看て取れる。そもそも白話と文言という文體の面から見れば、兩者はいずれも文言の散文と韻文をともに樂しむべき讀みものであって、元來共通の枠組みに屬しているとも言える。白話文學と文言小說とは、ともすれば竝行する別々の系統のようにみなされる傾向もあるが、實際にはより曖昧で複雜な、重複し合うような關係にあるという前提で考えられるべきであろう。

また、第一部と第二部の內容を通して、通俗類書と呼ばれる雜多な讀みものを集めた書物の存在が、小さからぬ意味を持つことが浮かび上がってきた。本書で言う通俗類書には、大塚秀高氏の分類に從い宋元期の『醉翁談錄』や『綠窗新話』から明末の『燕居筆記』などまでを含む。物語の梗概や詩詞のみといった簡單な記事から長篇文言小說に至るまで、文言・白話のテキストをともに含み、種々の讀みものを分類して收めたこれらの書物は、單に樣々なテキストをこんにちに傳えているというだけでなく、その書物としての形態自體が當時の讀書に對する意識のありようを映し出しているように思われる。例えば第六章でふれたように、韻文を用いない現實的な裁判文例集までが通俗類書的な性格を帶びつつあったとすると、物語や詩詞韻文という枠組みの他にも、裁判のようなある特定の背景や目的に沿って書かれたもの、という括りでの讀みものの枠組みができあがっていたと考えられよう。

第三部では、「鶯鶯傳」の末裔たちとも言うべき文言小說と戲曲の作品に焦點をあてた。各章において取りあげた作品どうしの關係はおもに、原典とその改作もしくは模倣作というものである。白話文學である戲曲をもとに文言小說が作られた例として「龍會蘭池錄」、逆に文言小説をもとに戲曲が作られた例として『金童玉女嬌紅記』を取りあげたが、この兩作品はいずれもそのジャンル――文言小説と戲曲――からくる一般的イメージからはややかけ離れた性格を持っていることが明らかとなった。「龍會蘭池錄」は文言小説ではあるが、藝能系の讀みものを含む様々な系統の語り口を貼り合わせるようにして作られており、『金童玉女嬌紅記』は體裁こそ戲曲だが（そしておそらく土臺には上演用の臺本が使われているものと推測されるが）、原典の文言小説の內容をまるごと取り入れ、妓女の語りなど別の要素も盛り込んで、長篇の讀みものとして制作されている。後者は白話文學が文言小説を養分として技法を發達させていこうとする初期の段階にあたり、前者は文言小説が通俗的讀みものという方向で一定の發達を遂げた段階にあたるであろう。

最後に第九章で取りあげた明中期の長篇文言小説「鍾情麗集」に見える西廂故事についての議論は、既に第七章で見た、物語內部における物語についての辯舌というパターンに屬する。なおかつそこには、明末に盛んになる知識人的立場からの通俗文學への關與という現象が、既にはっきりと現れていた。原典と改作の關係の整理、いささか稚拙とはいえ審美的觀點からの改作に對する批判、さらには音韻の地域差が上演效果に與える影響といった、多角的かつ理知的な批評が、それ自體も讀みものの一部として表現されている。知識人好みの議論もまた、樂しみのために供される讀みものの一種であった。そしてこの種の議論は、よく知られた物語を語り直す新たなテキストが大量生産されていく際のエンジンとして働くことになる。

以上のように、本書では文言小説と白話文學、またそれに關連して類書を含む大きな枠組みを想定しながら、個別の作品から見える讀みものの様相と發展過程をたどってきた。短篇白話小説においては、それはまず形式を、續いて文體を統一し、練り直しつつ、藝人の語りを模した共通スタイルの讀みものを確立していく過程であり、白話文による敍述の能力が向上していく過程である。それは戲曲が讀みものとしての形態を整え、物語を語るための臺詞を充實させていく過程や、文言小説の一部が大量の詩詞韻文をともないながら非常に通俗的な敍述を發達させていく過程と重なっている。通俗類書の流行も、これらの動きが一つのピークを迎える明末に顯著となる現象である。白話文學のテキストは藝能を模した形式や白話という文體に對してより自覺的になっていくが、同時にまた文言の讀みものと白話の讀みものは截然と分かちがたい、曖昧に融け合うような關係のまま發展を續けていった。この二つの側面は表裏一體のものであり、矛盾するものではなかったと考えられる。

本書で取りあげた作品の範圍は充分と言えるものではなく、特に白話文學については一部の作品を限られた角度から分析しえたのみであり、今後さらに對象作品を增やし分析を充實させていく必要がある。それでも、文體や形式あるいはジャンルといった區分が複雜に重なり合い、それら全てを包含する形で讀みものの世界が廣がっていった樣子を、ある程度は看て取ることができるのではないかと思う。これらの作品に現れたものは全體の中のごく小さないくつかの斷面であるにすぎないが、小さな斷面の集積をさらに增やしていけば、いずれは全體像を描き出すことにつながるであろう。明代に開花した「讀書の樂しみ」の解明に、本書がわずかなりとも關わりうることを願う。

おわりに

中國文學との最初の出會いは、子供の頃に實家の本棚にあった繪本だったと思います。ナーゾオという名の少年が神通力を使って活躍する物語で、不可思議な内容とスケールの大きさ、あまり子供向けとは思えない大人っぽい繪柄などがずっと記憶に残っていたものです。大學生になってから、ナーゾオとはどうやら哪吒太子だったらしいことに氣づきました。だいぶ古ぼけた姿で本棚の奥に収まっていた「ナーゾオ」（確かに中國の作家の作品でした）に再會することになったのも、京都府立大學文學部で中國古典文學を專攻したおかげでしょう。昔から物語のあるものが好きだったこともあり、卒業論文では中國の古典小說をテーマに選びました。もっとも題材は文言小說の『剪燈新話』で、當時も今も研究の中では哪吒太子に出會わないままきてしまったのですが……。

その後も文言小說との縁は切れず、明代文學の華である白話文學と文言小說の關わりを中心に、少しずつ論文を書いてきました。初めからそのような主題を意識していた譯ではありませんが、元明戲曲の代表的作品に數えられる『拜月亭』を文言小說に仕立てたということに興味を持って「龍會蘭池錄」を讀み始めた頃から、白話と文言、あるいは戲曲と小說をめぐる枠組みについて考えるようになりました。これ以降、研究對象の一つになったジャンルに長篇文言小說があります。面白い讀みものという言い方をしてきましたが、正直に言ってこのジャンルの作品は私には長いばかりで何とも退屈に感じられました。しかしこれにはこれなりの面白さがあったから當時は賣れたのだろうと思いつつ、他の小說や戲曲とともに讀んでいるうちに、様々な形式や文體を持つ讀みものが雜多に投げ込まれた器のようなもののイメージが、どうやら頭の中に浮かんできました。そうなったところでこれまでの研究内容に加筆・修正を施して、つたないながらも一冊の本にまとめることができ、ほっとするとともに周圍から頂いた様々な助力の有難さを改めて感じています。

とりわけ學部生の頃から指導にあたって下さった京都府立大學日本中國文學科の小松謙教授には、驚異的なエネルギーで勞を惜しまず辛抱強く相談に乗って頂きました。かつては苦手意識のあった戯曲の讀み方、面白さを傳えて下さった先生でもあります。また先述の「龍會蘭池錄」に關する論文の初出は、やはり學部生時代からお世話になった松村昂名譽教授が編著者となられた『明人とその文學』でしたが、今よりもさらにつたなかった當時の私に、いつも丁寧な助言をして下さいました。松村先生のもとで開かれていた讀書會は既に解散してしまいましたが、貴重な機會だったと今更ながら思います。同學科の林香奈教授からも、折にふれて暖かい勵ましの言葉を頂きました。また、私は博士前期課程を京都大學大學院に在籍しましたが、當時の諸先生方や院生の皆さんからは研究の嚴しさ、視野の持ち方などを教わりました。そのほか諸先輩方はじめ、どなたに對しても感謝の念にたえません。

終章でも述べたように、本書で取りあげた作品の範圍には限りがあり、分析の角度や深さについても同様です。今後さらに廣くまた深く、讀みものという茫漠とした世界をわずかずつでも掘り起こしていきたいと考えています。

本書の刊行にあたっては、京都府立大學研究成果公表(出版圖書)支援事業の援助を受けました。この機會を下さった築山崇學長および關係各位に、心より感謝申し上げます。また出版をお引き受け下さった汲古書院の三井久人社長、お世話になった編集部の小林詔子さん、雨宮明子さんにこの場をお借りして厚く御禮申し上げます。

二〇一七年十二月

大賀　晶子

初出一覧

序　章　書き下ろし

第一部

第一章　明末短篇白話小説の形式に關して（『中國古典小說研究』第十一號、二〇〇六年）

第二章　文言で書かれた嘉靖萬曆期の短篇白話小說について（『和漢語文研究』第五號、二〇〇七年）

第三章　文言小說の詩詞插入に際して用いられる常套表現について（『京都府立大學學術報告・人文』第六十三號、二〇一一年）

第二部

第四章　白話小說「張于湖傳」について（『中國古典小說研究』第十八號、二〇一四年）

第五章　南曲『玉簪記』について――雜劇「女眞觀」及び小說「張于湖傳」との關係から――（『和漢語文研究』第十一號、二〇一三年）

第六章　韻文形式の供狀・判文を持つ公案ものの趣向について（『和漢語文研究』第九號、二〇一一年）

第三部

第七章　『龍會蘭池錄』について――もう一つの『拜月亭』――（『明人とその文學』松村昂編著、二〇〇九年）

第八章　雜劇『金童玉女嬌紅記』について（『和漢語文研究』第十三號、二〇一五年）

第九章　明代文言小說における西廂故事受容のあり方について――「鍾情麗集」の議論を中心に――（『日本中國學會報』第六十八集、二〇一六年）

終章　書き下ろし

著者略歴

大賀　晶子（おおが　あきこ）

1977年大阪府生まれ。
京都府立大學大學院文學研究科博士後期課程單位取得後退學。
現在、京都大學、京都府立大學、追手門學院大學、神戸學院大學非常勤講師。
文學博士。

著書

共著『明人とその文學』（松村昂編著、汲古書院、2009年）

明代短篇小說と戲曲の研究

平成三十年三月十四日　發行

著者　大賀晶子
發行者　三井久人
整版印刷　中臺整版
日本フィニッシュ
富士リプロ㈱

發行所　汲古書院
〒102-0072　東京都千代田區飯田橋二―五―四
電話〇三（三二六五）九七六四
FAX〇三（三二二二）一八四五

ISBN978－4－7629－6615－6　C3097

Study on Short Story and Drama of Ming Dynasty

by

Akiko OGA

2018

KYUKO-SHOIN
TOKYO

索　引

ア行

阿部泰記　207
「愛卿傳」　222, 223
赤松紀彦　255, 278
荒木猛　15, 37
井上泰山　278
伊藤漱平　254, 278, 279
『夷堅志』　127
「韋氏子」　125
「意娘寄柬」　228
「意娘復與李生二首」　218
「意娘復與李生批」　218
「意娘與李生小帖」　218
「意娘與李生相思歌」　218
「意娘與李生相思賦」　218
入矢義高　15, 37, 131
岩城秀夫　226, 230
「因兄姊得成夫婦」　196
「院本名目」　194, 247
「陰騭積善」　12, 30
『于湖居士文集』　163
「于湖借宿」　169
于小穀本　156～159
『雨月物語』　21
『雨窗欹枕集』　19, 36
『雨窗集』　10, 11, 36
『雲齋廣錄』　127, 132
永樂大典戲文　269
『益部談資』　247
「奕棋挑逗」　170, 173, 174
『弇州山人續稿』　279
『烟花夢』→『蘭紅葉従良烟花夢』
「袁尚寶」→『拍案驚奇』巻21
『燕居筆記』　139, 148, 283
「鴛鴦會」→『警世通言』巻38
『豔異編』　122
『お茶の水圖書館藏新修成簣堂文庫善本書目』　278
王驥德　276
王實甫　232, 234, 259, 260, 272
王世貞　122, 272～274
『王西廂』　268, 270, 271, 273
王文璧　276
王楙　269
「鶯鶯傳」　194, 232, 233, 258～261, 264, 265, 267～274, 277, 278, 279, 283
大木康　254
大塚秀高　91, 93, 102, 103, 107, 131, 132, 139, 148, 163, 207, 208, 278, 283
岡崎由美　89～91, 107, 108, 114, 131, 211, 214, 230

カ行

何宇度　247
「何讓之」　125
何大倫本『燕居筆記』　132, 138, 139, 163
『花陣綺言』　263
『花草粹編』　155
花判公案　189, 198, 206
「賈雲華還魂記」　260, 261, 268～270, 279

賈似道 115
賈仲明 191
『歌林拾翠』 181
「畫品」 127
「戒指兒記」 11, 15～20, 22, 23, 28, 38, 110
「怪談牡丹燈籠」 200
「會眞記」 258
「懷春雅集」 121, 282
勝山稔 15, 16, 37, 131
川瀬一馬 278
河井陽子 208
『宦門子弟錯立身』 269
「閒雲菴」→『古今小說』巻4
『閒居雜綴』 279
『漢書』 247
「漢武帝」 163
『漢武帝內傳』 163
「簡帖僧」→『古今小說』巻35
「簡貼和尙」 11, 14, 23～26, 28, 29, 33, 89, 104, 105
『翰府名談』 108
韓愈 227
關漢卿 194, 230, 251, 272
「鑑湖夜泛記」 261
『欹枕集』 10, 11, 36
「菊花の契」 21
岸本美緒 181
丘濬 264, 275, 278
丘汝乘 231
「許飛瓊」 147
「喬彥傑」→『警世通言』巻33
「喬太守亂點鴛鴦譜」→『醒世恆言』巻8
「嬌紅記」 6, 155, 156, 211, 231～235, 239, 240, 242, 250, 252～254, 257, 259～261, 263～265, 267～270, 274, 277～279
『曲海總目提要』 279
『曲品』 226
『曲律』 276
『曲論』 271
『玉壺春』→『李素蘭風月玉壺春』
『玉簪記』 6, 159, 165～169, 171～181, 187, 205, 215, 282
玉峯主人 264
『金童玉女嬌紅記』 6, 231, 232～237, 242, 243, 245, 248, 252～255, 268～270, 280, 284
金文京 230
『錦西廂』 279
瞿佑 200, 260
『警世通言』 10, 12, 37, 89, 99, 106
『警世通言』巻6 11, 26, 27, 31, 101
『警世通言』巻8 26
『警世通言』巻10 34, 35
『警世通言』巻29 194
『警世通言』巻33 11, 27, 28, 31, 32, 131
『警世通言』巻38 11, 28～30, 32, 38
繼志齋本 166, 181
『藝彀』 273
「憲臺王剛中花判」 161, 187, 189, 190, 197
元刋雜劇 230, 237, 242, 243, 251, 252
『元刋雜劇の研究——三奪槊・氣英布・西蜀夢・單刀會』 255
元刋本→元刋雜劇
『元曲選』 254, 277
『元曲選』本 207
元稹 194, 232, 258, 264, 267, 269, 270

『元明中篇傳奇小説研究』 278
阮閲 127
『「現實」の浮上』 107
小松謙 37, 107, 131, 133, 156, 163, 164, 207, 208, 255, 280
小松建男 15, 16, 32, 37
『古今女史』 149, 150
『古今小説』 10, 12, 20, 21, 36, 89, 106, 131, 154, 155
『古今小説』巻２ 198
『古今小説』巻４ 11, 15～19, 21～23, 28, 31, 32, 38, 110
『古今小説』巻７ 11, 19～21, 32, 112
『古今小説』巻12 12
『古今小説』巻16 11, 21, 32, 117
『古今小説』巻20 11, 22, 23, 31
『古今小説』巻22 115, 117, 126, 127
『古今小説』巻23 11, 25, 26, 31
『古今小説』巻24 153～155, 160
『古今小説』巻28 26
『古今小説』巻30 11, 23, 24, 26
『古今小説』巻34 11, 24
『古今小説』巻35 11, 24, 25, 31
「姑阻佳期」 173
胡應麟 273
胡忌 243, 245, 247, 248, 255
胡士瑩 207
「五戒禪師私紅蓮記」 11, 23, 24, 26, 33, 35
「五金魚傳」 122
『五雜組』 226
『五倫全備記』 278
呉敬所 94
「呉氏女」 123
呉昌齡 193
呉梅 208
「孔淑芳雙魚扇墜傳」 90, 202
弘治本『西廂記』 254, 277
『後村詩話』 126, 127, 132
洪楩 10
洪邁 127, 189
皇都風月主人 91, 258
「香閨相思」 172
「紅綃密約張生負李氏娘」 100
『紅樓夢』 233, 234
「高昂」 124, 126
高濂 165
「合同文字記」 33
『國色天香』 94, 131, 132, 137～139, 154, 163, 168, 206, 212, 228, 230, 263

サ行

佐藤晴彦 36
「蓑衣先生」 127
『西遊記』 223
蔡正孫 127
「錯認屍」 11, 27, 28, 89, 111, 112, 131
「三言」 10～12, 16, 17, 20, 23, 28, 29, 31, 33, 35, 89, 105, 106, 110, 112, 117, 137
「三言二拍」 5, 9, 10, 12, 29, 31～36, 90, 91, 101, 105, 106, 120, 137, 151, 184, 196, 199, 208, 211
三遊亭圓朝 200
「子瞻判和尚遊娼」 189
「死生交范張雞黍」 11, 21, 111, 112, 117
施惠 230
師儉堂本 166, 173, 181

「紫竹小傳」 122
「詞姤私情」 173, 178
『詩林廣記』 127, 132
『詩話總龜』 127, 132
『奢摩他室曲叢』 208
謝肇淛 226
朱有燉 192, 193, 196, 254
周憲王→朱有燉
「周憲王雜劇」 254
周公魯 274
周德清 275
周密 93, 131
「秋江」 167
『繡谷春容』 132, 212
『重校玉簪記』 181
「宿香亭張浩遇鶯鶯」 195
『初刻拍案驚奇』→『拍案驚奇』
『女眞觀』 6, 137, 146, 150, 156～162, 165, 167～170, 172～180, 183, 188, 189, 191, 214, 282
「女相思賦」 228
徐朔方 278
徐復祚 271～273
「小說引子」 184
「小說開闢」 184, 190, 211
『小說考證』 279
『少室山房筆叢』 279
商調蝶戀花鼓子詞 258, 270
鍾嗣成 193
「鍾情麗集」 6, 121, 203, 205, 226, 257, 260, 261, 263, 264, 267, 268, 270, 273～279, 284
『情史』 123
『蜀中廣記』 247
『申王奇遘擁爐嬌紅記』→鄭雲竹本
「沈警」 124
沈自晉 197
沈德符 278
『新刋重訂出相附釋標註月亭記』 230
「尋芳雅集」 121
「水宮慶會錄」 228
「翠翠傳」 260
『醉翁談錄』 9, 91～94, 100, 102, 103, 127, 154, 161, 183, 184, 189～192, 196, 198, 205, 206, 211, 217, 228, 283
鈴木陽一 90, 107
世德堂本 230
「西湖會友」 169
『西湖遊覽志餘』 117, 131
『西廂記』 233, 234, 259～261, 267～278
『靑瑣高議』 127, 132, 189, 190, 194, 207
「淸平山堂話本」 10～12, 36, 90, 91
『齊東野語』 131
『醒世恆言』 10, 90, 106, 117, 131
『醒世恆言』卷5 114
『醒世恆言』卷8 196, 197
『醒世恆言』卷9 115
『醒世恆言』卷13 34
「靜女私通陳彥臣」 187
『節義鴛鴦塚嬌紅記』 232, 233
『剪燈新話』 200, 202, 205, 222, 226, 228, 260, 261, 267, 283
『剪燈新話句解』 208
『剪燈餘話』 123, 260
「錢秀才錯占鳳凰儔」 197
『錢塘遺事』 131
宋遠 232

『宋金雜劇考』　255
『宋元明通俗小說選』　37
『宋史』　108, 142, 149
宋梅洞→宋遠
「相思歌」　228
「相思記」→「風月相思」
「送窮文」　227
曹學佺　247
「曹太守傳」　127
息機子本　207
「郕郎鬧會」　169

タ行

田中謙二　230, 255, 274, 278, 279
『田中謙二著作集』　230, 255, 278
『太平廣記』　91, 107, 124, 126, 132, 147, 163
『太和正音譜』　270, 273
竹村則行　279
「男相思賦」　228
『中原音韻』　275, 276
『中州音韻』　276
『中國戲曲テキストの研究』　164, 280
『中國古典演劇研究』　163, 207
『中國古典劇の研究』　230
『中國小說の物語論的研究』　37, 108
『中國白話文學研究―演劇と小說の關わりから―』　207, 255
『中國歷史小說研究』　37
張于湖→張孝祥
『張于湖誤宿女眞觀』→『女眞觀』
「張于湖傳」　6, 137～139, 148～151, 154, 155, 158～162, 165, 167～180, 183, 187, 191, 205, 213, 282
「張魁以詞判妓狀」　189
「張公子遇崔鶯鶯」　258
張孝祥（張于湖）　139, 142, 149, 151, 162, 167
「張浩」　189, 190, 194, 195, 207
「張浩私通李鶯鶯」　190, 195
「張子房慕道記」　112
「張氏夜奔呂星哥」　161, 184
「張舜美」→『古今小說』巻23
「張生彩鸞燈傳」　11, 23, 25, 26, 33, 99, 101～103
『張天師斷風花雪月』　193
『張天師明斷辰鈎月』　193
張鳴善　193
晁瑮　19
趙令畤　258
趙琦美　156
「聽經猿記」　123
陳益源　278, 279
陳繼儒　181
「陳從善」→『古今小說』巻20
「陳巡檢梅嶺失妻記」　11, 22, 23, 29, 31, 32, 104
陳寧　276, 279
土屋育子　159, 164, 166, 181, 280
鄭雲竹　232
鄭雲竹本　232, 254, 255
『輟耕錄』　194, 247
「天緣奇遇」　121
「傳奇」　258
『傳奇』　91
傳田あつ子　279
傳田章　278, 280

『傳統中國の地域像』　181
「東柯院」　125
『東窗事犯』　193
「唐書判」　189
陶宗儀　194
董解元　259, 260
『董解元西廂記諸宮調』　226, 227, 259, 268, 270, 273
『「董解元西廂記諸宮調」研究』　230, 278, 279
『董西廂』→『董解元西廂記諸宮調』
豊臣秀吉　263
鄧伯羔　273
『竇娥冤』　194
德富蘇峯　263

ナ行
內府本　157, 158
中里見敬　16, 37, 108
『南西廂』　259
『二刻拍案驚奇』　11, 131
『二刻拍案驚奇』巻17　113, 115, 129
『二刻拍案驚奇』巻19　34
「二拍」　11, 12, 14, 30, 35, 105, 211

ハ行
『拜月亭』　6, 96, 130, 167, 211～215, 217, 218, 221, 223～225, 227, 228, 230, 231, 251, 270
裴鉶　91
「裴航」　91～93
「裴航遇雲英于藍橋」　91, 102
「裴航遇藍橋雲英」　91
「裴航相遇樂」　93
「媒姑議親」　177, 179
『白話小說三言二拍』　36
『拍案驚奇』　11, 12, 37, 139
『拍案驚奇』巻21　12, 30～32
『拍案驚奇』巻29　197
『拍案驚奇』巻33　199
「判僧姦情」　189
「范巨卿」→『古今小說』巻16
班固　163
『萬錦情林』　138, 139, 163
『萬曆野獲編』　278
「非煙傳」　97～99
『琵琶記』　274
『百家公案』　117, 118, 120, 129, 131, 199
『武林舊事』　93
「風月瑞仙亭」　11, 26, 27, 101
「風月相思」　90, 91, 94～96, 103, 107, 112, 113, 130, 142
「馮伯玉風月相思小說」→「風月相思」
馮夢龍　10, 123, 281
馮夢龍本『燕居筆記』　132, 138, 139, 163
藤田優子　163
「刎頸鴛鴦會」　11, 28～30, 33, 38, 96, 99, 101～103
「竝蒂蓮花記」　122
「補江總白猿傳」　22
「牡丹記」　190
「牡丹燈記」　200, 202, 206
『包待制智賺合同文字』　193, 199
『包待制判斷烟花鬼』　193
『寶文堂書目』　19
『望湖亭記』　197

『翻西廂』　274

マ行

脈望館抄本　156, 157, 208
『明刊元雜劇西廂記目錄』　278
『明清曲韻書研究』　279
『名媛璣囊』　150, 160, 179
「明悟禪師」→『古今小說』卷30
孟稱舜　232, 274
「木綿菴」→『古今小說』卷22

ヤ行

『野客叢書』　269
山口建治　15, 16, 17, 37, 131
「兪仲舉」→『警世通言』卷6
『幽閨記』　167
「熊龍峯四種小說」　5, 10, 11, 12, 14, 25, 31, 33～36, 89～91, 94, 102, 104～106, 137, 202
余公仁　139
余泗泉→余彰德
余象斗→余文台
余彰德　139
余文台　139
「羊角哀」→『古今小說』卷 7
「羊角哀死戰荊軻」　11, 19～21, 89, 102, 112
『容齋隨筆』　189, 192
『雍熙樂府』　159
「楊思溫」→『古今小說』卷24
「楊生私通孫玉娘」　189

ラ行

羅燁　9, 91, 184
「藍橋記」　90～96, 102, 103, 109
『蘭紅葉從良烟花夢』　192, 196
李獻民　127
「李元吳江救朱蛇」　11, 24
李昌祺→李禎
「李生六一天緣」　122
『李素蘭風月玉壺春』　191, 192
李禎　123, 260
「柳耆卿詩酒翫江樓記」　12
劉一清　131
劉克莊　126
劉東生　232
劉斧　108, 127, 189
「龍會蘭池錄」　6, 96, 118, 120, 122, 130, 131, 211, 212, 214～218, 221, 223, 224, 226, 228, 229, 231, 263, 265, 269, 270, 284
「龍堂靈會錄」　262
呂天成　226
「梁意娘與李生詩曲引」　217
『綠窗新話』　91, 93, 102, 127, 189, 190, 195, 258, 283
林近陽本『燕居筆記』　138, 139, 163
「連理樹記」　124
「六十家小說」　5, 9～12, 14, 17, 19～21, 25, 26, 31, 33～36, 89～91, 93, 94, 102～106, 111, 112, 117, 118, 120, 133, 137, 281
『六十種曲評注』　163
六十種曲本　181
『錄鬼簿』　193, 270, 273

ワ

『話本小説概論』　207